KELS HÜTER

K.C. WELLS

Aus dem Englischen
von Feliz Faber

Dieser Roman erzählt eine erfundene Geschichte. Namen,
Figuren, Orte und Begebenheiten entstammen entweder
der Fantasie der Autorin oder werden fiktiv verwendet.
Ähnlichkeiten mit lebenden oder verstorbenen Personen,
Firmen, Ereignissen oder Schauplätzen sind vollkommen
zufällig.

Originaltitel: Kel's Keeper
Copyright © 2019 by K.C. Wells
Übersetzt von Feliz Faber
Cover Foto: Ben Fink Productions
Umschlaggestaltung: Meredith Russell
ISBN: 978-1-915861-74-0

Danksagung

Wie immer danke ich meinem Betaleser-Team. Eure Augen sehen so vieles, was mir entgeht.

Ein Dankeschön an Kath Malone, die den Titel dieses Buches beigesteuert hat. Er passt perfekt zu der Geschichte.

Und schließlich gilt mein Dank auch Alexander Cheves, dessen Post „29 Things You Should Look for in a Daddy" (29 Dinge, auf die man bei einem Daddy achten sollte) mich erst dazu inspiriert hat, dieses Buch zu schreiben.

Kapitel 1

März 2019
Beim Anblick des Joe C. Davidson-Parks wurde es Kel bereits ganz eng um die Brust.
Jetzt ist es nicht mehr weit.
Kaum war der Park aus seinem Blickfeld verschwunden, als ihm die St. Marks – Kirche ins Auge fiel. Das hieß, dass er demnächst rechts abbiegen musste. Und dann kam die langgezogene Kurve des Jamestowne Drive mit den üppigen Rasenflächen, Bäumen und nahezu identischen Häusern mit Rundbogenfenstern und hohen Giebeln. Gleich war er zuhause.
Du weißt ja, dass sie den Bart schrecklich finden werden, nicht? Auch wenn es damit nicht allzu weit her war. Er ließ ihn sich erst seit Neujahr wachsen. Aber angesichts der Moralpredigten seines Vaters zum Thema Glattrasiert sein… *Du hast gewusst, dass sie ausflippen werden. Und es wäre schließlich nicht das erste Mal, stimmt's?*
Zu spät.
Und er war da, bog in die Straße ein, in der er aufgewachsen war und fuhr in die Einfahrt, die an einer ausgedehnten Rasenfläche entlang verlief, und an dem dreistöckigen Springbrunnen vorbei, der seit Jahren nicht mehr funktionierte.
Das Zuhause, von dem er sich um jeden Preis fernzuhalten versucht hatte.
Dann wurde ihm schlagartig bewusst, dass die

Einfahrt leer war.

Kel hielt vor dem weißen Garagentor an und stellte den Motor ab. Fröstelnd stieg er aus dem Auto und lauschte, hörte aber nur das Zwitschern der Vögel in den Bäumen und das ferne Brummen eines Rasenmähers. Er ließ seine Tasche im Kofferraum, zog sein Handy aus der Jackentasche und scrollte durch seine Kontakte.

Sobald die Verbindung hergestellt war, wusste er, dass sie irgendwo auf der Straße unterwegs sein mussten. „Hey, Mom. Wo seid ihr?" Er zog seine Jacke enger um sich.

„Kelvin! Stimmt irgendwas nicht? Du rufst doch immer am Wochenende an." Im Hintergrund rauschte der Verkehr.

„Ich frage nur, weil ich gerade bei euch vor dem Haus stehe."

„Wirklich? Liebling, Kelvin ist bei uns zuhause."

Die markante Stimme seines Vaters war nicht zu überhören. „Na schön, und was macht er da? Er hätte auch anrufen und Bescheid sagen können, dass er kommt. Telefonieren kann er ja, oder?"

Kel versuchte, das ungute Gefühl im Bauch zu ignorieren. „Wo seid ihr?"

„Wir sind unterwegs zum See, Schatz. Wenn wir gewusst hätten, dass du kommst…"

Er hörte den unausgesprochenen Vorwurf, auch wenn Mom nicht so barsch war wie Dad. „Es war eine spontane Entscheidung. Sieht so aus, als würde ich euch dieses Wochenende nicht sehen. Ich fahre am Sonntag zurück." Von Elon aus waren es nach Charlotte nur zwei Stunden mit dem Auto, und er hatte vor, am späten Nachmittag wieder dort zu sein.

„Oh, wie schade. Aber du kommst ja bald wieder ganz nach Hause, jetzt, wo du mit deinem Studium fast fertig bist. Wann wolltest du denn wieder zuhause einziehen?"

„Christine, diese Unterhaltung kann doch bestimmt warten. Du kannst ihn von der Hütte aus anrufen, in Ordnung?" Kel wusste, wie sehr sein Vater es hasste, beim Fahren abgelenkt zu werden. Er machte nicht mal das Radio an.

„Mom, warum ihn aller Welt fahrt ihr denn an den See? Es hat doch allenfalls fünf Grad."

„Ich weiß, die Wettervorhersage war nicht so toll. Dein Vater wollte einfach ein bisschen Ruhe haben. Du könntest auch zu uns rauskommen, wenn du willst."

„Nein, danke. Lieber nicht." Sich zwei Nächte lang am See den Hintern abzufrieren war nicht das, was Kel sich unter einer schönen Zeit vorstellte. Wobei das logisch betrachtet vermutlich übertrieben war. In der Hütte gab es eine Heizung und jede Menge Decken und Teppiche, um sich einzukuscheln.

Als kleiner Junge war er immer gern dort gewesen. Es war ihm wie ein Abenteuer vorgekommen. Als er älter wurde? Nicht mehr so sehr.

„Aber was willst du denn zwei Tage lang ganz alleine im Haus machen?"

„Hör mal, kommt gut am See an. Ich ruf' übers Wochenende mal an, okay?" Kel wollte den Anruf einfach nur beenden. Er wartete, bis seine Mutter aufgelegt hatte, dann hievte er seine Tasche aus dem Kofferraum und eilte zum Haus.

Den luftigen Hausflur zu betreten war wie in seine Kindheit zurückzukehren. Nichts hatte sich verändert. Es veränderte sich *nie* etwas.

Die Standuhr im Flur zählte immer noch tickend die Minuten. Der lange Läufer, der den versiegelten Holzdielenboden bedeckte, war so abgetreten wie eh und je. Links stand das Klavier in dem kleinen Zimmer, in dem seine Mutter die Damen aus der Nachbarschaft empfing und wo auch die mit weinrotem Samt bezogenen Sessel standen, auf denen Kel nie hatte sitzen dürfen. Rechts war das Esszimmer mit seinen weinroten Wänden, dem Kronleuchter und dem Tisch mit derselben beigefarbenen Tischdecke, die immer schon dort gelegen hatte.

Kel ließ seine Tasche im Flur und ging durchs Esszimmer in die Küche mit ihren hell-graugrünen Wänden und Eichenholz, soweit das Auge reichte. Er machte den Kühlschrank auf, um zu sehen, was da war. Salat, gekochtes Fleisch, Saft, Milch…

Kel seufzte, rief auf seinem Smartphone Yelp auf und suchte nach Empfehlungen für Pizza. Das brachte ihn zum Lächeln. *Wenn Mom wüsste, dass ich Pizza ins Haus bringe, würde sie einen hysterischen Anfall kriegen.* Der Gedanke half wenig, seine Schuldgefühle zu vermindern. *Mal ganz ehrlich – bist du nicht irgendwie erleichtert, dass sie nicht da sind?*

Schuldgefühle waren nichts Neues für Kel. Er lebte jeden Tag damit.

Draußen knallte eine Autotür zu. *Ah, Luc ist zuhause.* Kel hatte heute noch die Stimme seines Vaters im Ohr, obwohl er damals noch ganz klein gewesen sein musste. ‚Kel! Lass Mr. Bryant in Ruhe. Stör‘ ihn nicht. ‘

‚Mr. Bryant' hatte sich gebückt, Kel seinen Ball zurückgegeben und augenzwinkernd gesagt: ‚Du kannst mich Luc nennen. '

Danach hatte Kel ihn als Freund und Verbündeten betrachtet. Nicht, dass er ihn in letzter Zeit bei seinen Besuchen hier allzu oft zu Gesicht gekriegt hatte. Wenn er so darüber nachdachte, hatte Luc sich eigentlich kaum blicken lassen, seit Kel die Highschool abgeschlossen hatte. Wenn Kel ihn doch mal gesehen hatte, was selten genug vorkam, hatte Luc ihm allenfalls kurz zugenickt, bevor er in sein Haus nebenan gegangen war.

Es war komisch, dass Kel Lucs Abwesenheit in dieser Zeit gar nicht bemerkt hatte. Andererseits hatte er damals auch den Kopf voll gehabt. Ein Nachbar, der sich plötzlich distanziert verhielt, war seine geringste Sorge.

Kel gab sich gedanklich einen Schubs. Im Moment brauchte er Pizza. Er musste nur darauf achten, alle Beweise gründlich zu beseitigen, bevor seine Eltern nach Hause kamen.

Er seufzte. *Wie hab' ich es nur überlebt, in diesem Haus aufzuwachsen?*

Kel machte die Hintertür zu, um die kalte Nacht auszusperren. Eine Pizzaschachtel in kleine Stücke zu schneiden, bevor man sie in die Recyclingtonne stopfte, mochte übertrieben erscheinen, aber es war besser, als dass seine Mom sie fand. Er ging in die Küche und schenkte sich ein Glas Saft ein, dann schlenderte er ins Familienzimmer.

Familienzimmer. Das Wort beinhaltete Spiele und Lachen und Filme gucken mit Popcorn. Letzteres ließ ihn gedanklich die Augen verdrehen. *Filme gucken ist schwierig ohne Fernseher. Wer hatte denn keinen Fernseher, Herrgott nochmal?*

Und da war wieder die Stimme seines Vaters. ‚In *diesem* Haus wird der Name des Herrn nicht missbraucht, Mister.‘ Kel seufzte. Seine Eltern waren zwar dreieinhalb Stunden weit weg, aber das hieß nicht, dass er sie nicht im Kopf hören konnte.

Und was die Frage betraf, wer keinen Fernseher hatte? Die Familie eines Predigers, offensichtlich. Kel hatte in seinen Jahren an der Uni mehr Fernsehen geguckt als in seiner gesamten Kindheit bis zum Alter von achtzehn Jahren. Nur, dass das nicht ganz stimmte. Sein Fernsehen-Schauen beschränkte sich hauptsächlich auf das Aufbaustudium. Während seines Bachelorstudiums an der Mid Atlantic Christian University hatte es davon nicht viel gegeben. Keine Zeit zum Fernsehen, wenn es Bibelstudien-Gruppen gab, Gemeindefeiern, Young Christian Alliance-Treffen, ganz zu schweigen von Studieren und Gebetsrunden…

Er hatte mit seinen Eltern darum gekämpft, an die Queens University in Charlotte gehen zu dürfen. Als es darum ging, wo er sein Grundstudium absolvieren sollte, hatten sie ihren Willen durchgesetzt und darauf bestanden, dass er für sein MBA-Studium nicht in einen anderen Bundesstaat ging. Er hatte zugestimmt, denn alles andere wäre unerhört gewesen. Aber als es um die Wahl des Studienorts für sein Masterstudium ging, hatte er sich quer gestellt. Er war erwachsen, hatte er argumentiert. Da konnte er sich doch bestimmt seinen Studienort selbst aussuchen? Kel wusste, dass letztendlich seine Mutter ihren geringen Einfluss dazu genutzt hatte, seinen Vater zu einem Sinneswandel zu bewegen.

Er starrte auf das Bücherregal, das eine Wand des Zimmers einnahm. Es war zur Hälfte mit den Nachschlagewerken seines Vaters und mehreren unterschiedlichen Versionen der Bibel gefüllt, und eins der Fächer enthielt nur die Bücher, die sein Dad selbst verfasst hatte. Mit einem bekannten Theologiewissenschaftler, Schriftsteller und Prediger als Vater war Kels Zukunft praktisch vorprogrammiert.

Kel, so schien es, hatte dabei nichts mitzureden.

Die restlichen Regalfächer waren mit Kels Büchern aus seiner Kindheit und außerdem mit einer ganzen Menge Schriften gefüllt, die er nie angefasst hatte, trotz der Unterweisung seines Vaters, dass sie gut für ihn wären. Sie handelten vom Überwinden von Versuchungen, vom Vermeiden der Sünde und davon, wie man nicht den Verlockungen der säkularen Welt verfällt.

Erst während seiner ersten paar Jahre an der Uni hatte Kel erkannt, dass nicht alle Christen so waren wie seine Eltern. Die meisten, aber nicht alle. Es hatte ein, zwei Studenten gegeben, die nicht ganz so rigide gewirkt hatten wie die anderen, und mit denen hatte er viel Zeit verbracht.

Die Standuhr im Flur schlug acht und Kel runzelte die Stirn. Mom hatte noch nicht angerufen, wie sein Vater es ihr nahegelegt hatte. Sein Handy lag in Reichweite auf dem Kaffeetisch, aber er zögerte, es zu benutzen. *Ich hab' gesagt, ich ruf' übers Wochenende mal an, nicht?* Er stellte sich vor, dass sie in der Hütte am Lake Lure viel zu tun hatten. Feuer anzünden, Essen machen, sich wie immer darüber beschweren, dass der Hausverwalter seinen Job nicht gut machte...

Kel hatte eine viel bessere Idee, um sich den Abend zu vertreiben.

Er ging in den Flur, schnappte sich seine Tasche und zog seinen Laptop heraus. Falls sein Vater nicht den Provider gewechselt hatte, konnte er online gehen und sich ein paar Filme aussuchen. Dem Himmel sei Dank für Netflix.

Er fuhr den Laptop hoch und checkte seine E-Mails. Da war eine von seinem Großvater, in der er ausführlich über die Arbeit an seiner neuesten Mission in Afrika erzählte. Als Kind hatte Kel seine Großeltern kaum gesehen. Sie waren Missionare und verbrachten nur wenig Zeit in den Staaten. Kels Dad war so aufgewachsen, und erst die Begegnung mit Mom während eines Heimatbesuchs hatte ihn dazu bewogen, sich ein Leben in den USA aufzubauen. Als Kels Großmutter gestorben war, hatten alle erwartet, dass sein Großvater auch nach Hause kommen würde. Aber nein, er hatte sein Leben weitergelebt wie bisher, obwohl er allmählich zu alt dafür wurde.

Kel konnte die Tatkraft seines Großvaters nur bewundern. Über siebzig, und da war er und sprach davon, eine lange, schwierige Reise in abgelegene Regionen anzutreten, um den Leuten dort Gottes Wort zu bringen.

Da war auch eine E-Mail von Troy. Er war einer von

Kels Freunden von der MACU und schlichtweg euphorisch wegen seiner Entsendung an eine Kirche in Tennessee, wo er dem Prediger assistieren sollte. Kel beneidete Troy um seinen Glauben. Troy glaubte aufrichtig daran, von Gott zum Prediger berufen zu sein, und die Aussicht begeisterte ihn. Kel konnte immer noch sein Gesicht vor sich sehen, strahlend vor Lebensfreude. Ein Gesicht, das schwer zu vergessen war, aus vielen Gründen…

Und da, am Ende von Troys E-Mail, zwei Zeilen, die Kels Gefühle in ein verwirrtes Chaos stürzten.

Bist du okay? Habe schon so lange nichts mehr von dir gehört.

Auch dafür gab es einen Grund. Nicht, dass Kel vorhatte, den preiszugeben.

Jetzt hatte er keine Lust mehr, einen Film zu gucken. Kel schaltete den Laptop aus, stopfte ihn wieder in seine Tasche und ging dann in sein Zimmer. Mit seinem Kindle früh ins Bett zu gehen erschien ihm besser.

Sein Bett war abgezogen, aber das hatte Kel mit Laken, Kissenbezügen und einer Zudecke bald behoben. Es war merkwürdig, dass es so still im Haus war, und er wusste nicht genau, womit er sich morgen beschäftigen sollte. *Vielleicht ist es unter diesen Umständen nicht die beste Idee, hierzubleiben.* Kel war sich nicht ganz sicher, warum er überhaupt beschlossen hatte, nach Hause zu fahren. Er hatte seine Eltern seit Neujahr nicht gesehen, und das hatte gereicht, sein ewiges schlechtes Gewissen aufzurühren.

Ich könnte ja zum See fahren, oder? Wäre es denn so schwer, eine Nacht dort mit ihnen zu verbringen?

Kel hasste es, sich hin- und hergerissen zu fühlen.
Ich werde darüber nachdenken.
Er grübelte immer noch über die Frage nach, als er in einen warmen, traumlosen Schlaf glitt.

Kapitel 2

Als Kel am nächsten Morgen erwachte, war er positiver gestimmt. Vielleicht, weil er sich ordentlich ausgeschlafen hatte. Warum auch immer, er nahm sich vor, den Tag sinnvoll zu nutzen. Was die Frage betraf, ob er seine Eltern am See überraschen sollte – da hatte er sich dagegen entschieden. Ihm war etwas Besseres eingefallen, um sich die Zeit zu vertreiben.

Nach einer Schale Getreideflocken und einem Glas Saft war er startbereit. Er zog seine Jacke an und ging hinaus in den Garten. Das Wetter war wärmer als gestern, und es war wunderbar, die Sonne auf der Haut zu spüren. Der Garten war die Domäne seiner Mutter; sie war pausenlos am Beschneiden und Anpflanzen. Wenig hatte sich verändert, seit Kel ein kleiner Junge gewesen war. Er konnte sich noch gut daran erinnern, wie er im hinteren Garten mit einem Ball gespielt und ihn gegen den Schuppen gekickt hatte.

Wie oft habe ich mir einen kleinen Bruder gewünscht? Einen Spielkameraden? Er war nur mit anderen Kindern zusammengekommen, wenn er in der Schule war. Und natürlich bei kirchlichen Anlässen.

Kel schüttelte seine Erinnerungen ab und blickte hinaus in den Garten. Es musste doch irgendwas geben, was er tun konnte, um seine Mutter zum Lächeln zu bringen. Was genau das sein sollte, wusste er allerdings nicht. Er war sich ziemlich sicher, dass er keinen grünen Daumen hatte.

„Hey."

Er drehte ruckartig den Kopf in Richtung der Stimme. Luc Bryant schaute über die Oberkante der Büsche zwischen den Grundstücken. Er stand auf einer Leiter, die an einem Baumstamm lehnte. Kel winkte ihm zu. „Guten Morgen." Er musste unwillkürlich lächeln. „Was machst du denn da oben im Baum?"

„Einen abgeknickten Ast absägen, bevor er ganz abbricht und mir auf den Kopf fällt." Luc hielt eine Säge hoch. Er runzelte die Stirn. „Ich hätte nicht gedacht, dass du dieses Wochenende kommst, wo doch deine Eltern nicht da sind. Nicht, dass ich mich beschweren will. Den Job kann ich von meiner Liste streichen." Als Kel ihn fragend ansah, lächelte er. „Deine Mom hat mich gebeten, ein Auge aufs Haus zu haben, solange sie weg sind."

„Ah, verstehe. Ja, sie wussten nicht, dass ich komme." Kel richtete seine Aufmerksamkeit auf den Garten. „Ich wollte mal schauen, ob es hier draußen was für mich zu tun gibt. Allerdings habe ich keinen blassen Schimmer von Gartenarbeit."

„Deine Mom hat das alles im Griff, um ehrlich zu sein. Ihr Garten stellt meinen in den Schatten. Wir unterhalten uns immer darüber, was man verbessern kann."

Kel lachte leise. „Ja, das klingt ganz nach Mom." Er seufzte. „Na schön. Wie's aussieht, würde ich hier draußen nur meine Zeit verschwenden." Der Rasen war sauber gemäht, die Blumenbeete waren offensichtlich erst kürzlich umgegraben worden und im Hof lag kein Laub herum. Er wandte sich zum Gehen. „War schön, dich zu sehen." Er war froh, dass sie nach all der Zeit noch so locker miteinander reden konnten.

„Kel? Wenn du wirklich nichts mit dir anzufangen weißt…"

Er lachte. „Ich klettere nicht auf Bäume, falls du das im Sinn hast."

Luc schmunzelte. „Nicht direkt. Nur, dass ich heute ein neues Gemüsebeet anlegen will. Die Idee hatte deine Mutter. Wir haben uns über Gemüse aus dem eigenen Garten unterhalten, und sie hat von den Karotten und von der Sellerie und den grünen Bohnen geschwärmt, die sie drüben anbaut. Sie hat mir geholfen, ein paar Gemüsesorten auszusuchen, mit denen ich anfangen kann, und ich habe eine Fläche für ein Beet abgesteckt. Wenn du nichts anderes zu tun hast, könntest du rüberkommen und mir beim Graben helfen."

Kel kicherte. „Wow. Das ist ja mal eine Einladung."

„Jaja. War ja nur so eine Idee. Du hast bestimmt etwas Besseres vor." Er sägte an dem Ast, und es dauerte nicht lange, bis er ihn entfernt hatte und auf den Boden warf.

Kel wusste nicht, was er tun sollte. Er hatte wirklich nichts dagegen, Luc zu helfen – wenigstens gab ihm das etwas zu tun – aber er hatte das Gefühl, als hätte Luc nur aus Höflichkeit gefragt. Seine Worte waren einladend genug, aber sein Tonfall klang nicht so, als fände er die Aussicht verlockend.

Vielleicht ist es ihm peinlich. Wir haben schon ewig nicht mehr miteinander geredet.

Vielleicht war es das. Für Kel war der Anblick seines Nachbarn mit angenehmen Erinnerungen verbunden. Luc war ungefähr im selben Alter wie seine Eltern, oder vielleicht ein bisschen jünger, aber sonst hatte er nichts mit ihnen gemein. Kel konnte sich erinnern, dass er als Kind viel mit Luc gelacht hatte, wenn sie sich über die Grenzbüsche hinweg unterhalten hatten. Abgesehen von dem

einen Mal, als ihm sein Fußball ausgerissen war…

Wann habe ich meinen Dad zum letzten Mal lachen gehört?

„Luc?", rief er impulsiv.

Luc war schon halb die Leiter herabgestiegen. „Was?"

Kel kam zu einer Entscheidung. „Hör mal, wenn du Hilfe brauchen kannst, würde ich sehr gern rüberkommen. Weiß nur nicht, ob ich dir viel helfen kann."

Luc verdrehte die Augen. „Jeder Idiot kann mit einem Spaten umgehen. Wahrscheinlich bereust du's, wenn ich mit dir fertig bin. Umgraben kann harte Arbeit sein."

Aber es würde ihn beschäftigt halten. „Na klar."

Luc strahlte. „Super. In dem Fall kriegst du heute ein Mittagessen von mir. Das ist nur fair."

„Abgemacht." Der Gedanke an das kalte Fleisch und den Salat im Kühlschrank seiner Mutter begeisterte ihn nicht. Hoffentlich hatte Luc etwas anderes im Sinn. „Lass mich nur kurz abschließen, dann komm' ich rüber."

„Ich geh' mal einen zweiten Spaten suchen." Luc stieg von der Leiter und verschwand.

Kel ging zurück ins Haus und kontrollierte sein Handy. Keine Anrufe, keine Textnachrichten. Er hatte den festen Vorsatz, seine Mutter anzurufen, aber das konnte bis später warten. Zweifellos machte sie seinem Vater gerade ein großes Frühstück. In der

Hütte schliefen sie sich immer gerne aus.

Er steckte sein Handy in die Tasche, schloss das Haus ab und schlenderte dann über die Grundstücksgrenze, die aus diversen Büschen und Sträuchern bestand. Wer auch immer diese Wohngegend entworfen hatte, hielt eindeutig nichts von Zäunen: Von denen waren nur wenige zu sehen. Aus irgendeinem Grund fiel ihm eine Zeile aus einem Gedicht von Robert Frost ein, irgendwas über gute Zäune, die gute Nachbarn ergaben. Luc schien bisher ein guter Nachbar gewesen zu sein. Soweit Kel wusste, kam er gut mit Kels Eltern aus. Luc hatte sein Haus gekauft, kurz nachdem sie eingezogen waren, hatte seine Mom einmal gesagt. Kel war damals noch nicht mal auf der Welt gewesen.

Vielleicht fühle ich mich deshalb so wohl in seiner Gesellschaft. Luc kannte ihn von Geburt an.

Luc stand neben einem Stück Wiese, das er mit kleinen Holzpflöcken und Schnur abgesteckt hatte. Er blickte auf, als Kel näher kam. „Ich hab' ein Paar Gartenhandschuhe gefunden. Wir wollen ja nicht, dass du vom Umgraben Schwielen kriegst." Seine dunkelbraunen Augen zwinkerten. „Deine Mom würde mich einen Sklaventreiber schimpfen."

Kel nahm sich einen Moment Zeit, um ihn richtig anzuschauen. Als Kel ihn das letzte Mal gesehen hatte, war Lucs Bart noch nicht so grau gewesen: Nur ein paar vereinzelte schwarze Haare behaupteten sich noch gegen das üppigere Silberweiß. Es stand ihm, gab ihm ein distinguiertes Aussehen. Luc trug eine Wollmütze, aber Kel wusste, dass er schon lange keine Haare mehr auf dem Kopf hatte. Er hatte sich angewöhnt, sich den Kopf zu rasieren, kurz bevor Kel an die Uni gegangen war.

Wenn überhaupt, dann sah er mit zunehmendem Alter besser aus. Mürrischer. Sexier.

Kels Jeans straffte sich über seiner Leistengegend und seine Wangen wurden heiß. *Lieber Gott, sag mir, dass er nichts gesehen hat.*

„Ist schon eine Weile her, nicht?" Lucs tiefe Stimme durchbrach Kels Beobachtungen.

Kel schluckte. „Wie bitte?"

Luc musterte ihn. „Seit wir zum letzten Mal richtig miteinander geredet haben. Tut mir leid. Das lag an mir."

Erleichterung durchströmte ihn. Erstens betrachtete Luc sein offensichtlich gerötetes Gesicht schlicht als Befangenheit. Und zweitens hatte Kel jetzt die Bestätigung, dass er sich Lucs Abwesenheit nicht nur eingebildet hatte. „Ich hab' einfach gedacht, du bist mit deinem eigenen Leben beschäftigt."

„Das auch, aber du wolltest an die Uni gehen, ein neues Leben anfangen… ich wusste, ich würde dich nicht mehr so oft sehen. Und ich dachte mir, so ist es ein natürliches Ende." Er räusperte sich. „Also. Wir haben zu tun." Er hob die zerschlissenen grünen Arbeitshandschuhe auf, die neben ihm auf dem Boden lagen, warf sie Kel zu und deutete dann auf zwei aufrecht stehende Spaten. „Du nimmst den aus Stahl. Der ist neuer. Ich nehm' den mit dem Holzgriff."

Kel zog den Spaten aus der Erde, wo Luc ihn hingesteckt hatte. Er sah sich den mit Schnur markierten Umriss genauer an und registrierte die Größe. „Du meinst es wirklich ernst, was? Willst du so viel Gemüse züchten, dass du einen eigenen

Marktstand eröffnen kannst?"

Luc schnaubte. „Du kannst ja wieder aussteigen, wenn du denkst, du packst das nicht."

Das war's. „Ich glaube, ich kann mit dir mithalten. Ich hab' die Jugend auf meiner Seite." Kel grinste.

Luc lachte, dann ließ er die Muskeln spielen. Selbst durch die dicke Jacke konnte Kel die ansehnlichen Arme darunter erkennen, ebenso wie den breiten, starken Rücken. „Ach ja? Na, dafür hab' ich Muskeln." Er schob den Ärmel zurück und schaute auf die Uhr. „Wie wär's, wenn wir jetzt eine Stunde arbeiten, und dann machen wir Kaffeepause und essen ein paar Muffins?"

Okay, Kel war ganz Ohr. „Was für Muffins?"

„Blaubeere und Chocolate Chip."

Kel packten seinen Spaten mit festem Griff. „Na dann los." Er sah zu, wie Luc die oberste Erdschicht abtrug, mit seinem Spaten Grassoden abstach und zur Seite legte. „Okay, ich glaube, das krieg' ich hin."

Luc schmunzelte. „Warte bis heute Abend. Dein Rücken wird nicht wissen, wie ihm geschieht."

Kel war das egal. Die Sonne schien, er fror sich nicht den Hintern ab und er half einem Nachbarn.

Gute Sache.

„Wie möchtest du deinen Burger? Medium, durch?"

Luc legte zwei dicke Burger auf den Grill.

„Solange er nicht noch muht, ist alles okay. Saftig ist die eine Sache – blutig ist was anderes."

Luc lachte. „An Fleisch, das ein bisschen rosa ist, gibt's nichts auszusetzen." Er nahm Gurken, Tomaten, Essiggurken und Salat aus dem

Kühlschrank, gefolgt von einer Packung Scheiblettenkäse.

„Kann ich irgendwie helfen?" Kel trank einen großen Schluck Limo aus seinem Glas.

Luc wedelte mit dem Messer. „Auf keinen Fall. Du hast heute Morgen mehr als genug getan. Wir haben tatsächlich den schlimmsten Teil schon erledigt." Er warf Kel über die Arbeitsfläche hinweg einen Blick zu. Seine Augen funkelten. „Apropos schlimm, wie geht's deinem Rücken?"

Kel wölbte und reckte sich, Arme in der Luft. „Du hattest Recht. Das spür' ich morgen bestimmt."

„Hör mal, du musst nichts mehr machen. Du warst mir eine große Hilfe. Wenn du Feierabend machen willst, hätte ich überhaupt nichts dagegen." Luc schnitt die Gurke in dünne Scheiben und die Tomaten in dicke.

Kel sah ihn abwägend an. „Und du, hörst du jetzt auf?" Als Luc den Kopf schüttelte, verschränkte Kel die Arme vor der Brust. „Dann tu ich's auch nicht." Er grinste. „Wir wollen ja nicht, dass du denkst, ein Vierundzwanzigjähriger kann nicht mit einem Mann in… deinem Alter mithalten."

„Siebenundvierzig. Falls du das wissen wolltest, aber zu höflich warst, um zu fragen." Luc legte die aufgeschnittenen Brötchen auf den Grill. „Also, ich hab' Relish, Ketchup, Mayo…"

„Mayo", sagte Kel sofort. Er warf einen Blick auf Lucs Küche. Sie war vom Aufbau her identisch mit der seiner Eltern, aber statt hölzerner Fronten gab es hier strahlendes Weiß, das dem Raum eine leichte, luftige, moderne Atmosphäre verlieh.

Luc wendete die Burger. „Und, wie ist die Uni so?

Du müsstest doch jetzt bald damit fertig sein." Kel stützte die Ellbogen auf die Frühstückstheke. „Im Juni."

„Was dann? Ein MBA öffnet eine ganze Menge Türen. Damit hast du die freie Wahl, was du beruflich machen willst." Kel konnte den Seufzer nicht unterdrücken, der irgendwo tief aus seinem Innern kam und Luc verstummte. „Was hab' ich denn gesagt?"

„Es ist mein Dad. Er wollte eigentlich gar nicht, dass ich den MBA mache." Kel hatte immer noch die erhobene Stimme seines Vaters im Ohr, sein gerötetes Gesicht vor Augen.

Luc legte die Brötchen auf zwei Teller. „Zwiebel?" Kel nickte und Luc machte sich ans Zusammenstellen der Burger. „Was hättest du denn dann nach deinem Bachelor machen sollen, wenn ich das fragen darf?" Sein Lächeln verblasste. „Wir reden nie über deine Ausbildung. Ich habe den Eindruck, dass das kein gutes Gesprächsthema ist. Alles, was ich über dich weiß, habe ich von deiner Mutter. Sie ist so stolz auf dich."

Die Frage kam ihm sofort in den Sinn: *Warum zeigt sie das dann nicht?* Kel wischte den unfreundlichen Gedanken beiseite. Mom hatte noch nie gut Gefühle zeigen können, auch wenn sie darin ein klein wenig besser abschnitt als sein Dad.

„Er wollte, dass ich bei ihm im Gemeindedienst mitarbeite."

Lucs Gesicht straffte sich. „Ah."

Etwas schoss Kel durch den Kopf, die Erinnerung an ein Gespräch, das er als Kind mitgehört hatte. „Du bist kein Kirchengänger, oder?" Als Luc ihn anstarrte, zuckte Kel die Achseln. „Ich hab' vor Jahren mal etwas gehört, mein Dad zu meiner Mom gesagt hat. Dass du für einen Ungläubigen ganz okay bist oder sowas in der Art."

Luc lachte leise. „Ja, das klingt ganz nach deinem Dad. Ich fühle mich geschmeichelt, dass er mich okay findet. Für Leute, die seinen Glauben nicht teilen, hat er nicht viel übrig." Er legte den Kopf schräg. „Und was ist mit dir?"

Kels Herz hämmerte. „Was soll mit mir sein?"

„Du willst offensichtlich nicht mit deinem Vater zusammenarbeiten. Liegt das daran, dass du andere Pläne hast... oder weil du auch nicht gläubig bist?"

Kel erstarrte. Seine Kehle war wie zugeschnürt.

Luc runzelte die Stirn. „Tut mir leid. Ich hatte kein Recht, diese Frage zu stellen. Dein Glaube ist deine Privatsache." Er reichte Kel einen Teller, dann machte er einen Schrank auf und nahm eine Tüte Chips heraus. „Burger ohne Chips geht nicht, stimmt's?"

Ganz allmählich entkrampfte sich Kels Kehle. Er trank einen Schluck Limo. „Darüber kann ich nicht reden."

Lucs Mundwinkel bogen sich nach unten, als hätte sich eine kummervolle Maske vor sein Gesicht geschoben. „Und das erwarte ich auch nicht von dir. Entschuldige bitte."

Er sah so unglücklich aus, dass Kel Mitleid mit ihm hatte. „Lass uns essen. Ich bin am Verhungern."

„Natürlich. Du hast heute Morgen ja auch bloß drei Muffins gegessen." Lucs Lippen zuckten und Kel war erleichtert, die Veränderung in ihm zu sehen.

Kel starrte ihn in gespielter Empörung an. „Du hast

mitgezählt!"

Luc nahm sich eine große Handvoll Chips. „Ich seh‘ besser zu, dass ich von denen ein paar abkriege, bevor du sie in die Finger kriegst." Dieses Glitzern in seinen Augen war wieder da und Kel freute sich, es zu sehen.

Bis auf diesen kurzen Ausrutscher war es sehr schön gewesen, mit Luc zu reden, während sie arbeiteten. Es war, als wären die Jahre von ihnen abgefallen und als wäre Luc wieder der Nachbar, der Kel zum Lachen und zum Lächeln brachte.

Nur, dass Kel wusste, dass das nicht die ganze Wahrheit war. Luc hatte sich vielleicht im Lauf der Jahre nicht großartig verändert, aber Kel schon. Und wenn er ehrlich war, sah er Luc jetzt mit anderen Augen als damals, als er mit seinem Ball eine Scheibe von Lucs Gewächshaus eingeworfen hatte.

Jetzt sah er Luc als Mann. Als reifen Mann, der eine Wirkung auf Kel hatte, die sein jüngeres Ich nicht verstanden hätte.

Fang gar nicht erst an. Zu viele widersprüchliche Emotionen waren mit diesen Erinnerungen verwoben. Vielleicht war es gut, dass er Luc in letzter Zeit nur so selten gesehen hatte. Das hätte ihn nur noch tiefer in Verwirrung und Schuldgefühle gestürzt.

„Du isst ja gar nichts."

Kel schnappte sich die Chipstüte. „Ich wollte erst mal abwarten, ob du mir welche übrig lässt."

Luc kicherte und aß seinen Burger. Kel folgte seinem Beispiel und schob seine Gedanken beiseite. Beim Umgraben heute Nachmittag würde wenig Zeit für Grübeleien bleiben.

Gott sei Dank.

Kel streckte seinen Rücken. „Ich glaube, ich habe genug für heute." Sie hatten das Erdreich umgegraben und für die Saaten und Pflanzen vorbereitet, die Luc gekauft hatte. Er warf lächelnd einen Blick auf ihr Werk. „Nicht schlecht für einen Tag Arbeit."

„Stimmt." Luc wischte sich mit etwas, das nach einem Kopftuch aussah, den Schweiß von der Stirn. Irgendwann im Verlauf des Nachmittags hatte er seine Mütze abgenommen und sich stattdessen das rotweiß gemusterte Stofftuch um den Kopf gebunden. Dann hatte er seine Jacke ausgezogen, unter der er ein schlichtes, blaues T-Shirt trug. Was Kel in die Nase stieg, war der Geruch von Lucs Schweiß gemischt mit einem anderen Duft, der irgendwas mit seinem Inneren anstellte.

Warum ist es eklig, wenn ich schwitze, aber bei seinem Geruch wird mir ganz heiß?

„Kel?"

Er schrak zusammen. „Tut mir leid. Ich war wohl für einen Moment ganz weggetreten."

„Ich hab nur gesagt, ein Mittagessen ist wohl kaum eine angemessene Entschädigung für alles, was du geleistet hast. Ich habe Steaks im Kühlschrank und im Gefrierfach sind Zwiebelringe und Süßkartoffel-Pommes. Wie wär's, möchtest du mit mir zu Abend essen?" Er schaute auf die Uhr. „Es ist schon fast sechs."

Kel war schwer in Versuchung. Die bloße

Erwähnung von Zwiebelringen und Süßkartoffel-Pommes hatte ihm den Mund wässrig gemacht. „Ich will mich nicht aufdrängen", protestierte er.

Luc zog die Augenbrauen hoch. „Wie kommst du darauf, dass das aufdringlich wäre? Ich würde mich über Gesellschaft freuen. Außerdem haben wir einiges nachzuholen. Ich will wissen, was du in letzter Zeit so getrieben hast."

Soweit es Kel betraf, gab es in diesem Gespräch viel zu viele potenzielle Stolperfallen. Er blickte sich in Lucs Garten um. Seit seiner Kindheit hatte sich wenig verändert. Der hintere Teil des Grundstücks war durch hohe Bäume gekennzeichnet, die es auch von dem Haus links neben Lucs trennten.

„Was hast du denn da drüben?" Er deutete auf eine Baumreihe weiter links. „An die kann ich mich von früher gar nicht erinnern." Allerdings war es wirklich schon eine Weile her, seit er Lucs Garten betreten hatte.

„Das sind Leyland-Zypressen. Und sie haben einen bestimmten Zweck." Er winkte Kel mit dem Finger zu sich. „Komm mit, dann siehst du's."

Kel folgte ihm über den Rasen zu einer breiten Lücke zwischen den Bäumen. Als er drin war, grinste er. „Du hast dir einen Pool angeschafft." Er war von den Bäumen umgeben und hatte einen gepflasterten Außenbereich. An einem Ende führte eine Treppe ins Wasser und in einer Ecke war ein Teil mit einer runden Einfassung abgetrennt. Kels Grinsen wurde breiter. „Und einen Whirlpool."

„Jetzt weißt du, warum ich die Bäume gepflanzt habe", erklärte Luc. „Ich wollte keinen Zaun aufstellen, weil Zäune hier in der Gegend nicht besonders gut ankommen. Wie du bemerkt haben dürftest." Kel lachte leise. „Und es auf diese Weise zu machen schafft mir Privatsphäre. Hier draußen kann ich mich sonnen, ohne Angst haben zu müssen, dass einer meiner Nachbarn mich sehen könnte." Luc biss sich auf die Lippe. „Deine Eltern würden die Art, wie ich mein Sonnenbad nehme, wahrscheinlich nicht gutheißen."

Und mir nichts, dir nichts hatte Kel ein Bild im Kopf, das er gerade jetzt *wirklich* nicht dort haben wollte. Glücklicherweise wechselte Luc das Thema. „Gehen wir uns frischmachen, und dann mache ich uns etwas zu essen."

Sie verließen den Pool und gingen auf die Terrasse hinter dem Haus zu, ein schattiges Plätzchen mit ein paar Stühlen unter dem Vordach. Kel lächelte, als er die Hollywood-Schaukel sah. „Die gibt's wenigstens noch." Dort hatten er und Luc oft gesessen und zusammen eins von Kels Büchern gelesen. Er konnte sich noch daran erinnern, als wäre es gestern gewesen.

Luc blickte über seine Schulter in Richtung Straße und runzelte die Stirn. „Kel? Du hast Besuch."

Kel schaute sich um, und sein Puls ging sofort in die Höhe.

Zwei Polizisten kamen gerade die Auffahrt herauf und gingen auf seine Haustür zu.

Kapitel 3

Kel streifte seine Gartenhandschuhe ab. „Ich geh'
mal besser nachsehen, was die wollen." Nur dass es
wahrscheinlich mehr darum ging, *zu wem* sie wollten.
Doch ganz bestimmt nicht zu ihm.

„Ich komme mit." Luc zog seine Handschuhe
ebenfalls aus.

Kel warf ihm einen dankbaren Blick zu. Nicht, dass
er irgendwie Grund zur Sorge gehabt hätte, aber…

Sie gingen über Lucs Rasen und um die Garage
herum zur Tür, wo die Polizisten standen. „Kann ich
Ihnen helfen?", fragte Kel höflich.

„Sind Sie Kelvin Taylor?" Der Polizist nahm seine
Kappe ab und der andere tat es ihm nach. Der erste
Polizist streifte Luc mit einem flüchtigen Blick und
sah dann wieder Kel an.

„Ja. Kel ist mir allerdings lieber." Ihr feierlicher Ernst
machte ihm allmählich Angst.

„Könnten wir ins Haus gehen, bitte?"

Stirnrunzelnd schloss Kel die Haustür auf und ging
hinein. Luc wartete, während die Polizisten ihm
folgten. „Hast du was dagegen, wenn ich mit
reinkomme?"

Erleichterung durchströmte ihn. „Davon bin ich
eigentlich ausgegangen."

Luc trat ins Haus, wo die Polizisten im Flur standen
und sich umschauten, als wüssten sie nicht weiter.
Kel winkte sie ins Wohnzimmer seiner Mutter. „Sie
können hier reingehen."

Die Polizisten traten ein, setzten sich aber nicht.

Lucs Hand war plötzlich auf seinem Rücken. „Ich glaube, du solltest dich lieber hinsetzen", sagte er leise. Kel sah ihn verwundert an, aber Luc deutete nur auf den nächststehenden Sessel. „Bitte, Kel?"

Immer noch ratlos setzte Kel sich hin und Luc nahm auf dem Sessel neben ihm Platz. Er blickte zu den Polizisten auf. „Ich bin Luc Bryant. Ich wohne nebenan und kenne die Familie seit über dreiundzwanzig Jahren."

Der erste Polizist wirkte erleichtert. „Ah ja." Er wandte seine Aufmerksamkeit Kel zu. „Ihre Eltern sind John und Christine Taylor, stimmt das?"

Eisige Finger strichen über Kels Haut. „Ja." Das Wort kam als Flüstern heraus. „Es ist etwas passiert, oder?" Er packte die Armlehnen des Sessels, grub die Finger in den Samt. Luc legte ihm eine Hand auf den Rücken, wie um ihn daran zu erinnern, dass er nicht alleine war.

„Es tut mir leid, Ihnen mitteilen zu müssen, dass Ihre Eltern heute Nachmittag in ihrer Hütte aufgefunden wurden. Der Hausverwalter" –

„Aufgefunden? Was soll das heißen, aufgefunden?" Kels Herzschlag beschleunigte sich und ihm brach auf Stirn und Rücken der kalte Schweiß aus. „Wollen Sie damit sagen, dass sie… tot sind?"

„Anscheinend hatte der Heizkessel einen Defekt. Der Hausverwalter hat heute Nachmittag bei ihnen vorbeigeschaut und sie tot aufgefunden. Wie es scheint, sind sie im Schlaf an einer Kohlenmonoxidvergiftung gestorben. Es wird natürlich eine gerichtliche Untersuchung geben." Der Polizist schaute auf seinen Notizblock. „Gibt es jemanden in der Familie, den Sie anrufen können?"

Kel konnte nicht sprechen. Was der Polizist gesagt hatte, ergab einfach keinen Sinn. Sie konnten nicht tot sein.

„Meines Wissens ist Kels einziger Verwandter sein Großvater, der gerade in Afrika ist", sagte Luc mit verhaltener Stimme. „Ich habe keine Ahnung, ob Kel Tanten oder Onkel hat."

„Es gibt sonst niemanden", stieß Kel hervor. „Mom und Dad waren beide Einzelkinder." Er starrte auf einen Punkt zwischen den beiden Polizisten. „Vergiftung?" Entfernt nahm er wahr, dass Luc Fragen stellte, aber Kel hörte nicht zu. Die Stimme in seinem Kopf wiederholte immer wieder: ‚Tot! Sie sind tot!', bis er glaubte, schreien zu müssen.

„Kel. Kel."

Er blinzelte. Luc hielt seine Hand. Hinter ihm waren die Polizisten gerade dabei, ihre Kappen wieder aufzusetzen.

Warum nimmt man die Kappe ab, um einen Todesfall zu melden? Macht es das irgendwie besser? Sein Verstand klammerte sich an die Hoffnung, dass ein Irrtum vorliegen musste, aber tief in seinem Innern wusste er es besser. Sie waren tot.

„Kel, die Polizisten gehen jetzt." Lucs Stimme war so verdammt sanft.

Kel schluckte und kam unsicher auf die Füße. „Danke, dass Sie mir Bescheid gesagt haben", sagte er schließlich. Luc war nicht von seiner Seite gewichen. Irgendwo in Kel rastete etwas ein und er richtete sich auf. Er konnte mit all dem umgehen. Er reichte beiden Polizisten die Hand und begleitete sie dann zur Tür. Dort stand er, während sie zu ihrem Auto gingen, mit geradem Rücken und hocherhobenem Kopf.

„Ich mach' dir einen Tee", verkündete Luc. Als Kel ihn anstarrte, seufzte Luc. „Süßer Tee. Ist gut gegen Schock, hat meine Großmutter immer gesagt. Allerdings hat sie Brandy in ihren Tee getan."

„Mom trinkt manchmal Pfefferminztee." Er versuchte, den Teil seines Verstandes zu ignorieren, der ihm sagte, dass er in der falschen Zeitform sprach. Der Gedanke an Tee ließ ihn kalt.

Nein, nicht kalt – empfindungslos. Er war einfach… empfindungslos.

„Soll ich deinen Großvater anrufen? Es gibt bestimmt eine Nummer, unter der ich ihn erreichen kann."

Er brauchte einen Moment, um Lucs Frage zu registrieren. „Nein, im Moment ist er nicht zu erreichen. Für niemanden. Er ist gerade zu Fuß in irgendeiner abgelegen Gegend unterwegs, wo es kein Telefon und kein Internet gibt. Ich schreibe ihm eine E-Mail. Die kann er lesen, wenn er wieder in die Zivilisation zurückkommt." Kel konnte selbst kaum glauben, wie gut er das alles aufnahm. Er brach nicht zusammen. *Dad wäre sowas von stolz auf mich.*

„Ich glaube, ich rufe mal besser deinen Hausarzt an." Sie standen immer noch im Flur.

Kel konnte das nicht verstehen. „Warum? Ich bin okay."

„Das ist es ja gerade. Du bist viel zu ruhig. Ich glaube, du stehst unter Schock."

„Schock?" Seiner Meinung nach kam er *bestens* klar. „Ich glaube, ich möchte einen Tee." Aufrecht und mit festen Schritten ging er durchs Wohnzimmer in die Küche. Er nahm die grüne Schachtel mit den Pfefferminztee-Beuteln aus einem Schrank. Luc füllte den Wasserkessel, stellte ihn auf den Herd und schaltete die Platte an.

Kel lehnte sich an die Küchenzeile. „Und, wie geht's jetzt weiter?" Seine Stimme klang nicht wie seine. Das hier war eine tonlose, desinteressierte Stimme.

„Jemand von der Gerichtsmedizin wird anrufen, und dann werden sie sich mit dem Bestattungsunternehmen in Verbindung setzen, das du" – Luc stieß den Atem aus. „Das schaffst du nicht, nicht alleine. Da gibt es zu viel zu organisieren."

Für einen Moment war Kel drauf und dran, Luc zu sagen, dass er das *sehr wohl* schaffen würde. Bis ihm klar wurde, dass Luc Recht hatte. Er war erst *vierundzwanzig*, um Himmels willen. In diesem Alter sollte niemand ans Organisieren von Begräbnissen denken müssen.

Er schluckte mühsam. „Könntest… könntest du mir vielleicht helfen? Ich meine, hast du sowas schon mal gemacht?"

„Natürlich helfe ich dir", sagte Luc mit einem freundlichen Lächeln. „Und nein, ich habe noch nie eine Beerdigung organisiert, aber ich weiß, was zu tun ist. Ich stelle eine Liste auf. Ich brauche Einsicht in ein paar Unterlagen, wie zum Beispiel das Adressbuch deiner Eltern, damit wir wissen, wen wir einladen müssen. Deine Eltern hatten wahrscheinlich einen Rechtsanwalt, der sich um den offiziellen Kram kümmern wird. Und" –

Zu viel. Es war einfach zu viel. Kel hätte am liebsten den Kopf in den Händen vergraben und gewartet, bis das alles aufhörte, einfach *aufhörte*.

Kräftige Hände fassten ihn an den Schultern. „Es ist

okay, sich auf andere zu stützen und Hilfe anzunehmen, weißt du. Niemand erwartet von dir, das alles alleine zu machen."

Gott, seine Stimme war so *sanft*, und als Luc ihn an sich zog, ließ Kel sich umarmen, drückte das Gesicht an die breite Brust, die nach frischer Luft roch und nach Baumwolle und... Er klammerte sich an Luc, mit trockenen Augen, als eine Welle der Erschöpfung ihn überrollte, über ihm zusammenschlug und jedes Bisschen Energie mit sich nahm, das er besaß.

„Warum legst du dich nicht für eine Weile hin und ich sehe inzwischen mal, was ich zum Abendessen machen kann? Wir könnten beide was zu essen vertragen."

Kel reckte den Hals, um Luc in die Augen zu sehen. „Du gehst nicht weg?"

Lucs Hand war warm und sanft auf seiner Wange. „Ich gehe nirgendwo hin. Leg dich einfach mal für eine halbe Stunde aufs Ohr. Ich bin hier, wenn du mich brauchst." Er ließ Kel los und trat einen Schritt zurück. „Also, wo ist dein Zimmer?"

Kel deutete zum hinteren Teil des Hauses. „Die Treppe rauf links."

Luc lotste ihn zum Fuß der Treppe „Sag Bescheid, falls du was brauchst, ja?"

„Mach' ich." Er hielt sich am Geländer fest, als er die Treppe hinaufging, dankbar, dass Luc ihn nicht begleitet hatte. Denn er hatte das Gefühl, dass er zusammenbrechen würde, sobald er in seinem Zimmer war. Dort angekommen machte Kel die Tür hinter sich zu. Er schaffte es gerade noch bis zum Bett, ließ sich darauf fallen und vergrub das Gesicht in der Tagesdecke.

Das war doch bestimmt ein Traum, oder? Ein schrecklicher Traum.

Kel schloss die Augen und wartete darauf, dass der Alptraum zu Ende ging.

Luc wartete, bis Kels Tür ins Schloss gefallen war. Dann ging er ins Esszimmer, zog sich einen Stuhl heraus und ließ sich auf den Sitz fallen, den Kopf in den Händen.

Was für ein Ende für einen seltsamen Tag.

Er konnte es immer noch nicht glauben, dass er Kel gebeten hatte, ihm bei der Gartenarbeit zu helfen. Denn bei seinem bloßen Anblick hatte jede Faser in Luc ihn angebrüllt, sich von ihm fernzuhalten. *Ich habe es all die Jahre hingekriegt. Warum nur musste sich ausgerechnet jetzt alles ändern?*

Allerdings brachte es im Moment rein gar nichts, sich darüber Gedanken zu machen. Nur der Junge war wichtig. Der Junge, und die furchtbare Situation, in der er sich jetzt befand.

Luc konnte es nicht fassen. John und Christine – tot? Er konnte sich noch an den Tag erinnern, als er ihnen zum ersten Mal begegnet war. Luc war so aufgeregt gewesen, als er im zarten Alter von vierundzwanzig in sein erstes eigenes Haus gezogen war, immer noch voller Euphorie über seinen neuen Job. Das Haus war natürlich viel zu groß für ihn, aber andererseits hatte er es sich nicht selbst ausgesucht. Das war seine Oma gewesen. *Wenn man ein Haus geschenkt kriegt, sagt man nicht nein.*

Und dieser Junge. Luc musste daran denken, wie er

ihn in seinem Stubenwagen bewundert und darüber gestaunt hatte, wie winzig er war. Ihm beim Aufwachsen zuzusehen war ein Abenteuer gewesen. Kel war von Anfang an eine Persönlichkeit gewesen und er hatte Luc oft leidgetan, weil er ein Einzelkind war.

Luc gab sich einen Ruck. In Erinnerungen zu schwelgen war *keine* gute Idee. Und Kel zu sich einzuladen… was zum Teufel hatte er sich nur dabei gedacht? Er hatte einen verdammt guten Grund dafür gehabt, sich von dem Jungen fernzuhalten. Und jetzt jeden gesunden Menschenverstand zu ignorieren, nur weil Kel ihm leidtat…

Herrgott nochmal, würdest du dir vielleicht mal selbst zuhören? Der Junge hat eben erst beide Eltern verloren. Hier geht's nicht um dich, also konzentrier' dich auf das, was getan werden muss, und wenn er stark genug ist, um alleine klarzukommen, dann… verschwinde. Ganz schnell.

Denn der Anblick von Kel, durchtrainierter als Luc ihn in Erinnerung hatte und mit einem Bartschatten – lieber Gott, wie dieser Bart ihn aussehen ließ –

Scheiße. Er konnte es sich nicht leisten, so zu denken. Luc stand vom Tisch auf und ging in die Küche. Er war sich ziemlich sicher, dass im Gefrierschrank etwas zu finden sein würde. Was das betraf, war Christine altmodisch. Wie er aus Gesprächen wusste, hatte sie ein Faible dafür, Johns Lieblingsgerichte immer gleich in größeren Mengen zu kochen und dann portionsweise einzufrieren.

John war immer der Distanziertere der beiden gewesen, aber er und Luc waren über die Jahre ganz gut miteinander ausgekommen – solange John nicht von religiösen Themen anfing und Luc den Mund hielt. Denn Luc hatte so ein paar Leichen im Keller, die sein Prediger-Nachbar besser nicht finden sollte.

Wenn Luc es nicht besser wüsste, hätte er schwören können, dass seine Großmutter ihm mit Absicht genau dieses Haus gekauft hatte. Sie war vielleicht um einiges liberaler gewesen als ihr Sohn, aber das hieß nicht, dass es ihr gefallen hatte, einen schwulen Enkel zu haben. Nicht, dass ihr das Wort ‚*schwul*‘ je über die Lippen gekommen wäre.

Was hast du dir gedacht, Oma? Luc starrte an die Decke, denn wenn es den Himmel wirklich gab, nahm er doch stark an, dass sie dort auch war: Der Herr hätte es nicht *gewagt*, sie abzuweisen. *Hast du geglaubt, wenn du mir einen Prediger als Nachbarn verpasst, würde mich das ändern?*

So wie er seine Großmutter kannte, lag er damit wahrscheinlich gar nicht mal so falsch.

Und jetzt waren John und Christine tot. Luc hatte vielleicht ihre Glaubensvorstellungen nicht geteilt, aber als Menschen hatte er sie ganz gern gemocht. Es war schwer, zwei Menschen nicht zu mögen, die etwas so Schönes wie Kel hervorbringen konnten. Zu gegebener Zeit würde er um sie trauern.

Er hatte so das Gefühl, dass er bis dahin viel zu tun haben würde. Denn Kel brauchte einen Freund, und was auch immer Luc sonst war, das konnte er sein.

Kapitel 4

„Kel? Die Autos sind da."
Kel warf einen Blick in den Spiegel. Der neue Anzug fühlte sich steif an. Ein Blick in den Schrank letzte Woche hatte gereicht, um ihm klar zu machen, dass eine Einkaufstour erforderlich war. Glücklicherweise war Luc mitgegangen, und es hatte nicht lange gedauert, den schwarzen Anzug auszusuchen. Was die Krawatte anging, hatte er eine von Dad gefunden. Sie zu binden hatte viele Erinnerungen geweckt. Aber im Gegensatz zu denen, die ihn während der vergangenen Woche geplagt hatten, brachten diese ihn zum Lächeln. Kels erste Versuche, eine Krawatte zu schlingen, waren haarsträubend gewesen. *Komisch, wie manche Dinge mit dem Alter besser werden.*
„Kel?" Ein leises Klopfen an der Tür.
„Komme." Er ging zur Tür und machte sie auf. Luc in einem Anzug war wirklich sehenswert. „Du siehst aus, als fühlst du dich da drin deutlich wohler als ich", bemerkte Kel.
Luc zuckte die Achseln. „Als Geschäftsmann gewöhnt man sich daran, sowas zu tragen. Und je schicker der Anzug, desto mehr wirst du respektiert." Er holte tief Luft. „Zeit zum Gehen. Ich fahre dir mit meinem Auto nach."
Moment mal – was? „Warum kannst du nicht bei mir mitfahren?" Er würde das *nicht* alleine durchexerzieren.
Luc seufzte. „Der Wagen ist für die Angehörigen

da. Wenn dein Großvater hier wäre, würde er mit dir fahren."

„Aber er ist nicht hier, und wir wissen nicht mal, wann er es erfahren wird. Und ich fahre *nicht* ganz alleine in diesem Auto zur Beerdigung!" Zum ersten Mal, seit Kel vom Tod seiner Eltern erfahren hatte, drohten ihm die Tränen zu kommen. „Bitte, Luc. Du kannst meinen Großvater vertreten. Nur, lass mich nicht" –

Luc legte ihm einen Finger auf die Lippen. „Schscht. Ich fahre mit dir. Es wäre mir eine Ehre, deine Familie zu vertreten." Er nahm seine Hand weg, den Blick unverwandt auf Kels Augen geheftet. „Ist das besser?"

Kel schluckte. „Mehr, als du dir vorstellen kannst." Luc trat beiseite und Kel verließ das Zimmer. Er ging langsam die Treppe hinab und hielt sich dabei am Geländer fest, da er sich fühlte, als könnte er bei der kleinsten Brise in tausend Stücke zerspringen. Luc folgte ihm in den Flur und zur Haustür. Das Haus war so still wie seit einer Woche nicht mehr. Seit Bekanntwerden der Nachricht hatte es einen steten Strom von Besuchern gegeben, hauptsächlich Damen aus der Gemeinde, die Essen brachten. Kel würde mit Sicherheit nicht verhungern.

Luc öffnete die Tür, und da war er, der schwarz glänzende Wagen. Der Fahrer, im formellen schwarzen Anzug mit Kappe, stand wartend daneben. Auf dem Gehsteig und in den Einfahrten der Nachbarhäuser standen schweigende Menschen.

Und vor dem Auto war der Leichenwagen, ein noch längeres, noch gepflegteres Gefährt. Der Innenraum war mit bunten Blumenkränzen angefüllt, die die

Särge verdeckten.

Kel schluckte. „Also dann, fahren wir." Er ging hocherhobenen Hauptes zum Auto, und als er näher kam, öffnete der Fahrer die hintere Tür für ihn.

„Ich steige auf der anderen Seite ein", sagte Luc leise und ging um den Wagen herum.

Kel setzte sich auf den Rücksitz und die Tür schloss sich mit einem schweren ‚*wumms*'. Als sie endlich losfuhren, sackte er auf dem lederbezogenen Sitz in sich zusammen.

„Nur damit du's weißt, es werden eine Menge Leute am Grab sein", sagte Luc nach einem Moment.

„Ja, damit hatte ich irgendwie schon gerechnet. Wahrscheinlich zunächst mal alle aus Dads Gemeinde." Kel stieß einen tiefen Seufzer aus. „Danke übrigens. Du hast diese Woche über unheimlich viel für mich getan." Er vermied es, nach vorn zu schauen. Er wollte nicht daran denken, dass seine Eltern in diesen glänzenden Särgen lagen.

Luc schnaubte. „So viel war das gar nicht."

Kel war nicht bereit, das so stehenzulassen. „Das ist mein Ernst. Du hast einen Bestattungsunternehmer gefunden, hast die Anzeige in die Zeitung gesetzt, das Essen für den Empfang hinterher organisiert…"

„Ich bin nur dankbar, dass deine Eltern vorausgedacht haben. Dass sie sich schon eine Grabstelle gekauft hatten, hat uns das Ganze sehr viel einfacher gemacht."

Kel senkte den Kopf. „Ich hab' mich noch nie so nutzlos gefühlt. Ich konnte nicht mal die Lieder und Lesungen für den Gottesdienst aussuchen."

Luc fasste nach Kels Hand. „Deshalb haben wir das ja den Leuten überlassen, die mit deinem Dad zusammengearbeitet haben, schon vergessen? Damit du nicht darüber nachdenken musst." Er drückte Kels Hand. „Und du warst nicht nutzlos. Du hast die Sachen ausgesucht, die sie tragen sollen, oder etwa nicht?"

Kel schluckte. Es war eine Tortur gewesen, vor dem Kleiderschrank seines Vaters zu stehen und zu überlegen, welchen Anzug er dem Bestatter geben sollte. *Den Anzug, in dem man ihn begraben wird.* Er erschauerte. Als der Bestatter ihm gesagt hatte, dass er Gegenstände mit in den Sarg legen konnte, hatte er den Mann angestarrt, als wäre ihm ein zweiter Kopf gewachsen. Erst als er im Schlafzimmer seiner Eltern gestanden hatte, war ihm die Idee gekommen. Da war dieser kleine Teddybär in einem Hochzeitskleid, den er seiner Mutter letztes Jahr zu ihrem fünfundzwanzigsten Hochzeitstag geschenkt hatte. Ein albernes kleines Ding eigentlich, aber seine Mutter hatte es geliebt. Der Bär hatte immer auf ihrem Nachttisch gesessen.

Ihm wurde ganz eng um die Brust, wenn er an diesen kleinen Teddy dachte, wie er in ihren Händen lag…

„Glaubst du, es war richtig?", platzte er heraus.

„Was denn?"

„Dass ich sie nicht mehr sehen wollte, bevor die Särge geschlossen wurden." Der Bestattungsunternehmer hatte ihn eingeladen, sich von seinen Eltern zu verabschieden, doch beim bloßen Gedanken daran hatte Kel das Herz gebebt.

„Unter diesen Umständen gibt es kein Richtig oder Falsch. Du tust das, was *dir* richtig vorkommt." Luc ließ seine Hand los. „Und wenn wir schon von richtig oder falsch reden… *niemand* sagt, dass du während des Gottesdienstes etwas sagen musst, okay? Es wird genug andere geben, die das tun wollen, glaub mir. Fühl dich bloß zu nichts gedrängt."

Kel atmete einmal tief und zittrig durch. Er hatte keine Ahnung, woher Luc wusste, dass ihm das zu schaffen gemacht hatte. Aber die Worte zu hören war wie eine Befreiung.

Luc griff erneut nach Kels Hand und umfasste sie mit seinem beruhigenden Griff. „Alles wird gut", sagte er leise.

Es würde nicht alles gut werden. Wie konnte alles gut werden, wenn innerlich etwas an Kel nagte? *Ich bin ein furchtbarer Mensch. Was für ein Sohn weint nicht, wenn seine Eltern sterben?* Er hatte keine Ahnung, warum die Tränen nicht gekommen waren. Die dumpfe Benommenheit, die er an diesem schrecklichen Tag erlebt hatte, hatte alles durchdrungen, bis Kel irgendwie daran gewöhnt war.

„Wir sind da."

Kel blickte auf, als sie durch das Friedhofstor fuhren. Er umklammerte Lucs Hand fester. „Ich will nur, dass das vorbei ist", flüsterte er, als wäre es falsch, die Worte lauter auszusprechen, als würde ihn das zu einem noch schlechteren Menschen machen.

„Es wird vorbei sein. Schon bald."

Der Wagen kam zum Stehen und der Fahrer stieg aus, um Kel die Tür zu öffnen. Er stand am Rand einer gewaltigen Rasenfläche, die mit Urnen und Grabsteinen übersät war. Nur wenige Schritte von den Fahrzeugen entfernt hatte sich eine große Menschenmenge versammelt.

Schwarz gekleidete Männer hoben ehrerbietig die Särge aus dem hinteren Teil des Leichenwagens.

Kels Brust wurde eng und das Atmen fiel ihm schwer.

Lucs Hand war auf seinem Rücken. „Ich bin hier, okay?"

Kel war noch nie in seinem Leben so dankbar gewesen.

Luc machte sich Sorgen um Kel.

Eins musste man dem Jungen lassen: Er bewies mehr innere Stärke, als Luc gedacht hatte. Kel stand hocherhobenen Hauptes neben dem Grab, mit geradem Rücken, den Blick starr auf einen Punkt in der Ferne gerichtet.

Nur, dass das gar keine innere Stärke war, oder? Luc hatte den deutlichen Eindruck, dass ihm diese ganze tragische Situation einfach noch nicht ins Bewusstsein gedrungen war. *Er hat es noch gar nicht richtig begriffen.*

Luc hatte selbst schon Trauer erlebt. Er wusste aus Erfahrung, dass die einzelnen Phasen unausweichlich kommen würden. Irgendwann – wann genau, konnte Luc nicht wissen – würde das alles Kel treffen wie eine tonnenschwere Abrissbirne mitten in den Solar Plexus.

Was Kels Haltung noch erstaunlicher machte, war die Tatsache, dass er von Trauer umgeben war. Mitglieder von John Taylors Gemeinde weinten offen am Grab, unfähig, ihren Kummer zu beherrschen. Viele von ihnen traten an Kel heran und drückten ihm die Hand, umarmten ihn, klammerten sich an ihn, und doch blieb er bei alldem scheinbar unberührt.

Oh ja, Luc machte sich *große* Sorgen um Kel.

Als es schließlich soweit war und die beiden Särge in die Gräber hinabgelassen wurden, erschauerte Kel trotz der unerwarteten Wärme der Nachmittagssonne. Luc stand neben ihm und nahm, unbemerkt von den Umstehenden, seine Hand. Kel umklammerte Lucs Hand so fest, dass er ihm fast den Blutkreislauf abschnürte. Aber Luc ließ den Jungen sich festhalten: wenn ihm das ein bisschen Trost gab, umso besser.

Dann war es vorbei.

Der Geistliche verlas die Mitteilung, dass jeder, der mit Kel das Leben seiner Eltern feiern wollte, bei ihm zuhause willkommen war. Luc hatte bereits einen Partyservice bestellt und Getränke und Häppchen liefern lassen, nachdem er sich zwecks Mengeneinschätzung zuvor mit einigen der Damen beraten hatte, die in der vergangenen Woche zu Besuch gekommen waren. Dabei hatte sich niemand über seine Beteiligung überrascht gezeigt, aber vermutlich eher aus Kummer als aus Mangel an Neugierde.

Nach und nach verließen die Trauernden den Friedhof, bis nur noch eine Handvoll übrig blieb.

Luc legte Kel die Hand auf den Rücken. „Zeit zum Gehen", sagte er leise. „Zuhause werden sie dich schon erwarten."

Kel schluckte. „Wobei ich mich dort jetzt gerade nicht sehr zuhause fühle." Dann richtete er sich zu seiner vollen Größe auf. „Du hast Recht. Ich sollte dort sein." Der Geistliche kam auf ihn zu und Kel drückte ihm die Hand und dankte ihm für seine

Worte.

Für Lucs Begriffe fühlte sich die ganze Situation surreal an.

Er geleitete Kel zurück zum Auto, und sobald sie eingestiegen waren, lehnte Kel sich zurück und schloss die Augen. Luc schwieg. Im Moment konnte er nichts sagen oder tun, was geholfen hätte.

Nach einer Weile seufzte Kel. „Was jetzt?"

Erleichterung erfüllte Luc. „Jetzt fahren wir zurück zum Haus und schauen mal, wie viele Leute dort aufkreuzen."

„Nein, ich meine… was soll ich jetzt machen?" Kel drehte den Kopf und sah Luc an. Seine dunklen Augen waren voller Schmerz.

Luc holte tief Luft. „Es ist noch früh, Kel. Ich weiß, du bist fast fertig mit deinem MBA, und" –

„Ich kann im Moment nicht an die Uni denken", fiel Kel ihm ins Wort.

Luc nickte. „Ich weiß. Und das erwartet auch niemand von dir. Deine Uni wird Verständnis haben, glaub mir." Er bedeckte Kels Hand mit seiner. „Nur… nimm dir Zeit. Du hast ein Zuhause. Und um Geld brauchst du dir keine Sorgen zu machen."

Jedenfalls laut Johns und Christines Rechtsanwalt

Kel blinzelte, dann presste er die Lippen zusammen und entzog Luc seine Hand. „Geld? Echt jetzt? Ich denke doch *jetzt* nicht an Geld!" Das kurze Aufflackern von Ärger erleichterte Luc noch mehr.

Gut so, Kleiner. Lass die Gefühle zu.

„Natürlich nicht", sagte Luc beschwichtigend. „Aber irgendwann wirst du Rechnungen bezahlen müssen. Dann ist es gut zu wissen, dass für alles gesorgt ist."

Erst war noch die Testamentseröffnung zu erledigen,

aber Luc war sich ziemlich sicher, dass Kel am Ende finanziell abgesichert sein würde. Zunächst einmal würde das Haus ihm gehören.

Kels Augen weiteten sich. „Apropos Geld… Du legst doch dabei nicht etwa drauf, oder? Ich meine, du hast das Catering und die Beerdigung bezahlt."

Er denkt an mich, trotz seiner Trauer. „Keine Sorge. Dein Rechtsanwalt hat mich gebeten, ihm detaillierte Rechnungen für alles zu schicken, was ich ausgegeben habe. Wenn der Nachlass erst mal geregelt ist, kriege ich das erstattet." Luc lächelte. „Deswegen gehe ich nicht Bankrott."

Kel atmete ein wenig ruhiger und Lucs Anspannung ließ nach. Er wusste, die Zeit heilt alle Wunden, aber er beneidete Kel nicht um den Weg, den er jetzt zu gehen hatte.

Er leidet, und das Schlimmste kommt erst noch.

Als sie vor dem Haus anhielten, wo bereits viele Autos an der Straße parkten, gab Luc sich selbst ein Versprechen. Wenn es um Kel ging, spielten seine eigenen Gefühle keine Rolle. Na schön, er hatte seine Gründe gehabt, dem Jungen fast acht Jahre lang aus dem Weg zu gehen. Und wenn schon.

Er würde ein Auge auf den Jungen haben. Denn irgendjemand musste das tun.

Kapitel 5

Kel öffnete die Augen, und für einen Moment lauschte er auf die üblichen Geräusche, die verrieten, dass Mom bereits in der Küche bei der Arbeit war, und versuchte den vertrauten Duft von frisch gebrühtem Kaffee zu erschnuppern. Dann fiel es ihm wieder ein.

Es gab keinen Kaffee.

Es gab keine Mom.

Kel schloss die Augen. Wozu soll ich überhaupt aufstehen? Die Beerdigung war jetzt eine Woche her, und die Tage waren wie in einem Nebel aus Briefen und Karten von Freunden seiner Eltern, von Besuchern, die Essen brachten, und von Anrufen des Rechtsanwalts bezüglich des Testaments seiner Eltern vergangen. Letzteres hatte ihn dazu gebracht, sich unter der Bettdecke zu verkriechen. Darüber wollte er nicht nachdenken.

Was alles noch schlimmer machte? In diesem Haus zu sein. Wo Kel auch hinschaute, überall gab es Dinge, die Erinnerungen weckten. Manchmal hätte er schwören können, seinen Dad zu hören, wie er mit seiner tiefen Stimme seine Predigt übte, oder seine Mutter, die beim Arbeiten in der Küche sang. Dann ging er in ihren begehbaren Kleiderschrank, vergrub das Gesicht in den Kleidern seiner Mutter und atmete ihren Duft ein.

Es war, als wären sie noch da, und das war eine Qual. Luc hatte in dieser Woche oft vorbeigeschaut. Kel wusste, dass Luc ihn im Auge behielt und tat immer sein Bestes, um zu zeigen, wie gut er die Lage meisterte. *Siehst du? Ich funktioniere.* Nur, dass er auf niedrigster Stufe funktionierte. Er brauchte ewig, um die Energie aufzubringen, sich unter die Dusche zu schleppen. Und was das Essen betraf – sein Appetit schien sich verflüchtigt zu haben. Wenn Luc zum Mittag- oder Abendessen blieb, gab Kel sich alle Mühe, aber er wusste, dass er Luc nicht täuschen konnte. Manchmal war es, als würden diese scharfen Augen alles sehen.

Oh Gott, hoffentlich nicht.

Als sein Handy auf dem Nachttisch summte, ignorierte er es. Wer sollte ihm schon um diese Uhrzeit eine SMS schreiben? Nach ein, zwei Minuten gewann seine Neugier die Oberhand und er schaute doch nach. E-Mail. Seufzend scrollte er runter und erstarrte, als er den Absender sah.

Habe eben deine E-Mail bekommen. Ich nehme den nächsten Flug nach Hause. Gott sei mit dir. Wir können sie gemeinsam betrauern. Opa.

Kel schmiss das Handy aufs Bett. Er hatte natürlich gewusst, dass es dazu kommen würde, aber er hatte sich mehr Zeit erhofft, bis sein Großvater auftauchte. In seiner Gegenwart fühlte Kel sich immer ganz klein. Schlimmer noch, er fühlte sich… unrein, als könnte sein Großvater in sein Herz blicken und sehen, was dort verborgen lag.

Kel wollte nicht, dass *irgendwer* das sah.

„Der nächste Flug nach Hause" war ziemlich vage, aber Kel stellte im Kopf ein paar Berechnungen an. Er seufzte, als ihm klar wurde, dass Opa schon morgen hier sein konnte. *Wird er bleiben wollen?* Nicht, dass Kel ihm nach der weiten Reise kein Bett

für die Nacht gegönnt hätte, aber länger wollte er ihn nicht um sich haben.

Es gab nur eine Möglichkeit. Das Haus musste blitzsauber sein. Nichts ging über Reinlichkeit, um seinen Großvater davon zu überzeugen, dass Kel alleine klarkam. Das Kel erwachsen war. Es spielte keine Rolle, dass Kel sich am liebsten unter einem Schild mit der Aufschrift „Ich kann heute nicht erwachsen sein" verkrochen hätte.

Widerwillig schlug er die Bettdecke zurück und ging duschen.

Ein letzter Blick in die Runde überzeugte Kel, dass er einen guten Eindruck machen würde. Er hatte sogar eingekauft und somit reichlich gesunde Sachen im Kühlschrank. Eine weitere E-Mail von seinem Großvater hatte seine geschätzte Ankunftszeit auf dem Raleigh International Airport genannt, was bedeutete, dass Kel eine Atempause von zirka zwei Stunden blieb, bevor er in einem Mietwagen beim Haus ankommen würde.

Im Moment kamen Kel seine Lungen viel zu klein vor.

Er ging raus auf die Terrasse hinter dem Haus und sog Luft in seinen Körper. Es war ein warmer Tag Ende März, und er genoss es, den Sonnenschein auf seiner Haut zu fühlen.

„Hey." Luc, in Jeans und weißem Hemd, stand an der Grundstücksgrenze. „Wie geht's dir? Hab' dich ein, zwei Tage lang nicht gesehen."

„Bereitmachen zur Inspektion, sozusagen."

Luc runzelte kurz die Stirn, doch dann hellte sich seine Miene wieder auf. „Ah. Du erwartest Besuch. Ich brauch' wohl nicht zu fragen wen. Wann kommt er hier an?"

„Jeden Moment." Kel konnte einen tiefen Seufzer nicht unterdrücken.

„Brauchst du Verstärkung?" Lucs Augen waren freundlich. „Wenn du dich der Begegnung mit ihm alleine nicht gewachsen fühlst…"

Kel lächelte ihn dankbar an. „Danke, das ist echt nett von dir, aber…" Er konnte nicht geradeheraus sagen: *„Danke, aber er soll denken, dass ich alleine klarkomme"*, denn das würde bedeuten, dass dem nicht so war. Er *wusste*, dass es nicht so war, aber das hieß nicht, dass Luc das auch wissen musste.

Luc winkte mit der Hand. „Schon okay. Das verstehe ich."

Kel betete zu Gott, dass er das nicht tat.

„Pass auf, ich weiß, ich hab' das schon mal gesagt, aber falls du *irgendwas* brauchst, klopf' einfach an meine Tür. Meine Nummer hast du ja auch. Jederzeit, okay?" Die Aufrichtigkeit in Lucs Stimme schnürte Kel die Kehle zu.

„Danke. Vielen Dank. Du hast schon so viel für mich getan." Er nahm Lucs Kleidung in Augenschein. „Zum Gärtnern siehst du aber ein bisschen formell aus." Alles, um das Thema zu wechseln.

Luc schmunzelte. „Ich wollte nur mal eben frische Luft schnappen. Ich bin schon seit Sonnenaufgang am Arbeiten, und jetzt habe ich eine Pause gebraucht. Und nein, ich zieh' mich normalerweise nicht so an, wenn ich von zuhause aus arbeite. Ich habe später noch ein Meeting in Raleigh."

Zum ersten Mal fiel Kel auf, dass er keine Ahnung hatte, womit Luc seinen Lebensunterhalt verdiente. „Was machst du eigentlich beruflich?"

„Software entwickeln. Schon seit der Uni. Nur, dass ich jetzt mein eigener Chef bin." Er stieß einen zufriedenen Seufzer aus. „Es ist ein tolles Leben. Ein paar Stunden arbeiten, eine Runde schwimmen gehen, noch ein paar Stunden arbeiten, Mittagspause machen, wann immer ich will…"

„Klingt gut." Die plötzliche Störung durch ein Auto, das in die Auffahrt einbog, ließ ihn verstummen. „Er ist da, glaube ich. Also dann, bis später." Er drehte sich um und ging zurück ins Haus, aber bevor er durch die Tür war, rief Luc ihm nach:

„Kel? Ich mein's ernst. Falls du Verstärkung brauchst…"

Kel lächelte. „Ich komm' schon zurecht. Mach' dir mal keine Sorgen um mich." Während er ins Haus ging und die Tür hinter sich zumachte, führte er den Satz in Gedanken zu Ende:

Obwohl ich echt froh bin, dass du's tust.

Als es läutete, war Kel schon an der Haustür. Er machte sie auf, und da stand Jackson Taylor. Er sah müde und abgehärmt aus, als wäre er um zwanzig Jahre gealtert, seit Kel ihn das letzte Mal gesehen hatte.

Kel schob seine eigenen Ängste, Befürchtungen und Vorbehalte beiseite und streckte die Hand aus. „Schön, dich zu sehen, Sir."

Sein Großvater trat ins Haus, ignorierte Kels ausgestreckte Hand und umarmte ihn stürmisch. „Oh, mein Junge." Ein Beben ging durch seinen mageren Körper, als er Kel an sich drückte.

Sie standen da an der Türschwelle und Kel wollte nicht loslassen. Schließlich richtete sein Großvater sich auf und hob den Kopf. „Nach diesem Flug bin ich reif für einen Tee."

Kel schloss die Tür und führte ihn in die Küche. „Wie lange bist du geflogen?"

„Fünfzehn Stunden oder so. Ich habe die meiste Zeit zu schlafen versucht." Opa zog sich einen Stuhl heraus und setzte sich an den kleinen Tisch. Kel füllte den Kessel und stellte ihn auf den Herd. „Wissen wir, was passiert ist?"

Kel war nicht darauf gefasst, sich so schnell in ein so schmerzhaftes Thema zu stürzen. Aber er wusste, dass es sein musste, früher oder später. „Wie es scheint, war der Heizkessel beschädigt. Dem Bericht zufolge gab es Risse in der Brennkammer, einige der Schweißnähte waren undicht und die Abluftleitungen hatten auch Risse. Die Kohlenmonoxidkonzentration wäre sehr stark gewesen."

Sein Großvater starrte ihn mit großen Augen an. „Was ist mit Kohlenmonoxidmeldern? Es muss doch sicherlich mindestens einen gegeben haben."

Kels Kehle war wie zugeschnürt und er versuchte zu schlucken. Er griff nach einem Glas, das neben der Spüle stand, und füllte es mit Wasser. Nach ein paar Schlucken stellte er es ab. „Es gab einen, aber die Batterie war nicht gewechselt worden." Er kannte die Einzelheiten auswendig; er hatte sie wieder und wieder gelesen, bis es ihm vorkam, als hätten sich die Worte in sein Gedächtnis gebrannt.

Sein Großvater sackte auf dem Stuhl zusammen. „Ich verstehe immer noch nicht, wie das passieren konnte. Der Heizkessel wurde doch bestimmt regelmäßig gewartet."

Kel füllte die Teekanne mit kochendem Wasser. „Niemand hatte damit gerechnet, dass sie so früh im Jahr in der Hütte sein würden. Der Verwalter wusste nicht, dass sie kommen: Wie es scheint, hatten sie sich spontan dazu entschlossen. Somit war der Heizkessel seit dem Winter nicht gewartet worden und bis zu diesem Tag auch nicht mehr gelaufen."

Er wusste, dass es einen Schuldigen gab, aber deswegen etwas zu unternehmen? Kel hätte nicht gewusst, wo er anfangen sollte, und im Moment war er nicht mit dem Herzen dabei.

Sein Großvater schien in einer ähnlichen seelischen Verfassung zu sein. „Das muss untersucht werden, aber nicht jetzt." Er musterte Kel eingehend. „Du siehst anders aus. Das ist dieser Bart. Der lässt dich älter wirken."

Kel versuchte ein Lächeln. „Ich *bin* vierundzwanzig."

„Was noch *kein* Alter ist", gab sein Großvater zurück.

„Dad war in meinem Alter schon verheiratet und wurde kurz danach Vater."

„Aber da hatte dein Daddy bereits fünf Jahre mit mir verbracht und das Evangelium verkündet. Dann hat er natürlich deine Momma kennengelernt." Er verengte die Augen. „Hast du dir schon eine Freundin gesucht? Es war nie die Rede von einer, wenn ich mit deinen Eltern gesprochen habe."

„Nein, es gibt niemanden."

Opa blinzelte, sagte aber nichts.

Kel brachte die Teekanne und die Tassen an den Tisch und schenkte die bernsteinfarbene Flüssigkeit ein. „Für wie lange bist du zuhause?" Er konnte seinen Großvater nicht rundheraus fragen, ob er die Absicht hatte, zu bleiben. Aber auf diese Art würde er vermutlich auch erfahren, was er wissen wollte.

„In den Staaten? Das weiß ich noch nicht genau." Dieser scharfe Blick hatte sich nicht geändert. „Möchtest du, dass ich eine Weile hierbleibe?"

Und da war es, das Angebot, mit dem Kel gerechnet hatte.

„Das ist lieb von dir, Opa, aber du hast sicher eine Menge zu tun. Du wirst doch bestimmt in Afrika gebraucht? Es klingt, als ob du da draußen großartige Arbeit leisten würdest."

Sein Großvater strahlte. „Das stimmt. Es ist eine Gegend, in der ich vorher noch nicht war, und dort gibt es so viel zu tun. Aber wenn du mich dringender brauchst, bleibe ich. Ich glaube nicht, dass der Herr etwas dagegen hätte, wenn ich mir etwas Zeit für meine Familie nehme." Seine Miene wurde schwermütig. „Du bist jetzt meine ganze Familie, mein Junge."

Kel langte über den Tisch und ergriff die zerbrechlich wirkende Hand seines Großvaters. „Ich glaube eher, dass du das für dich brauchst. Ich komme schon klar, wirklich. Aber du solltest dir vielleicht ein bisschen Zeit zum Ausruhen nehmen."

Opa streichelte Kel die Wange und hielt an seinem Bart inne. „Ich kann nicht sagen, dass ich das gutheiße, aber ich kann auch nicht leugnen, dass du damit noch besser aussiehst. Und ich würde mir keine Sorgen machen, weil du noch kein Mädchen gefunden hast. So wie du jetzt aussiehst? Da werden sie Schlange stehen. Sieh nur zu, dass du dir die Richtige aussuchst. Ein gottesfürchtig erzogenes

Mädchen." Sein Lächeln kam zurück. „Eine wie deine Momma. Sie war eine gute Frau."

Kel wollte nicht über Mom reden. Es tat zu weh.

„Du hast doch bestimmt Hunger. Ich mache uns was zu essen, und dann kannst du mir alles über die Mission erzählen." Alles, um nicht mit ihm über Freundinnen, seine Eltern, seine Zukunft reden zu müssen...

Sein Großvater tätschelte ihm die Schulter. „Du bist ein guter Junge. Es tut mir wirklich leid, dass ich nicht zum Begräbnis hier sein konnte. Ist es gut gelaufen?"

Und schon wieder waren sie bei den schmerzhaften Themen. „Sehr gut. Ich hatte eine Menge Hilfe von Luc – er wohnt im Nachbarhaus, kennst du ihn? Er hat das meiste für mich organisiert."

„Er scheint mir ein guter Mann zu sein. Und doch... ist er derjenige, von dem mir dein Daddy erzählt hat?"

Für einen Moment war Kel ratlos. „Keine Ahnung."

Sein Großvater nickte langsam. „Dein Daddy hat ihn erwähnt. Anscheinend ist er nicht gläubig?"

Kel sah rot. Er befreite seine Hand aus dem Griff seines Großvaters und zog sie weg. „Kann schon sein, aber er hat für die Beerdigung und für den Empfang bezahlt. Er sich darum gekümmert, dass alle erfahren, was passiert ist. Und er war für mich da." Sein Gesicht wurde warm.

Das brachte ihm ein weiteres Blinzeln ein. „Dann ist er ein guter Mann, auch wenn ihm der Glaube fehlt. Ich sollte nach nebenan gehen und ihm danken."

„Leider ist er bei einer Besprechung", behauptete Kel kurzerhand. „Kurz bevor du gekommen bist, ist er weggefahren." Okay, Luc war zwar noch nicht weg, aber Kel würde ihn auf keinen Fall einem Verhör durch seinen Großvater aussetzen. Sein Großvater ließ sich keine Chance entgehen, das Evangelium zu verkünden, und Kel ahnte instinktiv, dass Luc das nicht besonders gut aufnehmen würde.

Kel stand auf. „Dann mache ich uns mal was zu essen. Inzwischen gibt es im Wohnzimmer einen bequemen Sessel mit deinem Namen drauf", sagte er mit einem halben Lächeln.

Opa ließ sich ködern. „Das wäre mir sehr recht. Wenn du sicher bist, dass ich nicht helfen kann?"

Kel versicherte ihm, dass seine Hilfe nicht erforderlich war, und sein Großvater stand auf und verließ die Küche. Sobald er außer Sichtweite war, sackte Kel auf einen Stuhl.

Ich weiß nicht, ob ich es ertragen kann, wenn er bleibt.

Am nächsten Morgen stand Kel früh auf und machte sich in der Küche zu schaffen. Bei einer Durchsuchung des Gefrierschranks fand er gefrorene Biscuits und eine Dose Bechamelsauce mit Schweinehack. Bis sein Großvater in der Küche erschien, ein bisschen verschlafen, war der Kaffee gemacht, die Biscuits waren warm, die Soße stand auf dem Herd und Kel verquirlte gerade die Eier.

Opa lächelte breit. „Na, *das* nenne ich mal ein Frühstück!" Er schenkte sich Kaffee ein, setzte sich an den Tisch und sah zu, wie Kel die Eier in die Bratpfanne gab. „Deine Momma hat dir wohl das

Kochen beigebracht."

Kel schwieg. Er hatte es sich in den letzten Jahren selbst beigebracht. Mom hatte ihn in der Küche nie etwas machen lassen. Sie hatte immer gesagt, dass ein Mann nicht dorthin gehörte. Er briet die Eier bei schwacher Hitze, wie er es bei Food Network gesehen hatte.

„Also, weißt du, dieses Haus sieht aus wie geleckt. Nicht das kleinste Körnchen Staub."

Kel streifte ihn mit einem Blick. „Ich hab' doch gesagt, ich komme gut alleine zurecht." Ein ganzer Tag Putzen, Staubwischen und Polieren hatte sich *sowas von* gelohnt, wenn sein Großvater beschloss, nicht zu bleiben.

„Ich weiß, ich weiß, aber ich dachte..." Er verstummte und Kel machte mit den Eiern weiter.

Als er die Teller auf den Tisch stellte, fixierte Opa ihn mit festem Blick. „Was mir Sorgen bereitet, ist die Tatsache, dass du ein bisschen *zu* gut zurechtkommst. Das hier ist eine schreckliche Situation. Kein Kind sollte so jung schon seine Eltern verlieren."

Kel legte seine Gabel weg und starrte ihn an. „Moment mal. Du machst dir Sorgen, weil ich *nicht* am Zusammenbrechen bin? Ich kann nicht gewinnen, was? Wenn du mich hier als Wrack vorgefunden hättest, würdest du dir Sorgen machen. Du stellst fest, dass ich auf mich aufpasse, einkaufen gehe, dass das Haus sauber ist – und du machst dir Sorgen. Anscheinend machst du dir immer Sorgen, ganz egal, was ich mache." Er war mit seinem Latein am Ende. Klartext zu reden war seine einzige Zuflucht.

Sein Großvater hörte auf zu essen und schaute ihn

aufmerksam an. Nach einem Moment des Schweigens seufzte er. „Ich glaube, du *bist* jetzt ein Mann. Und du hast recht, aber nur, weil Opas eben so sind. Wir machen uns Sorgen. Und jetzt bist du der Einzige, um den ich mir noch Sorgen machen kann." Er hielt inne und schaute kurz nach unten auf seinen Teller. „Ich mache mir Sorgen um deine Zukunft. Dein Daddy hatte alles schon geplant. Du solltest dein Studium beenden und dann bei ihm in der Kirche mitarbeiten. Er hat mir ständig erzählt, was für ein starker, aufrechter, gottesfürchtiger junger Mann du bist. Ich sollte wohl seinem Urteil vertrauen."

Kel wusste nicht, ob er erleichtert oder verblüfft war. Opa griff wieder zur Gabel. „Und deshalb mache ich jetzt folgendes: Ich frühstücke jetzt zu Ende und dann packe ich meine Sachen und gehe. Zum Abendbrot kann ich schon zuhause sein."

Kel hatte nur ein Wort registriert. *Er geht. Er geht wirklich.*

„Wobei eins klar sein muss." Opa verengte die Augen. „Falls du mich brauchst, sagst du Bescheid, hörst du? Weil ich für dich da sein werde. Es ist mir egal, ob ich zuhause in Savannah bin oder mitten in Afrika – ich werde für dich da sein."

„Ja, Sir", sagte Kel leise.

„Und denk' ja nicht, dass ich nicht nach dir sehen werde, denn das mache ich. Also sieh zu, dass du mit mir in Kontakt bleibst, hörst du? Sonst mache ich mir bloß Sorgen, weil" –

„ – weil Opas eben so sind", beendete Kel den Satz für ihn.

Opa lachte leise. „Du hast es erfasst. Meine Arbeit hier ist getan." Und damit fing er wieder an zu essen und lobte die Eier, die Biscuits und die Soße. Kel aß, aber er hatte eine Bowlingkugel im Magen. Sein Großvater hatte etwas gesagt, was ihn erschüttert und ihm den Appetit verdorben hatte.

Darüber denke ich später nach. Wenn ich alleine bin.

Das Haus war wieder still. Sein Großvater hatte angerufen, um Bescheid zu geben, dass er wieder in Savannah war, und um Kel für seine Gastfreundschaft zu danken.

Kel dachte nicht an seinen Großvater.

Er saß auf der Couch, ein gerahmtes Foto von seinen Eltern auf dem Schoß. „Ein starker, aufrechter, gottesfürchtiger junger Mann? Das habt ihr ihm erzählt? Lieber Gott, habt ihr mich überhaupt *gekannt*?"

Natürlich nicht. Wie sollten sie auch, wenn Kel ihnen so vieles verschwiegen hatte? Eine Welle von Selbstverachtung überrollte ihn und verursachte ihm Übelkeit, ein Engegefühl in der Brust und einen Schmerz im Rachen. In diesem Moment wollte er nur eins: etwas finden, was ihm den Schmerz nehmen würde.

Sein Blick huschte zur Hausbar seines Vaters. Für einen Prediger hatte er ganz schön viel Hochprozentiges im Haus. Nicht, dass Kel ihn jemals auch nur leicht beschwipst gesehen hätte.

Kel war noch nie betrunken gewesen. Das hätte er sich nie getraut. Es gab ein paar Dinge – ziemlich viele Dinge sogar – die ihm so in Fleisch und Blut übergegangen waren, dass er sie nicht tun konnte, selbst wenn er gewollt hätte. Sicher, er hatte in den letzten paar Jahren gelegentlich mal ein, zwei Bier probiert, aber sich zu betrinken? Da war immer diese Stimme in seinem Kopf – und er wusste, dass es die seines Vaters war – die mit Zitaten aus den Epheser-, Galater- und Korintherbriefen und vielen anderen die Sünden der Trunkenheit und Ausschweifung verdammte.

Aber er ist nicht hier, oder? Sie sind nicht hier. Und wenn es hilft... ja, warum denn eigentlich nicht?

Diesmal siegte Kels innere Stimme. Er stemmte sich hoch und machte sich auf die Suche nach einem neuen schmerzstillenden Mittel.

Einem, das hoffentlich wirken würde.

Kapitel 6

Mai

Luc hatte sich jetzt lange genug um Kel Sorgen gemacht. Er musste endlich etwas *unternehmen*.

Nach dem Begräbnis hatte er sein Versprechen gehalten und regelmäßig nach dem Jungen geschaut, und anfangs hatte es so ausgesehen, als ob Kel das alles durchstehen würde. Wenigstens hatte Luc das angenommen. Er bekam Kel nicht allzu oft zu Gesicht, aber ihre kurzen Unterhaltungen über die Grundstücksgrenze hinweg bewiesen, dass Kel gesund und munter war, auch wenn er ein bisschen mager wirkte.

Dann wurden die Gespräche seltener, und die Anrufe auch. Kel lehnte Lucs Einladungen, mit ihm zu essen, höflich ab. Er lehnte Lucs Hilfsangebote ab. Und in letzter Zeit war er viel zu oft nicht ans Telefon gegangen. Hatte nicht auf SMS geantwortet. Wenn Luc sich hinüber wagte und an die Tür klopfte, machte niemand auf. Natürlich *hätte* er ausgegangen sein können, aber irgendwie bezweifelte Luc das. Als der April dem Mai wich, nahm Lucs Beunruhigung zu.

Es gab schon Lebenszeichen im Nachbarhaus. Walmart-Lieferfahrzeuge kamen und gingen, und mehr als einmal rannte Luc raus, um Kel zu erwischen, bevor er die Haustür zumachte. Aber er war nie schnell genug.

Fast so, als wollte der Junge ihm aus dem Weg gehen. Was, wenn dem so war, höchst ironisch wäre.

Es kam der Tag, an dem Luc sich nicht mehr damit zufriedengab, die Hände in den Schoß zu legen und abzuwarten, bis etwas passierte. Es war Zeit, das letzte Mittel einzusetzen – Christines Ersatzschlüssel. Er hatte ihn Kel zurückgeben wollen, war aber nie dazu gekommen. Gott sei Dank.

Luc nahm ihn vom Haken in der Küche, wo er seine Schlüssel verwahrte, und ging aus dem Haus. Kels Auto stand in der Einfahrt, und so, wie es darunter aussah, hatte Kel es schon seit einer ganzen Weile nicht mehr bewegt. Das verschlimmerte nur Lucs ungute Vorahnung.

Er ging ums Haus herum zur Vordertür, hielt sich aber nicht damit auf, zu läuten. Nachdem sein Klopfen monatelang unbeantwortet geblieben war, hatte das wenig Sinn. Luc steckte den Schlüssel ins Schloss und betete, dass drinnen nicht die Sicherheitskette vorgelegt war. Glücklicherweise öffnete sich die Tür und Luc betrat leise das stille Haus. Er spähte ins Wohnzimmer, dann ins Esszimmer. Keine Spur von Kel. Aber ein Blick in die Küche reichte, und er blieb wie angewurzelt stehen.

Stapel von Geschirr türmten sich auf sämtlichen Arbeitsflächen. Die Geschirrspülmaschine stand offen und Luc warf einen Blick hinein. Sie war voll mit schmutzigem Geschirr. Das Spülbecken war auch voll, und der Mülleimer sah aus, als wäre er wochenlang nicht geleert worden.

Luc bemerkte die Pizzakartons und Pappschachteln vom Lieferservice. *Wenigstens isst er etwas.* Erst als er sich eine Ecke der Küche genauer ansah, wurde ihm auf einen Schlag das ganze Ausmaß der Sachlage klar.

Flaschen. Unmengen von leeren Flaschen. Und hauptsächlich harte Sachen, wie Luc zu seiner Bestürzung feststellte. Außerdem gab es leere Dosen, Apfelmost-Flaschen und Weinflaschen. Es schien, als hätte Kel sich durch eine ganze Bar getrunken.

Lieber Gott, in welchem Zustand er wohl ist, wenn er das alles getrunken hat?

Luc kontrollierte die restlichen Räume im Erdgeschoss, aber es gab immer noch keine Spur. Am Fuß der Treppe blieb er stehen und blähte die Nüstern. Der Geruch nach abgestandenem Alkohol war sehr deutlich wahrzunehmen. Luc ging mit pochendem Herzen die Treppe rauf. *Das ist nicht gut. Das ist viel schlimmer, als ich gedacht hatte.* Er trat sich jetzt schon in den Hintern, weil er nicht früher eingegriffen hatte.

Vor der Tür zu Kels Zimmer blieb Luc stehen, um sich für das zu wappnen, was ihn dahinter erwartete. Er betete inbrünstig, dass der Junge nicht an seinem eigenen Erbrochenen erstickt war. Dann stieß er die Tür auf und seufzte innerlich vor Erleichterung über den Anblick, der sich ihm bot.

Kel lag im Bett. Nur sein Oberkopf schaute unter der Decke hervor, aber er atmete eindeutig. Das Zimmer lag im Halbdunkel und der Gestank nach Alkohol war hier am stärksten, verbunden mit dem Geruch nach altem Schweiß. Luc trat ans Bett, legte eine Hand auf den Körper unter der Bettdecke und schüttelte Kel leicht.

Nichts.

Luc schüttelte ihn kräftiger und Kels dumpfe Stimme durchbrach die Stille. „Wa?"

„Kel", sagte Luc drängend. „Ich bin's, Luc."

„Geh weg."

Als ob Luc das tun würde. „Nein, ich geh' nirgendwo hin. Schon vergessen?" Er schob langsam die Bettdecke zurück, aber Kel schnappte sie ihm weg und zog sie sich wieder über den Kopf. Halb geschlossene braune Augen sahen ihn skeptisch an.

„Wie bissu hier reingekomm'?"

„Ich habe einen Schlüssel. Deine Mom hat ihn mir gegeben. Sie hat mich mal gebeten, nach dem Haus zu sehen, weißt du noch?"

Kel stützte sich auf die Ellbogen und die Bettdecke rutschte runter und gab den Blick frei auf…

Also, das hätte ich ganz bestimmt nicht erwartet.

Kel hatte ein Tattoo, ein Muster aus schwarzen Spiralen und Zacken, das seine rechte Schulter, seinen Brustmuskel und seinen halben Oberarm einnahm. Außerdem war er viel dichter behaart, als Luc erwartet hatte. Bevor Luc noch ein weiteres Wort sagen konnte, schob Kel trotzig das Kinn vor. „Ich will ihn zurück. Und dann will ich, dass du gehst."

Luc schüttelte bedächtig den Kopf. „Nein. Du brauchst Hilfe."

Kels Augen funkelten vor Zorn und er setzte sich aufrecht hin. „Du. Musst. Jetzt. Gehen!"

„Und zulassen, dass du dir das weiter antust? Kel, das ist unter deiner Würde."

Kel fiel der Unterkiefer runter, dann klappte er ihn wieder zu. „Du musst gehen", wiederholte er mit zusammengebissenen Zähnen. „Ich will nicht, dass du mich so siehst. Ich bin ein ganz schlechter Mensch. Du willst mir *helfen*? Das kannst du nicht. Ich bin ein hoffnungsloser Fall. Zu rein gar nichts zu gebrauchen."

Luc drehte sich der Magen um. Was zum Teufel war passiert? „Ich hab' keine Ahnung, wie du auf sowas kommst." Er tat sein Bestes, um mit fester, ruhiger Stimme zu sprechen. „Ich *kenne* dich, Kel. Du bist nichts von all dem, was du eben gesagt hast."

Kel starrte zu ihm auf, mit verstörtem Blick und offenem Mund. „Du *kennst* mich? Von wegen! Nicht mal meine Eltern haben mich gekannt!" Seine Brust hob und senkte sich schnell und er atmete rau und abgehackt. „Wenn sie mich gekannt hätten, dann hätten sie mich verstoßen, weil ich so ein Scheusal bin!"

Scheusal? „Kel, ich" –

„*Ich war kein guter Sohn!*", schrie Kel mit hervortretenden Halssehnen. „Und wenn sie in mein Herz gesehen hätten, wären sie entsetzt gewesen. Ich habe mich ihren Lehren widersetzt." Er schlug sich mit der linken Hand auf den rechten Brustmuskel und zuckte zusammen. „Das hier. Das hätte ihnen furchtbar wehgetan, und ich hab' es mir trotzdem machen lassen, obwohl ich das wusste." Seine Augen schimmerten feucht. „Und das war noch nicht mal das Schlimmste. So vieles hätte ich ihnen gern gesagt, aber das konnte ich nicht, weil sie dann so verdammt enttäuscht von mir gewesen wären. Und jetzt ist es zu spät. Sie werden nie erfahren, wie ich wirklich bin. Und das verkrafte ich einfach nicht." Tränen rannen ihm über die Wangen, seine Schultern bebten und er schluchzte.

Luc wusste, was er sah. Sofort setzte er sich aufs Bett, schlug die Decke zurück und zog Kel auf seinen Schoß, nahm ihn in die Arme. Es war keine

Überraschung, als der Junge ihm die Arme um den Hals schlang und sein Gesicht an Lucs Brust vergrub, die Knie bis zur Brust hochgezogen, von rauen Schluchzern gequält. „Ist ja gut", flüsterte Luc. „Lass es raus. Es ist okay, es rauszulassen, Kel." Heiße Tränen durchnässten sein Hemd.

„Es tut... so weh... und ich kann... nichts... dagegen... tun...", würgte Kel schluchzend hervor.

„Es soll wehtun." Luc drückte ihn an sich, einen Arm um seinen Rücken, den anderen um seine Beine geschlungen. Er nahm die Erschütterungen wahr, unter denen Kels Körper bebte und zuckte. „Das ist Trauer. Du hast sehr an deinen Gefühlen festgehalten, aber jetzt musst du loslassen."

Kels Schluchzen wurde lauter und heftiger. Luc schwieg und wiegte ihn sanft, einen weinenden jungen Mann, nackt bis auf die Unterhose, der zusammengerollt an seiner Brust lag und sich an ihn klammerte. Lucs Arme waren voll ausgelastet; Kel war zwar kleiner als er, hatte aber offensichtlich irgendwann trainiert. Er hörte auf, sich zu wiegen und vergrub die Nase in Kels Haar. Schließlich bewegte Kel sich behutsam, als wäre ihm seine Lage peinlich. Luc ließ ihn los und Kel setzte sich neben ihn aufs Bett. Er schniefte, dann wischte er sich mit der Hand über die Augen. „Tut mir leid."

„Du brauchst dich für nichts zu entschuldigen. Wenn du wüsstest, wie lange ich darauf gewartet habe, dass du Gefühle wegen ihres Todes zeigst..." Er streichelte Kel den Kopf. „Es ist völlig normal. Und nichts, wofür man sich schämen muss. Obwohl..." Luc rümpfte die Nase.

Kel schluckte. „Ich rieche wohl ein bisschen streng,

hm?"

„Nur ein bisschen", log Luc. „Nichts, was eine anständige Dusche nicht beheben könnte. Wenn du meinst, du kannst dich so lange aufrecht halten. Du bist wahrscheinlich ein bisschen wackelig auf den Beinen." Er stand auf und streckte Kel eine Hand hin. Kel nahm sie und zog sich auf die Füße. Luc beobachtete ihn besorgt. „Und?"

Kel atmete tief und zittrig durch. „Eine Dusche kriege ich hin."

Luc nickte beifällig. „Und während du das machst, geh' ich runter und mach' dir was zu essen." Er legte den Kopf schief. „Vorausgesetzt, du hast etwas zu essen im Haus. Etwas Genießbares."

Kel biss sich auf die Lippe. „Ja, was das angeht…"

Luc verdrehte die Augen. „Geh dich waschen. Ich geh rüber zu mir und plündere den Kühlschrank. Lass dir ruhig Zeit."

Zum ersten Mal, seit Luc das Zimmer betreten hatte, blitzte der alte Kel wieder auf. „Ist das deine Art, mir zu sagen, dass ich stinke?"

Luc lachte. „Geh duschen, du Dreckspatz. Dann füttere ich dich. Und dann… können wir reden." Er fühlte sich um einiges leichter. Das war ein kathartischer Moment gewesen. Kel hatte zwar noch einen weiten Weg vor sich, aber die Perspektive war hoffnungsvoll.

Allerdings hatte Kel da ein paar Sachen gesagt, die ihn stutzig machten. Im Moment war Luc sich nicht sicher, ob er sie vorläufig einfach so stehen lassen oder offen ansprechen sollte. Denn früher oder später mussten sie darüber reden.

Kel lehnte in der Dusche an der Wand, legte den Kopf an die kühlen Fliesen und ließ das Wasser auf sich herunterprasseln.

Oh mein Gott, was war das bloß eben?

Vielleicht hatte Luc Recht. Vielleicht hatte er endlich angefangen, um seine Eltern zu trauern. Schuldgefühle waren die Wurzel von allem gewesen, ausgelöst durch den Besuch seines Großvaters. Jetzt, wo er den Schmerz rausgelassen hatte, der sich in ihm aufgebaut hatte, konnte Kel gewisse Wahrheiten eingestehen.

Vielleicht war es besser, dass sie mich nicht gekannt haben.

Er schämte sich in Grund und Boden, dass Luc ihn in diesem Zustand gesehen hatte, und noch mehr, weil er so unfreundlich zu ihm gewesen war. Aber wie Luc ihn in den Armen gehalten, ihn an sich gedrückt hatte… Etwas in Kel hatte darauf angesprochen. Von starken Armen umschlungen, gewiegt von jemandem, der ihn offensichtlich mochte…

Verdammt, es war ein tolles Gefühl gewesen.

Erst da fielen Kel ein paar von den Sachen wieder ein, die er gesagt hatte, und ihm wurde die Brust eng. *Habe ich mich gerade geoutet?* Kel hatte sich nicht ausdrücklich geoutet, aber indirekt schon. Jedenfalls kam es *ihm* so vor. *Und wenn er etwas mitgekriegt hat?* Kel wusste aus Erfahrung, dass Luc nicht vieles entging. Doch irgendwas sagte ihm, dass Luc kein Problem damit haben würde. Es war nur so ein Gefühl, aber es war da.

Er wird nicht wie meine Eltern sein.

Wenigstens hoffte Kel das.

Er verbrachte die nächsten zehn Minuten damit, sich gründlich zu waschen, und als er fertig war und sich abgetrocknet hatte, durchsuchte er seinen Kleiderschrank nach sauberen Jeans und einem T-Shirt. Er errötete bei dem Gedanken, wie das Haus für Luc aussehen musste.

Vielleicht ist es ja das, worüber er reden will.

Kels Kopfschmerzen waren nicht vergangen, nicht, dass ihn das gewundert hätte. Er schien in letzter Zeit mit permanenten Kopfschmerzen zu leben, wobei das wahrscheinlich an der Alkoholmenge lag, die er konsumiert hatte.

Nie wieder. Seine Probleme in einen Dunstschleier aus Alkohol zu tauchen hatte sie nicht beseitigt. Sein Verdauungstrakt war anscheinend völlig im Eimer. Er hatte versucht, regelmäßig zu essen, aber einfach keinen Appetit gehabt. Ich muss wieder in ein normales Leben zurückfinden. Nur, was war jetzt normal?

Alles hatte sich geändert.

Kapitel 7

„Woher hast du das gewusst?" Kel lächelte breit, als er sah, dass es Tomatensuppe und Käsetoast gab. Er zog sich einen Stuhl heraus und setzte sich an den Esstisch. So wach hatte er sich schon lange nicht mehr gefühlt.

Luc lachte. „Manchmal braucht man einfach Futter für die Seele, und da geht nichts über Tomatensuppe und Käsetoast." Er hüstelte. „Auch wenn ich mir erst mal einen Platz suchen musste, um das Essen zu machen."

Kel stutzte, und dann wurde ihm klar, was anders war. „Wir essen im Esszimmer." Sonst hatten sie sich immer in die Küche gesetzt, wenn Luc zum Essen gekommen war.

„Der Küchentisch ist im Moment ein bisschen... belegt. Ich hätte den Müll rausbringen können, aber das hab' ich nicht. Das wird *deine* Aufgabe sein, wenn wir gegessen haben."

Kel sagte nichts und biss stattdessen in seinen Toast. Köstlich. Er seufzte zufrieden. „Schmeckt echt gut."

Luc winkte ab. „Es ist schwer, da etwas zu vermasseln." Er begann zu essen und pustete auf die heiße Suppe auf seinem Löffel.

Es gab Dinge, die Kel nicht ungesagt lassen konnte, und er hatte nicht vor, damit bis nach dem Essen zu warten.

„Danke." Das schien so wenig zu sein, aber er meinte es von ganzem Herzen.

„Ich geb' dir wohl besser den Schlüssel zurück." Luc

griff in die Tasche seiner Jeans, aber Kel stoppte ihn. „Behalt' ihn. Ich fühl' mich besser, wenn ich weiß, dass du ihn hast." Er lächelte. „Mom muss dir vertraut haben, wenn sie ihn dir gegeben hat."

Luc hielt kurz inne, bevor er den nächsten Löffel Suppe aß. „Ich war vielleicht nicht mit ihren Glaubensvorstellungen einverstanden – Moment mal, das stimmt nicht. Ich glaube an Gott, wie sie. Ich hatte nur den Eindruck, dass es nicht derselbe Gott war."

Kel starrte ihn an. Das hätten seine eigenen Worte sein können.

„Kel? Iss."

Kel wandte sich wieder seiner Suppe und seinem Toast zu. Bei jedem Bissen war er sich bewusst, dass Lucs Blick auf ihn gerichtet war. Als er fertig war, wischte er sich den Mund mit der Serviette ab, die Luc neben seine Suppentasse gelegt hatte, und ließ sie dann auf seinem leeren Teller zurück. „Ich glaube, das hab' ich gebraucht."

Luc legte seine Serviette ebenfalls weg. „Ich frage jetzt nicht, warum du beschlossen hast, dich durch den gesamten Alkoholvorrat von Alamance County zu trinken." Seine Lippen zuckten und Kel war dankbar für den Anflug von Humor. „Aber du versprichst mir, dass du sowas nie wieder machst."

„Versprochen. Außerdem hast du mir, glaube ich, den Grund zum Trinken genommen, als du mir erlaubt hast, dir mein Herz auszuschütten und dir gleichzeitig das Hemd zu durchnässen." Als Luc die Stirn runzelte, seufzte Kel. „Der Alk hat den Schmerz betäubt. Ich hab' nichts mehr gefühlt, und das war mir nur recht. Alles rauszulassen hat den Schmerz schwächer werden lassen."

„Ich bin froh, dass du ‚schwächer‘ gesagt hast. Ich hätte dir nicht geglaubt, wenn du gesagt hättest, dass er ganz weg ist." Lucs warme braune Augen waren mitfühlend. „Das braucht Zeit. Und ich glaube nicht, dass du je ganz frei davon sein wirst. Wenn man jemanden liebt, handelt man sich damit auch den Schmerz ein, wenn derjenige stirbt." Er lehnte sich zurück. „Wir haben viel zu bereden, aber ich glaube, wir sollten unsere Zeit besser darauf verwenden, dieses Haus wieder in Ordnung zu bringen."

„Unsere Zeit? Ich dachte, *ich* bringe den Müll raus?" Luc schmunzelte. „*So* grausam bin ich nicht. Die Küche zu putzen würde fast den ganzen Nachmittag dauern, und das würde ich dir in deinem... geschwächten Zustand nicht zumuten." Als Kel blinzelte, lachte er. „Ich hab‘ das auch durchgemacht. Deshalb helfe ich dir, und wir machen das zusammen. Einverstanden?"

„Einverstanden." Kel nickte und bereute das sofort, als ihm ein stechender Schmerz in beide Schläfen schoss. „Kann sein, dass ich vorher ein Aspirin nehmen muss. Oder zwei."

Luc zog eine kleine weiße Dose aus der Tasche. Er öffnete sie und schüttelte zwei Tabletten heraus. „Hier. Die hab‘ ich dir mitgebracht, als ich das Essen geholt habe. Ich war mir nicht sicher, ob du welche im Haus hast, nicht nach deinen Eskapaden in letzter Zeit." Er reichte sie Kel.

„Das waren keine Eskapaden." Kel schluckte die Tabletten mit etwas Wasser. „Sowas macht man, um Spaß zu haben, und ein Spaß waren die letzten paar Wochen ganz bestimmt nicht."

Luc steckte die Dose ein. „Was mich zu einem weiteren Punkt bringt. Wenn das Haus wieder sauber ist, müssen wir eine größere Veränderung vornehmen. Aber das kann warten bis später."

Kel musterte ihn nervös. „Das klingt richtig beunruhigend."

„Muss es nicht sein. Solange du dir darüber im Klaren bist, dass ich bei allem, was ich vorschlage, nur das Beste für dich will."

Dann solltest du eben keine Vorschläge machen, die mich betreffen. Es lag Kel auf der Zunge, aber er unterdrückte den Drang sofort. Luc hatte sich bereits als Freund erwiesen. *Ich muss ihm vertrauen, wie Mom es getan hat.*

Kel stand auf und räumte den Tisch ab. „Na dann, wenn ich rausfinden will, was das für eine größere Veränderung ist, fang' ich wohl besser an, was?" Er brachte das Geschirr in die Küche und blieb wie angewurzelt stehen bei dem Anblick, der sich ihm bot. Sah irgendwie schlimmer aus, wenn man nicht im Vollrausch war. „Wow. Hab' ich vielleicht eine Schweinerei gemacht."

Luc war an seiner Seite. „Dann verrat' ich dir jetzt mal ein kleines Geheimnis, das meine Großmutter mir vor vielen Jahren mal erzählt hat."

„Was für ein kleines Geheimnis war das?"

Luc beugte sich vor und flüsterte ihm ins Ohr: „Scheiße lässt sich abwischen." Und bevor Kel reagieren konnte, deutete er auf den Haufen Kartons und Schachteln. „Müll. Und zwar sofort."

Kel konnte nicht widerstehen. „Ja, Sir."

Luc musste zugeben, Kel hatte sich mächtig ins Zeug gelegt. Die Arbeitsflächen glänzten, der Fußboden war sauber und es war keine einzige

Flasche mehr in Sicht. Der Herd sah aus wie neu und der Kühlschrank war auch geputzt. Und das war auch gut so, denn in einem der Gemüsefächer hatte sich irgendwas zum Sterben zusammengerollt.

Als sie fertig waren, schenkte Luc zwei Gläser Wasser ein und trug sie ins Esszimmer. Kel folgte ihm und sie setzten sich an den polierten Mahagonitisch mit den silbernen Kerzenhaltern in der Mitte.

„Was ich vorhin schon fragen wollte", sagte Luc und deutete auf Kels rechte Schulter. „Dieses Tattoo. Ist das neu?"

Kel nickte. „Ich hab's mir nach Neujahr stechen lassen. Sie haben es nie gesehen. Ich kann mir aber gut vorstellen, was mein Dad gesagt hätte. Meine Mom übrigens auch. Sie mochten keine Tattoos."

Luc betrachtete ihn nachdenklich. „Hast du das gemeint, als du gesagt hast, du hättest dich ihren Lehren widersetzt?"

Kel erstarrte, und für einen Moment war Luc überzeugt, dass er nicht antworten würde. Dann seufzte er. „Levitikus 19, Vers 28: ‚Ihr sollt an eurem Leibe keine Einschnitte machen noch euch Zeichen einritzen: Ich bin der Herr. '"

Luc verdrehte die Augen. „Ja, den Vers kenne ich auch." Er verzog in gespieltem Entsetzen das Gesicht. „Dann ist es ja gut, dass sie meine Piercings nie gesehen haben." Er lachte in sich hinein, als Kel leicht zusammenzuckte und große Augen machte. „Ich sag's dir ja nur ungern, aber alle Kinder rebellieren gegen ihre Eltern, und wenn es nur im Kleinen ist. Das Tattoo ist deine Rebellion. Und übrigens – ich finde es sehr schön."

Kel wurde rot. „Dankeschön." Dann schluckte er krampfhaft und Luc hatte einen Gedankenblitz.

„Das war nicht die einzige ihrer Lehren, die du nicht befolgt hast, oder?"

Kel schüttelte den Kopf, die Augen weit aufgerissen. Luc seufzte. „Ich glaube, ich kann es mir denken. Und *wenn* es das ist, was ich denke, kann ich dazu nur sagen: Du bist jung. Du hast diese ganzen Hormone, die deinen Körper völlig durcheinanderbringen. Ich nehme mal an, sie haben dich dazu erzogen, auf Sex vor der Ehe zu verzichten." Er machte eine Pause und wartete auf Kels Reaktion.

Ein weiteres krampfhaftes Schlucken. „Ja."

Bingo. „Du bist vierundzwanzig. Wenn sie damit gerechnet hatten, dass du noch Jungfrau bist, dann muss ich sagen, dass sie rein gar nichts über junge Leute wussten. Heutzutage Abstinenz zu erwarten ist… es ist nahezu unmöglich. Es gibt zu viele Einflüsse. Jeder Teenager weiß heutzutage mehr über Sex als ich in diesem Alter. Und ich sage nicht, dass das falsch ist. Wir haben einfach eine prüde Einstellung zu Sex in diesem Land, und das ist nicht gesund. Also" –

„Aber ich bin's noch", platzte Kel heraus.

„Du bist was?"

Röte kroch vom Ausschnitt von Kels weißem T-Shirt aus nach oben und ließ sich schließlich in seinen

Wangen nieder. „Jungfrau", flüsterte er.

Jetzt war es Luc, der überrascht war. „Oh, mein Gott."

„Glaub' mir, ich hab' schon dran gedacht, aber weißt du, was dann jedes Mal passiert ist? Es war, als würde mein Vater neben mir stehen, und mein Schwanz ist auf die Größe einer Erbse zusammengeschrumpelt." Kel senkte den Kopf.

„Wenn man etwas so oft hört, brennt es sich ins Gedächtnis ein, nehme ich an. Also nein, gegen *diese* Lehre konnte ich nicht verstoßen." Er hob den Kopf und lächelte dünn. „Hebräer 13, Vers 4 und jede Menge anderer Verse mit Bezug auf Unzucht, die ich nennen könnte."

Luc stieß den Atem aus. „Du hast deine Bibel ja sehr gut gelernt."

„Das hat einfach dazugehört, glaube ich."

Das verwirrte Luc nur noch mehr. „Von welchen Lehren reden wir denn dann hier? Du hast mich nämlich ziemlich beunruhigt, als du gesagt hast, dass sie dich ein Scheusal nennen würden." Ein Begriff, der für Luc nur auf eines hindeuten konnte. Er wollte keine voreiligen Schlüsse ziehen, aber…

Kel stockte der Atem, und er starrte Luc an und wurde noch blasser.

„Kel?"

Er holte tief Luft. „Levitikus 18, Vers 22. Levitikus 2, Vers 13."

Ach du Scheiße. Ein Gefühl der Schwere setzte sich in Lucs Magengegend fest und sein Puls raste. „‚Du sollst nicht bei einem Mann liegen wie bei einem Weibe; es ist ein Gräuel'."

Kel nickte nur, die Augen weit aufgerissen.

„Du bist schwul?" Das war Lucs erster Gedanke gewesen, nachdem er Kels Ausbruch gehört hatte.

Ein weiteres Nicken, als traute Kel seiner Stimme nicht.

„Wie lange weißt du es schon?"

Kel zuckte kaum merklich die Achseln. „Seit ich neunzehn war, glaube ich."

„Und sie haben es nicht gewusst?"

Das brachte ihm ein Kopfschütteln ein.

„Aber… wenn du noch Jungfrau bist, dann hast du nicht gegen ihre Lehren verstoßen. Das verstehe ich nicht."

„Ich habe vielleicht nichts getan, aber ich habe dran *gedacht*. Im Kopf habe ich die Sünde tausendfach begangen. Und nur zu *wissen*, dass ich schwul bin, und zu wissen, wie sie reagiert hätten, wenn sie dahintergekommen wären…" Kel sah ihn mit schmerzerfüllten Augen an. „Wenn ich nach Hause gekommen bin, war das jedes Mal wie ein Eiertanz, weil ich nur darauf gewartet habe, dass mich *irgendwas* verrät. Immer musste ich aufpassen, was ich sage und was ich tue. Ich schwöre, es war eine solche Erleichterung, wieder zur Uni fahren zu können. Nur, dass es da auch nicht viel einfacher war. Ich war auf einem christlichen College, und da gab es dieselben Lehren, überall um uns rum. Deshalb musste ich mir unbedingt selbst aussuchen, wo ich meinen Master mache. Ich hab' einfach Freiraum gebraucht."

Luc war sprachlos. Er konnte sich kaum vorstellen, was Kel für ein Leben geführt hatte. Während er überlegte, was er jetzt sagen sollte, blickte er sich um. Gerahmte Kreuzstich-Bibelsprüche hingen an den

Wänden, ein schlichtes, hölzernes Kreuz, das über den Kamin wachte, und Bilder, die Szenen aus der Bibel darstellten.

Was er sah, bestätigte nur seine Idee von vorhin.

Luc atmete tief durch. „Du kannst hier nicht bleiben."

„Ich kann was?" Kel runzelte die Stirn. „Aber" –

„Ich weiß, das hier ist dein Zuhause, aber im Moment solltest du irgendwo sein, wo dich nicht alles an sie erinnert. Du brauchst Zeit und Abstand zum Heilen. Und das hast du nicht in einem Haus, wo du andauernd an deine... Verfehlungen erinnert wirst." Er sah Kel in die Augen. „Komm mit zu mir. Ich habe Platz genug – na gut, das weißt du ja, die Häuser sind schließlich identisch – und du wärst keine Belastung. Die meiste Zeit würde ich kaum merken, dass du da bist. Also, was meinst du?"

Kel starrte ihn so lange an, dass Luc schon bereit war, das Angebot zurückzunehmen. Dann glitzerten Tränen in seinen Augen. „Danke." Es kam als Flüstern heraus.

Luc blinzelte.

Kel erschauerte. „Es war furchtbar, das Gefühl zu haben, als wären sie noch hier und zu wissen, dass sie tot sind. Und wo ich auch hinschaue, irgendwas erinnert mich immer an sie. Ich... ich habe es gehasst, mich so zu fühlen. Das hier ist schließlich mein Zuhause, stimmt's? Aber..." Tränen rannen ihm über die Wangen. „Ja."

Genug jetzt. „Geh rauf und pack' ein, was du brauchst. Ich weiß, dass du viele von deinen Sachen an der Uni hast, aber dazu kommen wir noch. Nimm mit, was immer du willst. Okay?"

Kel wischte sich die Augen. „Okay." Er stand vom

Tisch auf, doch anstatt das Zimmer zu verlassen, beugte er sich vor und küsste Luc auf die Wange. „Danke." Dann lief er aus dem Esszimmer und die Treppe hinauf.

Luc lauschte auf das dumpfe Pumpern von Kels Füßen in Socken. Sein Herz pochte im Gleichtakt dazu.

Was habe ich da gerade getan?

Kapitel 8

Das ist so schräg, schräger geht's gar nicht. Im Haus nebenan zu wohnen?

Kel musste zugeben, Luc hatte Recht. Eine andere Umgebung war genau das, was er brauchte, jedenfalls für eine kurze Weile. Eine Atempause. Und beim Umschauen in Lucs Haus wurde ihm noch etwas anderes bewusst. Die beiden Häuser waren vielleicht von außen identisch, aber da endete die Ähnlichkeit auch schon.

„Du hast hier drin sehr viel gemacht", bemerkte er, als sie im Flur standen. Nur... es war eigentlich kein Flur, sondern der Zugang zu einem offenen Wohnbereich, der atemberaubend war. Von der Haustür aus konnte er durchs ganze Erdgeschoss bis zur Rückseite des Hauses sehen, wo Glastüren sich auf Lucs Veranda öffneten. Die Räume gingen gewissermaßen ineinander über, mit einer Nahtlosigkeit, die elegant und stilvollwirkte.

„Ja, und ich bin immer noch nicht fertig." Als Kel ihn überrascht ansah, kicherte Luc. „Ich verändere ständig irgendwas. Das Letzte war ein neues Bett. Und apropos Betten, ich zeige dir mal dein Zimmer." Kel folgt ihm zur Treppe. „Das ist aber ein großes Haus für eine Person."

„Und ich nutze jeden Raum", sagte Luc, während sie nach oben gingen. „Es gibt zwar vier Schlafzimmer, aber nur zwei davon werden als solche genutzt." Sie kamen in den ersten Stock und er blieb stehen. „Hier links ist mein Büro."

Kel spähte durch die Tür. Es war ein luftiges Zimmer mit einem ungewöhnlichen Möbelarrangement. An einer Wand stand ein riesiger Schreibtisch mit fünf Monitoren, fünf Laptops und einigen Festplatten. Ein hochlehniger Bürodrehstuhl stand zwischen diesem und einem weiteren Schreibtisch, der bei weitem nicht so zugestellt war. Ein einzelner Ablagekorb mit einem Papierbündel nahm eine Ecke ein, und unter dem Fenster standen ein stabiler, bequem aussehender Sessel und ein kleiner Tisch.

Kel lächelte. „Dein Aufbau hier gefällt mir. Du kannst abwechselnd an beiden Schreibtischen arbeiten."

„Genau. Ich brauche mich nicht zu bewegen. Hat mehr Sinn gemacht, sie so aufzustellen." Er deutete auf eine weitere Wand, wo eine Kaffeemaschine sowie ein kleiner, mit Wasserflaschen gefüllter Kühlschrank mit Glastür Platz gefunden hatten. „Und falls ich mal ganz viel zu tun habe, brauche ich nicht weit zu gehen, wenn ich eine kleine Pause einlegen will."

Gegenüber von den Schreibtischen hing ein großer Spiegel über einem Bücherregal.

Luc schloss die Tür und deutete auf die nächste. „Und hier drin verbringe ich wahrscheinlich die meiste Zeit, abgesehen vom Büro." Er trat beiseite und winkte Kel hinein.

Kel atmete hörbar aus. „Du hast einen Fitnessraum."

In einer Ecke stand ein Mehrzweck-Krafttrainingsgerät mit Zugstangen, Flaschenzügen und Pressen. Daneben gab es auch einen Hometrainer, ein Laufband und einen Crosstrainer.

An einer Wand stand ein Rudergerät und unter dem Fenster lag ein Satz Hanteln. Kel drehte sich um und sah Luc bewundernd an. „Du machst keine halben Sachen, was? Das Equipment ist fantastisch." Er grinste. „Darf ich es benutzen?"

Luc musterte ihn mit scharfem Blick. „Irgendwas sagt mir, dass dir Fitnessgeräte nicht ganz fremd sind."

Kel lachte. „Ich hab' im letzten Jahr mit Krafttraining angefangen. Aber ich versuche, es nicht zu übertreiben. Ganz ehrlich, ein paar Typen dort haben ausgesehen wie der Hulk. *So* weit wollte ich nicht gehen, aber ich wollte straffere Arm- und Bauchmuskeln haben."

„Nun, die hast du ja gekriegt." Als Kel die Augenbrauen hochzog, zuckte Luc die Achseln. „Ich hab' hingeschaut."

Die Tatsache, dass Luc es bemerkt hatte, rief ein warmes, angenehm prickelndes Gefühl in ihm wach. „Dann ist das also ein Ja?"

„Solange du es *weiterhin* nicht übertreibst, ja." Luc lächelte. „Wer weiß? Vielleicht trainieren wir ja mal gemeinsam."

Und das ließ ein ganz anderes Gefühl durch Kel pulsieren.

Er bemerkte einige raumhohe Spiegel an den Wänden und grinste. „Du stehst auf Spiegel, was?"

Luc schnaubte. „Was wäre ein Fitnessraum ohne Spiegel?" Er verließ den Raum wieder und Kel folgte ihm. Rechts gab es drei Türen, und Luc deutete auf die mittlere. „Das ist dein Badezimmer. Ich habe mein eigenes."

Kel warf einen Blick hinein. Es war ganz in Weiß

gehalten, mit Toilette, Waschbecken, Badewanne und einer Duschkabine. „Schön."

„Und dieses Zimmer auf der linken Seite ist deins."

Kel ging rein und sah sich um. Die Ausstattung war traditioneller als im Rest von Lucs Haus. Ein Bett, auf dem eine dunkelgrüne Steppdecke lag, stand an einer Wand, und die restlichen Möbel bestanden alle aus demselben dunklen Holz. „Das ist cool."

Luc deutete auf den Kleiderschrank. „Da drin sollte reichlich Platz sein für deine Sachen. Und wenn du dich ein bisschen eingewöhnt hast, sollten wir uns mal ernsthaft unterhalten."

Kel wusste, dass er Recht hatte. Im Moment wollte er nur einfach nicht darüber nachdenken. „Apropos eingewöhnen, kann ich meine Klamotten auspacken?"

„Gute Idee. Danach können wir über Grundregeln reden. Und bevor du die Augen verdrehst, ja, wir brauchen welche und nein, es sind nicht viele. Okay?" Lucs Augen funkelten. „Lass uns einen guten Start hinlegen, und dann geht auch alles glatt. Einverstanden?"

„Einverstanden." Kel wollte auch, dass das hier klappte. Nicht, dass er sich vorstellen konnte, allzu lange bei Luc zu wohnen, aber im Moment hatte er keine Ahnung, von welchem Zeitrahmen er ausgehen sollte.

„Ich lass' dich mal alleine. Wenn du fertig bist, komm runter in die Küche. Ich überlege mir inzwischen, was es heute zum Abendessen geben soll." Luc lächelte. „Deine Meinung wäre auch willkommen." Er ging aus dem Zimmer und machte die Tür hinter sich zu.

Kel inspizierte seine Umgebung. Das Fenster hatte einen geblümten Querbehang mit Jalousien darunter. Das Farbschema erinnert ihn an den Herbst, und ihm gefiel der Sessel am Fenster mit seinem Holzrahmen und den dicken Polstern. Blieb nur noch eins zu überprüfen.

Er setzte sich aufs Bett und hüpfte versuchsweise auf und ab.

Gott sei Dank. Ein bequemes Bett. Es war offiziell – Kel war zufrieden.

Dann brach die Erinnerung mit der ganzen Plötzlichkeit eines Sommergewitters über ihn herein.

Sie sind tot.

Für einen Moment hatte er es vergessen.

Kel wälzte sich auf den Bauch und vergrub das Gesicht im Kissen. Seine Tränen durchnässten den weichen Stoff.

Luc machte sich eine Tasse Tee, dann öffnete er die Glastüren und trat hinaus auf die Veranda. Dort ließ er sich in einen von den Lehnstühlen sinken und holte tief Luft.

Warum hast du nichts gesagt?

Nur, dass es auf diese Frage keine einfache Antwort gab. Einer Sache war er sich allerdings sicher. Kel zu sagen, dass er schwul war, wäre einfach falsch.

Im Moment ist er in schlechter Verfassung. Emotional völlig durcheinander. Diese spezielle Information mit ihm zu teilen wäre nicht hilfreich. *Er hat zugegeben, dass er schwul ist. Das bedeutet nicht zwangsläufig, dass er es* okay *findet, schwul zu sein.*

Dann war da Kels Glaube. Er hatte vielleicht nicht mit seinem Vater im Pfarramt arbeiten wollen, aber das hieß nicht, dass er nicht gläubig war. Und Luc hatte keine Ahnung, wie tief dieser Glaube ging.

Der triftigste Grund zu schweigen lag auf der Hand. Wie würde es aussehen, wenn er Kel gesagt hätte, dass er schwul war und ihn dann eingeladen hätte, bei ihm zu wohnen? *Können wir ‚Hintergedanken‘ sagen?* Luc wollte nicht, dass Kel sein Hilfsangebot als irgendwas anderes ansah. Seine Hauptmotivation hatte darin bestanden, dem Jungen Raum zum Atmen zu geben, fernab von diesem Haus voller Erinnerungen.

Was die Grundregeln betraf, hatte Luc sich noch nicht viele Gedanken gemacht. Er hatte sein Haus als Rückzugsort für Kel vorgesehen, aber das würde auch bedeuten, ihm seinen Freiraum zu geben, wenn er ihn brauchte. Den Alltag mit ihm zu teilen wäre ein Anfang.

Er trank seinen Tee und ließ den Blick über seinen Garten schweifen. Sowas hatte er noch nie gemacht. All die Jahre hatte er allein hier gewohnt, und er war sich nicht sicher, ob er auf die Veränderungen vorbereitet war, die seine Einladung möglicherweise mit sich brachten.

Improvisieren wir einfach mal, okay?

Es gab praktische Dinge zu bedenken. Essen, zum Beispiel. Luc hatte keine Ahnung, was Kel normalerweise aß – abgesehen davon, dass er anscheinend Pizza und Essen vom Lieferservice mochte, in Anbetracht der vielen Schachteln, die Luc gesehen hatte. Luc mochte gelegentlich mal einen Burger mit allem Drum und Dran, aber normalerweise ernährte er sich eher gesundheitsbewusst. Der wahre Härtetest für die Frage, ob sie das alles hier ohne Gemetzel überstehen würden, würde ihre erste gemeinsame Einkaufstour in den Supermarkt sein. Luc hatte nicht vor, seine Lebensweise zu ändern, aber er war bereit, ein paar Kompromisse einzugehen, vor allem während dieser schwierigen Zeit.

Alles, um Kel bei Laune zu halten.

Er erstarrte, als er ein ersticktes Schluchzen hörte, das aus dem offenen Fenster über seinem Kopf drang. Sein erster Impuls war, hinaufzugehen und den Jungen zu trösten, aber er beherrschte sich. *Gib ihm Freiraum. Er muss trauern.* Wenigstens *trauerte* er jetzt. Das war ein gewaltiger Durchbruch gewesen. Und Luc wusste nur zu gut, wie es war, jemanden zu verlieren, diese Momente zu erleben, wenn einen urplötzlich die Trauer überfiel, wie um einen daran zu erinnern, dass es immer noch Tränen zu vergießen gab, dass es Dinge gab, die man im Gedächtnis behalten wollte und Taten, die man zu bereuen hatte. Lass ihn trauern.

Da zu sein, wenn Kel Trost suchte, würde das Beste sein, was Luc tun konnte. Die Erinnerung an diese Umarmung war unauslöschlich: wie Kel das Gesicht an seine Brust gepresst hatte; die Schauer, die ihn überlaufen hatten, seine heißen Tränen und das Schluchzen, das Luc das Herz zerrissen hatte. Aber das hatte ihm etwas Entscheidendes gezeigt – Kel war nicht abgeneigt, sich in die Arme nehmen und halten zu lassen.

Gut zu wissen.

Als Kel in die Küche kam, gab es keine Anzeichen für Kummer. Er hatte sich die Haare gekämmt und seine Augen waren nicht gerötet. „Was gibt's zum Abendessen?"

Luc deutete auf den Stuhl ihm gegenüber am Tisch. „Wir haben Zeit genug. Ich habe inzwischen über einiges nachgedacht, und es gibt ein paar Dinge, die wir besprechen müssen. Eins davon ziemlich dringend."

Kel setzte sich. „Oh?", sagte er mit wachsamer Miene.

Luc faltete die Hände vor sich auf dem Tisch. „Die Uni, zum einen. Weiß man dort, was passiert ist?"

Kel wurde ganz still. Er schluckte krampfhaft, dann antwortete er: „Ich habe in der Woche vor der Beerdigung ein E-Mail hingeschickt. Nur, um Bescheid zu geben, warum ich abwesend bin."

„Und seither nichts mehr? Hat man dich kontaktiert, oder hast du selbst Kontakt aufgenommen?"

Kel schüttelte den Kopf.

Es war, wie Luc es sich gedacht hatte. „Okay. Dann müssen wir über deinen nächsten Schritt nachdenken. Du hast noch ungefähr zwei Monate bis zur Abschlussprüfung, richtig?" Ein weiteres Nicken. „Dann schlage ich vor, dass du die Uni kontaktierst und Zurückstellung beantragst."

„Du denkst nicht, dass ich wieder hingehen und das Semester zu Ende machen soll?" Kels Atem stockte.

„Nein. Ich glaube nicht, dass du im Moment so richtig den Kopf frei hast zum Studieren. Vielleicht solltest du erst wieder hingehen, wenn du soweit bist.“

Ein langes, zittriges Ausatmen entströmte Kel und er beugte den Kopf. „Ich dachte, du sagst mir jetzt, dass ich“ –

Luc hob die Hand. „Immer langsam. Ich werde dir nie ‚sagen‘, dass du irgendwas tun sollst. Ich mache Vorschläge, klar, aber letztendlich liegt die Entscheidung immer bei dir. Du bestimmst über dein Leben, nicht ich.“ Sein Gesichtsausdruck war freundlich. „Ich will dir nur für eine Weile beim Steuern helfen, das ist alles.“

Kel richtete sich auf. „Danke. Und ich bin deiner Meinung. Eine Zurückstellung ist das Beste.“ Er legte den Kopf schief. „Du hast ‚einige Dinge‘ gesagt.“

„Stimmt. Da wir uns beim ersten Punkt einig sind, ergibt sich der zweite von selbst. Du solltest nochmal nach Charlotte fahren und deine Sachen holen.“

Zu seiner Erleichterung nickte Kel. „Daran habe ich vorhin beim Auspacken schon gedacht. Okay, ich habe noch ein paar Klamotten nebenan, weil ich nicht alle mitgenommen habe. Aber das meiste ist oben in meinem Zimmer.“ Er biss sich auf die Lippe. „Aber… ich wollte dich um einen Gefallen bitten.“

Luc schmunzelte. „Ich frage mich, ob das derselbe Gefallen ist, um den ich dich bitten wollte.“ Als Kel ihn stirnrunzelnd ansah, zuckte Luc die Achseln. „Ich hab‘ mich nur gefragt, ob du dabei Gesellschaft haben willst. Ich weiß, es ist nur ein paar Stunden von hier, aber … ich wollte dich fragen, ob ich mitkommen kann.“

Kel stieß einen tiefen Seufzer aus. „Du kannst das anscheinend richtig gut.“

„Was denn?"

„Meine Gedanken lesen. Das denke ich gerade nicht zum ersten Mal."

Luc schniefte. „Was soll ich sagen? Es ist eine Gabe."

Ein paar Sekunden später lachte Kel leise, und Luc freute sich, das zu hören. Kel sah ihn erwartungsvoll an. „Ist das alles, was du besprechen wolltest?"

„Vorläufig. Über Grundregeln können wir dann nach dem Essen reden. Und morgen... müssen wir einkaufen gehen. Mein Kühlschrank kann nicht mithalten, wenn ich außer mir auch noch einen Vierundzwanzigjährigen verköstigen will, der einen Appetit hat wie ein Elefant."

Kel prustete. „Ich glaube, das war gerade eine Beleidigung. Warum Elefant?"

„Oh, das habe ich mal in einer BBC-Natursendung gesehen. Ich glaube, da hieß es, dass männliche Elefanten täglich 1 % ihres Körpergewichts an Trockensubstanz fressen, was ungefähr einhundertzweiunddreißig Pfund Futter entspricht."

Luc grinste. „Das sind unheimlich viele Muffins."

Kels Augen strahlten. „In dem Fall brauchen wir ein größeres Auto, glaube ich."

Innerlich stieß Luc seinerseits einen erleichterten Seufzer aus. *Vielleicht klappt das hier ja doch.*

Kapitel 9

Kel wischte sich mit seiner Serviette den Mund ab. „Können wir jetzt über Grundregeln reden?" Luc hatte zwar gesagt, dass es nicht viele waren, und Regeln waren Kel beileibe nicht fremd. Aber er war trotzdem ein bisschen nervös, obwohl er den Grund dafür nicht begreifen konnte.

Luc stellte sein Wasserglas ab. „Okay. Während du hier bist, möchte ich, dass du das hier als dein Zuhause betrachtest. Dein Zimmer ist genau das – *deins*. Ich werde da nicht einfach reinplatzen."

Kel runzelte die Stirn. „Aber es ist doch dein Haus."

„Ja, und das ist *dein Bereich*. So wie mein Zimmer mein Bereich ist." Lucs Augen blitzten. „Ich gehe davon aus, dass du da auch nicht einfach reinplatzen wirst."

Kel hustete heftig, hauptsächlich, um den Laut zu übertönen, der ihm zu entschlüpfen drohte, wenn er sich Luc im Bett liegend vorstellte.

Luc schob ihm sein Wasserglas hin. „Ich glaube, das brauchst du."

Er nahm einen großen Schluck und versuchte verzweifelt, nicht daran zu denken, wie Luc unter seinen Klamotten aussah. *Und wo kommt* das *jetzt her?* „Mach weiter mit den Regeln", krächzte er.

Luc lachte leise, dann fuhr er fort: „Wenn ich arbeite, störst du mich nicht. Es sei denn, das Haus brennt ab oder es ist etwas genauso Dringendes."

„Geht klar." Kel grinste.

„Ich gebe dir einen Schlüssel, und du kannst kommen

und gehen, wie du willst, *aber...*" Luc verengte die Augen. „Sag mir Bescheid, wenn du spät nach Hause kommst. Und das heißt nicht, dass du mich auf Schritt und Tritt auf dem Laufenden halten sollst, okay? Zeig' mir einfach ein bisschen Höflichkeit. Wenn du unterwegs bist, es spät wird, und ich nichts von dir gehört habe, *werde* ich mir Sorgen machen. Verstanden?"

„Geht klar." Kel gefiel es, dass Luc so um ihn besorgt war. Das sprach für einen fürsorglichen Charakter, wobei er ja bereits wusste, dass Luc den besaß.

„Okay, reden wir über Alkohol."

Kel hatte gewusst, dass das zur Sprache kommen würde. Kaum verwunderlich, wenn Luc ihn in einem solchen Zustand gefunden hatte. „Lass mich raten. Kein Alkohol."

Luc zog die Augenbrauen hoch. „Ich wollte sagen, ich habe nichts dagegen, wenn du mal ein Bier trinkst oder vielleicht ein Glas Wein zum Essen. Aber nicht bis zum Exzess." Er lächelte. „Du bist kein Kind mehr. Das bedeutet, du musst lernen, mit Alkohol umzugehen. Und nach deiner letzten Eskapade – sorry, *Episode* – dürftest du vermutlich nicht *allzu* scharf darauf sein, dieses Erlebnis zu wiederholen."

Da hatte er Recht. Kel warf ihm einen fragenden Blick zu. „Trinkst *du* Alkohol?"

„Gelegentlich. Aber ich bin nicht gern betrunken. Kenne ich, hatte ich schon, brauche ich nicht nochmal." Er grinste. „Und ich war damals um einiges jünger als du." Er lehnte sich zurück. „Aber ich trinke sehr gern mal ein Glas Wein zum Essen. Wenn du das auch tun willst, gern."

„Danke. Ich habe noch nicht so viel Erfahrung mit

Wein." Abgesehen davon, welchen bei Walmart zu kaufen, weil ihm die harten Sachen ausgegangen waren. Dann zuckten Lucs Lippen und Kel rief sich wieder in Erinnerung, wie viele leere Weinflaschen sie aus der Küche rausgebracht hatten.

„Eine praktische Regel. Wenn du etwas leer machst, schreib's auf die Einkaufsliste, die am Kühlschrank hängt. Lass mich nicht nach Knabberzeug oder Getränken suchen, nur um festzustellen, dass nichts mehr da ist und *jemand* vergessen hat, Bescheid zu sagen." Seine Augen funkelten.

„Verstanden." Kel mochte Knabberzeug auch, ganz zu schweigen von Softdrinks.

„Und bevor wir zur wichtigsten Regel kommen, eine nicht ganz so ernste. Wenn wir miteinander auskommen wollen, teilen wir uns das Sorgerecht für die Fernbedienung. Ist das klar?"

„Das klingt aber nach einer ziemlich wichtigen Regel." Kel seufzte. „Vor allem, wenn man ohne Fernsehen aufgewachsen ist."

Lucs Augen weiteten sich, aber er sagte nichts.

„Okay, letzte Regel, und das ist die goldene." Er hielt inne, beugte sich vor und sah Kel in die Augen. „Wenn dir etwas zu schaffen macht, wenn dich etwas quält, dann *sagst* du es mir, okay? Kein Drumrumreden, kein Verschweigen. Ich muss mich darauf verlassen können, dass du offen und ehrlich zu mir bist." Sein Blick wurde sanfter. „Selbst dann, wenn es dir mal nicht so gut geht und du Abstand brauchst. Hast du das verstanden?"

Kel nickte langsam, ohne den Blickkontakt zu unterbrechen, und Luc entspannte sich. „Dann wäre das alles, glaube ich."

„Du hast nichts von im Haushalt helfen und so
gesagt." Kel hatte eine Liste von Aufgaben erwartet,
die ihm zufallen würden, wie seine Mutter sie ihm –
Seine Kehle schnürte sich schmerzhaft zusammen
und er versuchte ein paar Schlucke Wasser zu
trinken.

„Da improvisieren wir." Lucs Augen waren
freundlich. „Wir wollen dich am ersten Abend ja
nicht gleich überfordern, eh?" Er stand auf, sammelte
das Geschirr ein und machte sich daran, es in den
Geschirrspüler zu räumen.

„Möchtest du einen Kaffee?" Kel musste etwas tun.
Irgendwas, um seine Gedanken beschäftigt zu halten.
Luc deutete auf den Kühlschrank. „Da drin steht ein
Glas koffeinfreier. Abends trinke ich kein Koffein.
Falls du auch einen möchtest, sehr gern. Gib einen
Messlöffel pro Person in den Filter, wenn du eine
Tasse willst. Dann füllst du Wasser ein bis" –

„Ich hab' schon mal Kaffee gemacht", sagte Kel mit
einem verschmitzten Lächeln.

Luc zwinkerte. „Wollte nur sichergehen."

Kel machte sich ans Kaffeekochen, während Luc die
Küche aufräumte. Als Kaffeeduft den Raum erfüllte,
seufzte Luc zufrieden: „Ich liebe diesen Duft."

„Hätte ich nie vermutete", entfuhr es Kel. Als Luc ihn
scharf ansah, lachte er leise. „Du hast eine
Kaffeemaschine im Büro. Was sagt mir *das*? Du
kannst nicht mal lange genug warten, um
runterzugehen und dir eine Tasse Kaffee zu
machen?"

„Na schön, dann bin ich eben kaffeesüchtig. Du
kannst mich mal. Ich wüsste nicht, wo ich ohne
reichlich Kaffee wäre." Er grinste breit. „Vermutlich

im Knast, und zwar lebenslänglich."

Kel lachte. Die Anspannung von vorhin fiel von ihm ab und seine Nervosität verschwand. Lucs Regeln waren gar nicht so schlimm, und Luc erwies sich weiterhin als guter Kerl.

Das klappt ganz bestimmt.

Kel gähnte und hielt sich die Hand vor den Mund. Es war erst halb zehn, aber er war hundemüde.

„Ich geh' rauf." Luc reichte ihm die Fernbedienung. „Die kannst du jetzt haben."

Kel blinzelte. „Gehst du immer so früh schlafen?"

Luc lachte. „Ich gehe schlafen, wenn ich müde bin. Und so, wie du gerade gegähnt hast, musst du auch bald ins Bett. Was nicht überraschend ist. Du hast einen anstrengenden Tag hinter dir."

Kel wollte schon widersprechen, dass er nichts getan hatte, um so müde zu sein, aber da überwältigte ihn erneut ein Gähnen. Luc blieb neben der Couch stehen, wo Kel saß, und blickte auf ihn hinab.

„Auch Emotionen können uns fix und fertig machen, weißt du. Und das war heute ein ziemlich emotionaler Tag für dich."

Wie wahr, wie wahr. Kel richtete die Fernbedienung auf den Fernseher und schaltete ihn auf ‚Stand-by', dann stand er ebenfalls auf. „Ich glaube, ich gehe auch schlafen."

Luc tätschelte ihm den Rücken. „Guter Mann. Ich schließe hier unten alles ab. Geh du ruhig rauf. Wir sehen uns dann morgen früh." Er legte Kel eine Hand auf die Schulter. „Falls du heute Nacht irgendwas brauchst, weißt du ja, wo ich bin, okay?"

Kel nickte. Bevor Luc sich bewegen konnte, ergriff Kel seine Hand. „Danke zu sagen erscheint nicht genug. Du hast so viel für mich getan."

Luc lächelte sanft. „Gern geschehen. Jetzt ab ins Bett mit dir. Morgen nach dem Frühstück gehen wir nämlich einkaufen." Er zwinkerte. „Ich muss dafür sorgen, dass genug Futter für den Elefanten da ist, oder?"

Kel kicherte. „Nur damit du's weißt, ich esse wie ein Spatz." Er ließ Luc im Wohnbereich zurück und ging zur Treppe. Lucs Antwort war leise, aber er hörte sie doch.

„Ja klar. Eher wie ein Geier."

Kel lachte immer noch vor sich hin, als er in sein Zimmer ging. Nachdem er die Tür hinter sich zugemacht hatte, knipste er die Nachttischlampe an. Einige seiner Habseligkeiten im Schlafzimmer verstreut zu sehen verschaffte ihm ein klein wenig Zufriedenheit und ließ es weniger fremd und neu wirken. Er zog sich aus und schlüpfte in seinen Bademantel, bevor er ins Badezimmer ging. Kel hörte Luc in seinem Zimmer leise vor sich hin summen, und er hörte den Wasserhahn laufen, was ihm sagte, dass ihre Badezimmer aneinander angrenzten.

Er putzte sich die Zähne und vergewisserte sich mit einem letzten Blick durchs Badezimmer, dass er es ordentlich hinterlassen hatte. Dann machte er das Licht aus und ging zurück in sein Zimmer.

Als er im Bett war und die Lampe ausgeknipst hatte, war der Raum in Halbdunkel getaucht. Dann lag er da, die Arme hinter dem Kopf verschränkt, und staunte über die völlige Veränderung, die ein einziger Tag gebracht hatte. Noch heute Morgen war er in alkoholbedingten Kopfschmerzen versunken gewesen und hatte mit Grauen einem weiteren Tag voll dumpfer Benommenheit und Reue entgegengesehen. Und jetzt? Jetzt lag er in einem sauberen Bett, nur wenige Meter entfernt von dem Haus, in dem er gewohnt hatte, aber es hätte eine Million Meilen weit weg sein können, so anders fühlte er sich hier.

Was ihn am meisten schockierte, war die Tatsache, dass er sich vor Luc geoutet und Luc sein Geständnis ganz gelassen aufgenommen hatte. Nicht nur das, er hatte Kel auch noch einen Rückzugsort geboten, wo er sicher war vor den Erinnerungen, die ihn gequält hatten.

Sein Gewissen zwickte ihn ein bisschen. Ich habe ihn angelogen. Luc hatte gefragt, wann Kel gewusst hatte, dass er schwul war. Seine Antwort *„mit neunzehn"* traf nicht ganz zu. Es stimmte zwar, dass er Troy damals zum ersten Mal gesehen hatte, aber das würde nie etwas anderes als ein Fall von unerwiderter Liebe sein.

Kel hatte Jungs schon immer interessanter gefunden als Mädchen, und einige davon hatten ihn mehr fasziniert als andere. Aber erst mit siebzehn hatte er so richtig begriffen, was das bedeutete. Es war Sommer gewesen, einer dieser herrlichen Sommer, die nie zu enden schienen. Kel hatte im Garten gesessen, angeblich, um ein Buch für sein nächstes Semester zu lesen, aber in Wirklichkeit hatte er seinem Vater aus dem Weg gehen wollen. Nur, dass er sich nicht aufs Lesen konzentrieren konnte. Nicht, wenn Luc Bryant nebenan den Rasen mähte.

Kel sah ihn immer noch vor sich, in diesen weißen Shorts, die enger waren als alles, was sein Vater je getragen hatte. Sein Oberkörper war frei und Schweiß glitzerte auf seiner gebräunten Haut, während er langsam auf dem Rasen hin und her ging und sich gelegentlich bückte, um das Gras aus dem Rasenmäher zu entfernen. Woran Kel sich ebenfalls noch glasklar erinnern konnte, war seine Reaktion auf den Anblick, den er vor sich hatte.

Es spielte keine Rolle, dass Luc über vierzig war.

Es spielte keine Rolle, dass er ungefähr im selben Alter war wie Kels Dad.

Die Offenbarung traf Kel wie ein Schlag in die Magengrube: Ältere Männer waren sexy. Dieser Erkenntnis folgte eine weitere auf dem Fuße: *Männer* waren sexy. Daraus gab es nur eine Schlussfolgerung zu ziehen, und die wiederum zog ihn direkt in die Tiefen der Hölle.

Er konnte nicht schwul sein.

Er *konnte nicht.*

Worte, die er von seinem Vater oft gehört hatte, stürmten von allen Seiten auf ihn ein. *Gräuel. Abartig. Lasterhaft.* Trotz der Sonnenwärme hatte seine Haut sich eiskalt angefühlt, und die Kälte war ihm bis ins Mark gekrochen. Wie Luc aussah war vergessen, untergegangen in einem Sperrfeuer von furchterregenden Gedanken, von denen ihm so schlecht wurde, dass er schließlich von seinem Stuhl aufgestanden und ins Haus gerannt war, auf dem schnellsten Weg zur nächsten Toilette.

Kel griff nach dem Wasserglas auf dem Nachttisch und setzte sich auf, um ein paar Schlucke zu trinken.

Sein Herz raste und seine Haut war klamm. *Atme.*
Atme. Sein Körper brauchte einen Moment, um
wieder zur Ruhe zu kommen. Schließlich legte er sich
wieder hin, ohne das warme Licht der Lampe zu
löschen.

*Alles hat sich verändert, schon vergessen? Du
brauchst dich nicht mehr zu verstecken.*

Der Gedanke hätte ihm ein gewisses Maß an Trost
bieten sollen. Stattdessen überströmte ihn eine
frische Welle von Schuldgefühl. Ja, er konnte sich
offen zu seiner Homosexualität bekennen, aber um
welchen Preis? Kel erteilte sich einen scharfen
Verweis.

*Ich habe nicht darum gebeten, dass das passiert. Sie
sind nicht gestorben, weil ich schwul bin.* Und doch
kam es ihm falsch vor, an einem so tragischen
Ereignis letztendlich etwas Positives zu finden.

Kel hoffte, dass er das nicht immer so empfinden
würde.

Er knipste die Lampe aus und schloss die Augen.
Beim Einschlafen wurde ihm bewusst, dass sich nicht
alles verändert hatte.

Er fand Luc Bryant immer noch sexy.

Kapitel 10

Zwei Wochen später

Luc brauchte gerade mal fünf Sekunden, um zu erkennen, dass Kel eine schlimme Nacht gehabt hatte. Die Schatten unter seinen Augen und die Blässe seiner Haut bezeugten das. Luc sagte nichts, als er Kel seine Kaffeetasse reichte. Aber als er aufstand, um mehr Toast zu holen, drückte er ihm sanft die Schulter.

Offenbar reichte das als Anstoß für Kel.

„Ich hab' wieder nicht gut geschlafen", sagte er leise und strich sich Butter auf ein Stück Toast.

„Schlechte Träume?"

Kel hob ruckartig den Kopf. „Ja."

„Und du hast gedacht, du wärst schon fast darüber weg", mutmaßte Luc. Es war Zeit für ein paar unbequeme Wahrheiten. Zwei Wochen lang hatte Kel tagsüber unheimlich viel geschlafen, und wenn er wach war, hatte er diesen verlorenen Blick gehabt, der Luc ins Herz schnitt. Kel irrte lust- und ziellos im Haus herum.

Ihm Zeit und Raum zu geben hatte nicht funktioniert.

Zeit für Plan B.

„Ich habe gedacht, ich würde mich inzwischen besser fühlen."

Luc seufzte. „Kummer hält sich nicht an einen Zeitplan. Es wird besser, wenn es besser wird." Er schenkte sich noch einen Kaffee ein. „Aber ich kann etwas tun, was dir deine Tage vielleicht ein wenig leichter machen und dir helfen könnte, nachts besser zu schlafen."

„Wir reden nicht von Pillen, oder?", fragte Kel stirnrunzelnd.

„Nein, ganz bestimmt nicht." Luc stellte seine Tasse weg. „Was du brauchst, ist Struktur."

Kels Stirnrunzeln war immer noch da. „Was soll das heißen?"

„Das heißt, dass ich dir einen Job gebe und du dich auf diesen Job konzentrierst, bis er erledigt ist. Du brauchst etwas, womit du den Tag ausfüllen kannst."

Kel sah ihn argwöhnisch an. „Warum glaube ich, dass mir das nicht gefallen wird?"

Luc beugte sich vor. „Weil du den leisen Verdacht hast, dass es harte Arbeit sein wird." Er zwinkerte. „Und damit hast du ganz recht."

„Oh-oh." Selbst sein Scherz klang halbherzig. „Raus damit. Was soll ich machen?"

„Den Rasen mähen." Luc wartete, auf einen Ausbruch gefasst.

„Okay, gut – Moment mal. Den ganzen Rasen?" Kel starrte ihn ungläubig an.

„Den ganzen."

„Vorne *und* hinten?"

Luc lächelte. „Vorne und hinten. Dann müssen die Kanten getrimmt werden. Dafür habe ich eine Grasschere mit langen Griffen."

„Das… das wird aber eine Weile dauern."

Luc strahlte. „Und ich weiß, dass du es ganz toll machen wirst. Ich hol' dir den Rasenmäher und die Grasschere aus dem Schuppen. Dann kannst du anfangen." Er hielt die Kaffeekanne hoch. „Noch einen Kaffee?"

„Gern."

Luc schenkte ihm eine Tasse ein, aber als er aufstand, um die Kanne wieder auf den Untersatz zu stellen, beugte er sich vor. „Du musst natürlich nicht", sagte er leise. „Falls du etwas Besseres zu tun hast, kein Problem."

Kel seufzte. „Nein, ist schon okay. Ich hab' gestern mal einen Blick nach draußen geworfen. Es gehört wirklich gemacht." Er trank einen Schluck Kaffee. „Und es wird gut tun, draußen zu sein. Sieht aus, als würde es ein schöner Tag werden."

Luc liebte es, wenn ein Plan funktionierte. „Und als Belohnung darfst du heute Abend den Film aussuchen."

Kels Augen leuchteten. „Wirklich? Was immer ich will?"

Luc stöhnte auf. „Reden wir schon wieder von Superhelden? Die haben wir inzwischen doch bestimmt schon alle gesehen."

Jetzt war es Kel, der grinste. „Das ist das Tolle an Superhelden. Irgendwer lässt sich immer wieder einen neuen einfallen." Er saß jetzt aufrecht, und seine Augen blickten wieder hell.

Gott sei Dank.

Luc beendete sein Frühstück entschieden heiterer gestimmt, als er es angefangen hatte.

Luc schloss den Aktenordner und streckte sich, spürte deutlich die schmerzhaft verspannten Muskeln in seinem Rücken. Eine Mahnung, dass eine Massage längst überfällig war. Er griff nach seinem Smartphone und scrollte durch die Kontakte, bis er

WhatKnots gefunden hatte. Vor dem Wählen hielt er inne.

Vielleicht könnte Kel nach der vielen Gartenarbeit auch eine brauchen.

Er stand vom Schreibtisch auf, ging nach unten und trat an die offene Terrassentür. Kel war fest bei der Arbeit und gerade unterwegs zum hinteren Teil des Grundstücks. Der Rasen war schon zu mehr als dreiviertel fertig. Luc stand an der offenen Tür und sah zu, wie Kel den Rasenmäher in einer geraden Linie führte, den Blick vor sich auf den Boden geheftet. Dann machte er kehrt und kam wieder aufs Haus zu, und Luc stockte der Atem.

Ich schwöre, er ist jetzt noch schöner als damals mit achtzehn.

Natürlich war jetzt *mehr* an ihm dran, und Kel hatte wirklich an sich gearbeitet. Der schlanke, geschmeidige Junge, an den Luc sich erinnerte, hatte sich in einen jungen Mann verwandelt. Luc starrte auf die Bauchmuskeln, die beim Schieben des Rasenmähers unter seiner Haut spielten, auf die vor Anstrengung straff gespannten Muskeln in seinen Armen. Er trug eine Schildkappe, um sein Gesicht vor der Sonne zu schützen, aber seine Schultern glitzerten im Sonnenlicht. Luc schaute sich das Tattoo genauer an, das er jetzt zum ersten Mal deutlich sah. Die Wirbel und Zacken bildeten den Kopf eines wilden Tieres, eines stilisierten Löwen vielleicht.

Oh, du schöner Junge.

Luc erinnerte sich noch daran, wie er Kel zum ersten Mal *wirklich* angeschaut hatte, den jungen Mann, zu dem er geworden war. Kaum achtzehn, die Augen von dunklen Wimpern umrahmt und mit einem Körper, der danach schrie, gehalten, gestreichelt, liebkost zu werden...

Luc schnaubte. *Seien wir mal nicht so schüchtern. Ich wollte ihn ficken.*

Und sobald ihm klar geworden war, wie sehr er Kel begehrte, hatte er ihn gemieden wie die Pest. Er hätte nicht gezögert, einen willigen Twink zu vögeln, den er irgendwo in einer Bar in Raleigh aufgerissen hatte. Aber Kel war kein Twink. Und Luc hatte nicht vor, sich wie ein krankes, perverses Raubtier zu fühlen, indem er dem Sohn seiner Nachbarn nachstellte. Es spielte keine Rolle, dass Kel volljährig war. Luc wollte nicht so empfinden.

Also hatte er sich ferngehalten, hatte Kel nicht mal heimlich beobachtet. Ein sauberer Bruch war erforderlich.

Er genoss die Freuden des Lebens, wo er sie fand, unter dem reichhaltigen Angebot an Twinks, die einen Daddy mit einem großen Schwanz suchten und Luc fanden. Er schaute die Art von Pornos, die seinen Bedürfnissen entsprachen, und das war genug. Auch wenn er nie den stöhnenden Twink sah, wenn er sich einen runterholte, den Blick auf den Bildschirm seines Laptops geheftet.

Er sah Kel.

Malte sich Kels Schreie aus, wenn Luc ihn durchpflügte.

Hörte Kel stöhnen, wenn Luc ihm den Arsch ausleckte.

Fühlte Kel in seinen Armen erschauern, wenn er seine Ladung auf Lucs Brust abspritzte.

„Luc?" Kel winkte ihm zu. „Wie mache ich mich?"

Luc antwortete mit einer „Daumen-hoch"-Geste, da er in Moment kein Wort rausbrachte. Kel lächelte, und als er sich in die entgegengesetzte Richtung wandte, arbeiteten seine Rückenmuskeln sichtlich. Luc lehnte die Stirn an die Glasscheibe. Er wusste, was seine Erinnerungen wachgerufen hatte.

Kel hatte mehr Körperbehaarung als früher. Seine Brust war von dunklen Haaren überzogen, seine Unterarme und sein Rumpf ebenfalls. Seine Beine, soweit Luc sie unter dem Saum seiner Shorts sehen konnte, waren behaart. *Verdammt.* Es waren kräftige Beine, mit Oberschenkelmuskeln, die von stundenlangem Fitnesstraining zeugten.

Er war mit achtzehn schon schön, aber jetzt ist er einfach perfekt.

Luc atmete zur Beruhigung einmal tief durch. *Er ist immer noch tabu, schon vergessen? Du bist der Hetero von nebenan, der ihm gibt, was er braucht.*

Nichts davon änderte etwas an der Wahrheit, die Luc tief in seinem Innern kannte.

Er wollte Kel in seinem Bett. In seiner Dusche. Über seinem Schreibtisch. An die Wand gedrückt.

Er wollte Kel, wie und wo er ihn kriegen konnte.

Luc senkte den Blick und starrte auf das Smartphone in seiner Hand. Warum bin ich nochmal hier runtergekommen? Wie aufs Stichwort hörte er ein leises Schnaufen von Kel, und als er aufblickte, rieb Kel sich gerade den unteren Rücken.

Bingo. Massage.

„Kel? Hast du mal eine Minute?"

Kel warf ihm ein freches Grinsen zu. „Ich weiß nicht. Sag du's mir. Du bist der Boss."

Luc rang sich ein unbeschwertes Lachen ab. „Hör zu,

ich wollte mir gerade eine Massage buchen, da, wo ich immer hingehe, und ich hab' mich gefragt, ob du auch eine willst."

„Ich hatte noch nie eine."

Damit war das entschieden. „Dann kommst du mit. Jeder sollte mal eine richtig gute Massage erleben. Du kannst eine ganz nach deinen Bedürfnissen haben. Du weißt schon, falls du eine Tiefenmassage willst oder lieber was Entspannendes."

Kel zuckte zusammen. „Ich hätte gern entspannend, wenn das okay ist."

„Klar. Obwohl ich dich warnen muss. Als Joe mir das letzte Mal eine entspannende Massage gegeben hat, bin ich auf dem Tisch eingeschlafen."

Kels Lächeln erhellte sein Gesicht. „Das hört sich an, als wär's ganz mein Ding. Wann?"

„Mal sehen, wann sie uns einschieben können."

„Super!" Kel warf einen Blick auf den Garten. „Ich mach' das mal besser fertig. Mit dem Mähen bin ich fast durch. Die Kanten können warten bis nach dem Mittagessen."

„Abgemacht. Ich mache uns was zu essen." Luc ließ ihn allein. Lieber gleich mit dem Zubereiten des Mittagessens anfangen als hier rumzustehen und Kels prachtvollen Körperbau zu bestaunen. Denn je länger Luc schaute, desto härter wurde sein Schwanz.

„Und? Was meinst du?", fragte Kel, als der Abspann lief.

Luc kicherte. „Das willst du nicht wissen."

„Ach, komm schon. Der Film war toll." Kels Augen

strahlten. „Na ja, das sollte mich wohl nicht wundern. Ich meine, *deine* Art von Filmen zeigen sie ja heutzutage nicht mehr, oder?"

„Und was für Filme sind das?"

Kel grinste. „Schwarzweiß-Schinken. Du weißt schon, mit Untertiteln, weil noch niemand geredet hat?"

Das konnte Luc unmöglich auf sich sitzen lassen. Er schnappte sich ein paar Kissen und stand auf. „Das bedeutet Krieg."

„Versuch's doch!" Kel versuchte sich ebenfalls zu bewaffnen, aber Luc war zu schnell für ihn. Er zerrte Kel vom Sofa und auf den Teppich, hielt ihn dort fest und machte sich daran, ihn mit den weichen Kissen zu verdreschen. Kel hielt sich schützend die Arme vors Gesicht und versuchte, Luc abzuwerfen, aber Luc war zu stark.

„Ich bin also alt, was?" *Wumm.* „Uralt, eh?" *Wumm.* „Nimmst du das zurück?" *Wumm.*

„Nee!" Kel stemmte sich gegen Lucs Körper. „Gib auf, alter Mann!"

Luc knurrte. „Alt? Ich bin fast doppelt so alt wie du und kann dir trotzdem den Arsch versohlen. Ist das etwa alt?"

Plötzlich gab Kel ihm einen besonders kräftigen Schubs und Luc landete rücklings auf dem Fußboden. Im Nu saß Kel breitbeinig auf ihm und entriss ihm die Kissen. „Ergib dich!"

„Niemals." Luc versuchte, sich unter ihm herauszuwinden, aber Kels kräftige Beine hielten ihn gefangen. Luc wusste, dass er geschlagen war. „Okay, vielleicht nicht niemals…"

Kel lachte schadenfroh und sprang auf die Füße. Er

streckte Luc eine Hand entgegen und hievte ihn hoch. „Wow. Du hast länger durchgehalten, als ich dachte." Luc schnaubte. „Es ist immer noch nicht zu spät, dir den Hintern zu versohlen." Er ließ sich auf die Couch fallen und Kel tat es ihm nach. „Was diesen Film betrifft…"

„Er hat dir gefallen. Wusste ich's doch!" Der triumphierende Unterton in Kels Stimme war richtig wohltuend nach der Art, wie er den Tag angefangen hatte. „Gefallen ist vielleicht zu viel gesagt. Er war okay." Luc seufzte. „Weißt du, was ich in den letzten zwei Wochen gelernt habe? Wir mögen nicht dasselbe Essen. Wir mögen nicht dieselben Filme. Wir mögen nicht dieselbe Musik. Nur bei Fernsehsendungen haben wir annähernd denselben Geschmack."

Kel zuckte die Achseln. „Na und? Wenn wir beide dasselbe mögen würden, wo wäre da der Spaß? Zum einen könnte ich dich dann nicht aufziehen."

„Und das machst du oft", fügte Luc hinzu.

„Was ist denn verkehrt an den Sachen, die ich gerne esse?", gab Kel zurück.

Luc verdrehte die Augen. „Pop-Tarts. Cheez-its. Doritos. Rice Krispie Treats."

„Hey, du hast die Schokolade vergessen", sagte Kel grinsend.

„Nein, habe ich nicht. Die mögen wir beide. Aber ich schwöre, wenn ich nicht aufpasse, würdest du den ganzen Einkaufswagen mit Knabberzeug füllen."

„Weil ich das essen kann, ohne Pfunde zuzulegen." Kel tätschelte sich den Bauch. „Siehst du? Flach wie ein Pfannkuchen."

Luc lachte. „Oh, wart's nur ab. Eines schönen Tages

schleichen sich die Pfunde wie aus dem Nichts an dich ran, und bevor du dich versiehst, kaufst du deine Jeans eine Nummer größer. Das nennt man Alter, mein Herz, und irgendwann trifft es uns alle."

Kels Lächeln verblasste. „Ja. Nur dass manche das nicht erleben, was?"

Luc wurde ernst. „Tut mir leid, wenn ich dich mit meiner Bemerkung verletzt habe."

Kel winkte ab. „Ist schon okay. Ich habe bloß diese Momente, weißt du? Wenn's mich unvermittelt überfällt."

Luc kannte das sehr gut. „Gehen wir schlafen, okay?"

„Gut." Kel stand auf. Als Luc den Fernseher und die Lampen ausmachte, lachte Kel leise in sich hinein.

„Was ist so lustig?", fragte Luc.

Kel biss sich auf die Lippe. „*Mein Herz*?"

Luc gab ein mürrisches Brummen von sich. „Ja, keine Ahnung, wieso ich das gesagt habe. Bloß ein Versprecher, nehm' ich an."

Kel lachte. „Kein Problem – *Schatz*." Er flitzte lachend davon, als Luc nach einem Kissen griff und ihn ins Visier nahm. Luc folgte ihm aus dem Zimmer. Sein Herz pochte.

Das Wort war einfach... *da* gewesen. Das war gerade nochmal gutgegangen.

Keine Ausrutscher mehr, okay?

Kapitel 11

Juni

„Das hab' ich gesehen."

Kel lachte. „Och, komm schon. Was ist denn verkehrt an Wackelpudding?" Er hielt die Packung hoch, um sie Luc zu zeigen. „Zuckerfrei, siehst du? So schlecht kann der doch nicht sein." Er liebte dieses Ritual, das jedes Mal stattfand, wenn sie einkaufen gingen. Er versuchte, so viel Naschzeug wie möglich in den Einkaufswagen zu schmuggeln, während Luc alles bei der ersten Gelegenheit wieder rauszunehmen versuchte.

Luc seufzte. „Okay." Als Kel eine Packung Vanillepuddingpulver in den Einkaufswagen warf, hustete er. „Erdbeer-Käsekuchen-Geschmack."

Kel johlte. „Mann, ich hab' dich durchschaut." Lachend schnappte er sich einige weitere Packungen und warf sie dazu.

Luc schaute in den Wagen und seine Lippen zuckten. „Ich glaube, es wird Zeit, deine Sucht anzugehen, findest du nicht?"

Kel machte auf unschuldig. „Was meinst du damit?" Als wüsste er nicht, was jetzt kam.

Luc griff in den Einkaufswagen und zog eine Schachtel Jif Power Ups heraus, die Kel unter dem Gemüse versteckt hatte. „Erdnussbutter-Power Ups. Drei Gläser Erdnussbutter. Erdnussbutter mit Traubengelee-Streifen. Erdnussbutter mit *Erdbeergelee*-Streifen. Erdnussbutter-Schoko-Aufstrich. Zimt-Rosinen-Erdnussbutter." Er schmunzelte. „Das gibt einem doch zu denken."

Kel zuckte die Achseln. „Ich mag eben Erdnussbutter. Du kannst mich mal."

Luc lachte. „Kel, du schmierst die auf Blaubeer-Muffins. Du bist süchtig, mach dir nichts vor."

Das Spielchen konnten auch zwei spielen.

Kel verschränkte die Arme vor der Brust. „Na schön, Mr. *Ich-bin-ja-so-perfekt*. Sollen wir mal über *deine* Sucht reden?" Er griff nach einem Päckchen Kettle Corn und wedelte Luc damit vor der Nase herum. „Wie viele Tüten Popcorn mit Ahornsirup braucht ein Mensch?" Er ließ die Tüte fallen und griff nach der nächsten. „Oder was ist mit deinen Schoko-Quinoa-Knusperdingern? Oder deinen Mandeln mit Schokoguss?"

„Hey, das sind alles gesunde Snacks", protestierte Luc.

„Nicht, wenn du drei Tüten auf einmal isst."

Luc starrte ihn verärgert an. „Und *woher* weißt du so genau, wie viele Tüten ich esse?"

„Tja, wenn du die Tüten in deinem Papierkorb im Büro lässt, kannst du nicht erwarten, dass ich sie nicht sehe, wenn ich ihn ausleere." Er schmunzelte. „Du musst die Beweise besser verstecken."

Luc riss die Augen auf. „*Ich* muss in *meinem* Haus was verstecken?"

Gott, das machte Spaß. Nach einem Monat in Lucs Haus gehörten die Wortgefechte zu ihrem Alltag, und Kel liebte das. Luc stichelte oft, aber Kel zahlte es ihm mit gleicher Münze heim, und das Resultat war eine entspannte, behagliche Atmosphäre. Und was Kel seit seinem Einzug noch bemerkt hatte?

Er lachte viel.

Sie waren in eine Art Routine verfallen, und Kel musste zugeben, dass ihm das behagte. Sie teilten sich das Putzen und Luc erweiterte Kels Kochrepertoire. Daneben hatte Kel seine Aufgaben, und die wechselten von Tag zu Tag, von Woche zu Woche. Er hatte bald gelernt, was nötig war, um den Pool sauber zu halten und zu warten. Er konnte inzwischen mit einem Hochdruckreiniger umgehen, um die Terrasse zu säubern und von sämtlichen Algen und Unkräutern zu befreien, die in den Ritzen wucherten.

Es erstaunte ihn immer wieder, wie Luc ihn dazu brachte, sich mit Dingen zu befassen, auf die er von selbst nie im Leben gekommen wäre. Als Luc sich Pergolen für den Garten angeschaut hatte, hatte Kel gemeint, dass sie sich doch selbst eine bauen könnten. Zu seiner Überraschung hatte Luc zugestimmt, allerdings unter einer Bedingung – Kel würde derjenige sein, der die Bauarbeiten übernahm. Zu seiner eigenen Überraschung hatte Kel ohne zu zögern zugestimmt, obwohl seine Heimwerker-Kenntnisse bestenfalls minimal waren. *Dem Himmel sei Dank für YouTube.* Das war sein derzeitiges Projekt, eine Pergola samt Hollywoodschaukel aus Rotzedernholz zu zimmern. Luc hatte die Pläne runtergeladen, die Balken und das Zubehör bestellt, und dann hatte Kel direkt angefangen.

„Kel?"

Er landete wieder in der Gegenwart. Luc hielt zwei Schachteln Kräcker hoch. „Natur oder mit Knoblauchbutter?"

Kel verdrehte die Augen. „Als ob du fragen müsstest. Beide, natürlich."

„Dumme Frage." Luc seufzte und legte die Kräcker in den Einkaufswagen. „Wie wär's mit Hähnchen zum Abendessen?"

„Wenn wir es fertig gebraten kaufen, gern. Dann kann ich einfach einen Salat dazu machen."

„Abgemacht. Ich hol' eins." Luc schob den Einkaufswagen in Richtung Feinkostabteilung.

Kel musste lächeln. *Schau uns an. Wir kommen echt gut miteinander aus. Als wären wir ein Paar oder sowas.* Der einzige dunkle Fleck am Horizont war der Gedanke, dass er eines Tages wieder ins Haus nebenan umziehen würde. Okay, nicht gleich morgen und auch nicht nächste Woche, aber irgendwann musste es so kommen.

Ich will nicht weg. Ich will bei Luc bleiben.

Allerdings wusste er, dass das nicht möglich war. Luc hatte kein Wort davon gesagt, dass er wieder umziehen sollte, aber Kel war nicht dumm. Luc hatte sein eigenes Leben, und obwohl er Kel ein paar kostbare Wochen gegeben hatte, um den Kopf frei zu kriegen, konnte das keine Dauerregelung sein.

Ganz egal, wie sehr Kel sich das wünschte.

Luc machte den Küchenschrank zu und blickte sich prüfend um. Alle Einkäufe waren verstaut. „Weißt du was? Ich gehe vor dem Abendessen noch eine Runde schwimmen." Daran hatte er auf der ganzen Heimfahrt gedacht. Nicht überraschend, bei den momentanen Temperaturen. Es musste an die dreißig Grad sein.

Kel nickte eifrig. „Ich komm' mit." Er verließ die

Küche und Luc hörte das vertraute Poltern, als er die Treppe hinauf in sein Zimmer rannte.

„Bringst du mir ein Handtuch mit?", rief Luc.

„Was ist mit deiner Badehose? Willst du die nicht?"

Ein Blick auf den herrlichen Sonnenschein, der vor dem Fenster lockte, machte die Entscheidung leicht.

„Nee. Bei dieser Hitze bade ich lieber nackt."

Das Schweigen, das seinen Worten folgte, machte die Situation deutlich. In der ganzen Zeit, seit Kel eingezogen war, hatten sie einander nie nackt gesehen. Am nächsten waren sie dem gekommen, als er Kel einmal nach einer Dusche in einem Handtuch gesehen hatte. Und das hatte gereicht, dass Luc sich schleunigst in sein Büro verzogen hatte, um nur *ja* nicht von Kel beim Gaffen ertappt zu werden.

Was spielt es schon für eine Rolle? Wir sind schließlich beide Männer, stimmt's? Wir haben beide dasselbe Equipment.

Der darauffolgende Gedanke kam prompt und brutal. *Und du würdest wirklich gern mal sein Equipment sehen, oder?*

Gott helfe ihm, das wollte er. Er verbrachte ganze Nächte damit, seine Hand oder sein Fleshjack zu ficken und sich dabei Kels Schwanz, Kels Arsch, Kels Rosette vorzustellen, bis er sich lustvoll, wenn auch mit schlechtem Gewissen in einem langen, heißen Schwall über seine Finger ergoss.

Luc wollte Kel schon hinterher rufen und ihn fragen, ob er etwas dagegen hatte, wenn Luc blankzog, aber dann überlegte er es sich anders. *Mach keine große Sache draus. Tu so, als wäre es ganz natürlich.* Was es auch war, jedenfalls für ihn. Im Sommer trug Luc nie Badekleidung. Er hatte vorgeschlagen, nackt zu

baden, weil das für ihn normal war. Was er außer
Acht gelassen hatte, war die Tatsache, dass Kel das
auch in Erwägung ziehen könnte. Vielleicht. Er war
sehr aus seinem Schneckenhaus gekommen, seit er
hier war. Der zerbrechliche, verletzliche Kel war
abgesplittert, Stück für Stück, und hatte einen
selbstbewussteren jungen Mann erkennen lassen. Oh,
Luc wusste, dass Kel immer noch mit seinen
Dämonen zu kämpfen hatte, und hin und wieder
erhaschte er einen Blick auf diesen Kampf. Er
empfand nichts als Bewunderung für Kels Art, die
Lage zu meistern.

„Nackt baden?" Kel tauchte am Rand der
Arbeitsflächen auf, zwei gefaltete Handtücher unter
dem Arm und eins bereits um die Hüften
geschlungen. „Machst du das immer so?" Er leckte
sich die Lippen, was Luc inzwischen als Anzeichen
für Nervosität erkannte. Kel legte die Handtücher auf
die Arbeitsfläche.

Luc seufzte. „Wenn du dich dabei unwohl fühlst,
ziehe ich eine Badehose an." Es war leicht
nachzuvollziehen, was gerade in Kels Kopf vor sich
ging. Luc konnte sich vorstellen, dass es Vorträge
über Sittsamkeit und das Bedecken seiner Blöße
gegeben hatte. Er hätte eine Million Dollar darauf
verwettet, dass Kel auch dazu ein Bibelzitat einfiel.

Kel stand da und zupfte an seinem Handtuch herum,
ohne Luc anzuschauen. Schließlich hob er den Kopf
und sah Luc in die Augen. „Nein, ist schon okay. Bin
mir nicht sicher, ob *ich* so weit gehen will, aber ich
halte dich nicht davon ab. Das hier ist schließlich dein
Haus."

Luc trat einen Schritt näher und legte seine Hand auf

die von Kel. „Ah-ha, das hatten wir doch schon mal. Solange du hier bist, ist das auch dein Zuhause. Und wenn es dir unangenehm ist, dann" –

„Mach nur", unterbrach Kel. „Ich bin ein großer Junge, stimmt's? Und du hast schließlich nichts, was ich nicht schon in einem Umkleideraum am College gesehen hätte."

Luc sagte nichts. Er wusste, wie groß sein Schwanz wurde, wenn er voll erigiert war. Dann sagte er sich, dass die meisten Twinks, die er online sah, auch große Schwänze hatten, also hatte Kel wahrscheinlich Recht.

Kel seufzte. „Wir verschwenden hier Schwimmzeit. Lass uns rausgehen." Und damit marschierte er durchs Haus auf die Terrassentür zu.

Luc folgte ihm und versuchte dabei, nicht auf Kels Hinterteil zu starren, wo sich die Rundung der Pobacken unter dem Handtuch abzeichnete. Lucs Schwanz zuckte und er stöhnte innerlich. *Das war vielleicht doch eine ganz dumme Idee.*

Sie gingen über den Rasen auf die Öffnung zwischen den Zedern zu. Das Wasser glitzerte im Sonnenschein und die Vorstellung, darin unterzutauchen, war himmlisch. Luc zog sich sein T-Shirt über den Kopf, faltete es zusammen und legte es auf einen der Liegestühle, die auf dem gepflasterten Bereich bei den Stufen standen. Er knöpfte seine Shorts auf und versuchte, nicht zu Kel hinzuschauen, als er sie abstreifte. Er widerstand dem Drang, seinen steif werdenden Schwanz zu verdecken und ging ohne einen Blick in Kels Richtung zu werfen zum tiefen Ende, wo er sich dann in das kühle Wasser stürzte.

Gott, war das herrlich. Als er zur Oberfläche aufstieg und sie durchbrach, hinaus in den Sonnenschein, fühlte er sich verjüngt. Er schwamm mit trägen Zügen zum Beckenrand und lehnte sich darauf. „Das Wasser ist großartig."

Kel stand neben dem anderen Liegestuhl, immer noch in sein Handtuch gewickelt. Langsam löste er es und ließ es zu Boden fallen. Darunter kam eine enge schwarze Badehose zum Vorschein, die sich an seinen Körper schmiegte. Luc vermied jeden Blick in die Nähe von Kels Genitalien. Kel hatte es nicht nötig, sich von Luc angaffen zu lassen, schon gar nicht –

Wenn er eine Erektion hatte. *Großer Gott.*

Kel biss sich auf die Lippen. „Fühlt es sich anders an, wenn man nichts anhat?"

Hör auf, an diesen Schwanz zu denken und wie schön er im Wasser hüpfen wird, wenn er durch den Pool auf dich zukommt. „Es fühlt sich fantastisch an. Befreiend. Und es hat seine Vorzüge. Keine ekligen nassen Sachen, die man wechseln muss." Er seufzte. „Außerdem ist es sehr sinnlich, das Wasser auf der Haut zu fühlen."

Kel sagte nichts. Kurz darauf knotete er die hellblaue Kordel auf und lockerte seine Badehose. Er wand sich, um sie über die Hüften zu streifen, bückte sich, um sie an seinen Knien vorbei zu kriegen und trat schließlich heraus. Als er sich aufrichtete, hatte Luc zum ersten Mal freie Sicht auf einen nackten Kel.

Lieber Gott. Er war umwerfend. Sein Körper war geschmeidig und behaart, schlank und straff, und Luc tat sein Möglichstes, um nicht auf diesen halb erigierten Penis zu starren, dessen Wurzel von einem dichten Busch krauser schwarzer Locken umgeben war.

Kel ging zu den Stufen und stieg zögernd in den Pool, bis die untere Hälfte seines Körpers unter Wasser war. Er atmete einmal tief durch. „Oh mein Gott, das fühlt sich absolut irre an!" Sein Gesicht erstrahlte im Licht, das vom Wasser reflektiert wurde.

„Glückwunsch zur Premiere." Als Kel blinzelte, grinste Luc. „Dein erstes Mal Nacktbaden. Ich wette, du denkst jetzt ‚Warum hab' ich das nicht schon viel früher mal gemacht? '"

Kel lachte nervös. „Es ist ein tolles Gefühl. Aber du weißt, dass meine Eltern einen Anfall gekriegt hätten, wenn sie mich so gesehen hätten."

„Kann ich mir denken." Luc tauchte und schwamm eine halbe Bahn unter Wasser, bevor er wieder an die Oberfläche kam. Gleich darauf kam Kel auf ihn zu geschwommen, durchschnitt das Wasser mit klaren, kräftigen Zügen. Luc genoss es, ihm zuzusehen. Er bewegte sich so flüssig wie ein Otter in seiner natürlichen Umgebung. Sie traten am tiefen Ende Wasser, Kel mit dem Kopf im Nacken, das Gesicht der Sonne zugewandt.

„Das ist echt der Hammer." Kels glückseliger Gesichtsausdruck war wunderbar anzusehen.

„Sollen wir ein Wettschwimmen machen?", fragte Luc mit einem Lächeln. „Über zehn Bahnen?"

„Die Wette gilt." Kel hielt sich am Beckenrandfest. „Auf drei?"

Luc nickte. „Eins… zwei… drei!" Er stieß sich ab und schoss durchs Wasser, mit gesenktem Kopf und kräftigen Armzügen, wohl wissend, dass Kel neben ihm schwamm. Es war ein knappes Rennen, Kopf an

Kopf, aber am Ende legte Kel noch einen Spurt ein und schlug kurz vor ihm am Beckenrand an.

Kel riss triumphierend die Arme hoch. „Juhuu!"

Luc lachte. „Darf ich mal an was erinnern? Du bist halb so alt wie ich."

„Ich wollte dich ja gewinnen lassen", sagte Kel mit funkelnden Augen. „Aber als wir auf der letzten Bahn waren, dachte ich: ‚Nee, ist nicht drin! '"

Luc schüttelte sich das Wasser aus den Ohren. „Und nach diesem Marathon-Rennen leg' ich mich jetzt in die Sonne." Er konnte nicht widerstehen. „Noch eine Premiere, vielleicht? Nackt sonnenbaden?"

Kels Augen weiteten sich, dann lachte er erneut nervös auf. „Na ja, ich bin schon so weit gekommen, also warum auch nicht? Und es ist ja nicht so, als hätte ich's nicht gewusst, stimmt's? Du hast es mir ja schon gesagt, wenn auch nicht ausdrücklich, als du mir damals den Pool gezeigt hast."

Sie hievten sich aus dem Wasser und gingen zu den Liegestühlen. Luc breitete sein Handtuch aus, ließ sich darauf fallen und legte sich auf den Rücken. Kels zufriedenem Seufzer nach zu schließen war dies wieder eine von diesen Entdeckungen für ihn, etwas, worauf er von selbst nie gekommen wäre. Luc hielt die Augen geschlossen, obwohl er sich danach sehnte, Kels Körper im Sonnenlicht schimmern zu sehen.

„Luc?"

Es blieb ihm nichts anderes übrig, als die Augen zu öffnen. Luc drehte den Kopf und beschattete seine Augen, um Kel ansehen zu können. „Ja?"

Oh Herr im Himmel, schau ihn dir an.

Kel lag auf dem Rücken, ein Bein hochgezogen und

angewinkelt. In den Haaren auf seinen Waden und Oberschenkeln glitzerten immer noch Wassertröpfchen. Seine Bauchmuskeln waren wunderschön anzusehen, ein sanftes Kräuseln der Muskeln unter der Haut, sein Bauch von einer Schicht feiner Haare bedeckt, nicht so dicht wie die Matte auf seiner Brust. Sein Glied ruhte wie schlafend auf seinem Oberschenkel. Seine Brust hob und senkte sich gleichmäßig. Und warme braune Augen waren auf Luc gerichtet.

„Es kommt mir so vor, als hätte ich mich im letzten Monat fast ständig für irgendwas bei dir bedankt, aber…" Kel seufzte. „Danke, dass du mir den Mut gegeben hast, das hier zu tun. Der Gedanke, nackt zu sein…" Noch ein Seufzer. „Ich brauch' dir nicht zu sagen, wie schwierig es war, mich dazu durchzuringen, oder?"

„Nein, brauchst du nicht. Und ich bin froh, dass es dir bisher gefällt."

Kels Lächeln hätte den ganzen Landkreis mit Energie versorgen können. „Es ist fantastisch." Er legte den Kopf wieder auf sein Handtuch und schloss die Augen.

Luc freute sich sehr, ihn zufrieden zu sehen. Es war ironisch, dass Kel so entspannt wirkte, während Luc Qualen litt. *Schau ihn nicht an. Mach die Augen zu. Genieß die Sonne. Tu so, als würde er nicht neben dir liegen, nackt und warm und verdammt nochmal zum Greifen nah.*

Ja. Das war eine Folter.

Als Kel aus einem leichten Schlummer erwachte, fühlte er sich so wohl wie seit Jahren nicht. Sein Körper war warm und entspannt und die Sonne auf seiner Haut war herrlich. Luc atmete langsam und gleichmäßig, als schliefe er, und Kel konnte dem Drang nicht widerstehen, zu ihm hinzuschauen.

Luc lag auf dem Bauch, den Kopf auf die verschränkten Arme gebettet, das Gesicht von Kel abgewandt. Seine Beine waren leicht gespreizt. Kel nahm sich einen Moment Zeit, die Biegung seiner Wirbelsäule zu bewundern, wie sie oberhalb der Wölbung seines Hinterns eine Mulde bildete.

Dieser Hintern... Runde, feste Backen, die von vielen Kniebeugen im Fitnessraum zeugten.

Seien wir doch ehrlich. Er ist wunderschön. Es war kein Gramm Fett an ihm, jedenfalls nicht aus diesem Winkel. Alles an Luc sprach von *Stärke.* Kel sehnte sich danach, seine Hand an dieser Wirbelsäule entlang gleiten zu lassen, Lucs flaumigen Hintern zu streicheln, sich weiter vorzuwagen, bis dahin, wovon er bisher nur geträumt hatte.

Instinktiv griff Kel nach seinem dicker werdenden Schwanz, streichelte den Schaft, obwohl irgendwo in seinem Kopf eine Stimme schrie: *Er wird aufwachen! Er wird dich sehen!*

Irgendwie hatte es etwas Befreiendes, nackt in der Sonne zu liegen, mit seinem Schwanz zu spielen und dabei von dem schönen Mann zu träumen, der ahnungslos neben ihm lag.

Wenn du nur wüsstest, was für Gedanken ich schon über dich hatte. Nicht, dass Kel jemals vorhatte, ihm sein Verlangen zu offenbaren. Das würde ihrer Idylle ein jähes Ende bereiten. Auch wenn es Luc möglicherweise schmeichelte, das Objekt von Kels Begierde zu sein – der Gedanke, dass sein Mitbewohner scharf auf ihn war, würde ihm zweifellos Unbehagen bereiten.

Außerdem fiel es Kel schon schwer genug, mit seinen Phantasien umzugehen. Manchmal war es schwierig, die innere Stimme zu ignorieren, die solche Gedanken als schlichtweg *falsch* bezeichnete.

Genau in diesem Moment regte Luc sich, als wollte er sich auf den Rücken wälzen. Das war für Kel Motivation genug, sich auf den Bauch zu drehen und seine Erektion unter sich einzuklemmen.

Später.

Kapitel 12

Kel legte die Säge weg und wischte sich mit einem Lappen den Schweiß von der Stirn. Er arbeitete an der Pergola, seit Luc zu seinen Meetings gefahren war, und die Temperatur draußen stieg bereits an. Er hatte Lucs Werkbank auf der Terrasse aufgebaut, obwohl Luc ein paar spitze Bemerkungen zum Thema Sägemehl gemacht hatte. Kel hatte höflich gelächelt, auf den Besen gedeutet und gesagt, wenn Luc sich solche Sorgen mache, könne er es doch zusammenfegen und Kel die Mühe später ersparen.

Oh ja, das war nicht gut angekommen. Luc hatte ihn mit dem Gartenschlauch gejagt, und er hatte nur zu genau gezielt.

Kel streckte sich, reckte die Arme hoch in die Luft und fühlte, wie seine Rückenwirbel knacksten. Er hätte nie gedacht, dass er das Arbeiten mit Holz so befriedigend finden würde. Im Moment war er immer noch bei der langweiligen Aufgabe, alle Teile auf die korrekte Größe zuzuschneiden, aber das spielte keine Rolle. Er war draußen, an einem herrlichen Tag, und er fühlte sich… wohl.

Erstaunlich, welchen Unterschied zwei Monate gemacht hatten. Seine Zurückstellung war genehmigt worden und er würde sein Studium im Herbst wieder aufnehmen. Zu wissen, dass er dieses Zeitpolster hatte, war sehr beruhigend. Natürlich gab es Tage, an denen ihn die Erinnerungen wie aus dem Nichts überfielen, und ja, er weinte, aber er wusste, dass er das durchstehen würde. Der Nachlass war immer noch nicht abschließend geregelt, aber das war nur eine Frage der Zeit. Und

Geld brauchte er ohnehin keins: Luc bestand darauf, alle Einkäufe zu bezahlen, und Kel ging nirgendwo hin und es fehlte ihm auch an nichts.

Das Leben war gut. Nicht perfekt, aber gut.

Kel ging ins Haus, um sich ein Glas Wasser zu holen. Er war verschwitzt, und die kühle Luft aus der Klimaanlage auf der Haut zu fühlen war wie ein Schock. Als das Telefon klingelte, ignorierte er es und trank weiter. Wahrscheinlich war der Anruf sowieso geschäftlich, und Lucs Anrufbeantworter würde schon rangehen.

Herrgott, wie oft hatte er Luc damit schon aufgezogen. Ein Telefon mit Anrufbeantworter? Anno 2019? Hatte er noch nie etwas von Voicemail gehört? Lucs finsterer Blick hatte ihn nicht im Geringsten gestört. Den Bären zu ärgern machte Spaß, und er wusste, dass Luc so gut austeilen konnte wie einstecken.

Nicht, dass Kel gerade jetzt an Luc denken wollte. Meistens machte ihn das bloß geil, und das wiederum führte ihn in finstere Gewässer. Sein Vater hatte ihm keine Bibelzitate zum Thema Masturbation mitgegeben, aber trotzdem sehr viel dazu zu sagen gehabt, und damit hatte er angefangen, als Mom Kel im Alter von acht oder neun Jahren beim Rumspielen an seinem Pimmel erwischt hatte. Kel konnte sich noch gut an Vorträge darüber erinnern, dass alles, was man tat, zur Ehre Gottes gereichen solle, und dass es beim Onanieren nur um Selbstbefriedigung gehe, weshalb es unrein und sündhaft sei. Natürlich hatte es Momente gegeben, in denen ihn der Drang packte und er der Versuchung erlag, aber die Lust der Erlösung war immer durch Schuldgefühle gedämpft. Kel erinnerte sich an Nächte in seinem Zweibettzimmer am College, in denen er gewartet hatte, bis sein Mitbewohner schlief, ehe er seinem Verlangen nachgab. Er hatte wie wild gewichst, immer ein Auge auf dem anderen Bett, und gebetet, dass er ihn nicht aufweckte. *Und schau dich jetzt nur an.* Wie oft hatte er es abends im Bett kaum erwarten können, die Augen zu schließen und sich auf Lucs Aussehen, auf Lucs Geruch zu konzentrieren, während er sich einen runterholte? Und am Morgen danach war es immer dasselbe. Er wich Lucs Blick aus, als bräuchte der ihm nur in die Augen zu schauen, um genau zu wissen, was Kel getan hatte. Im Verlauf des Vormittags ließen die Schamgefühle dann allmählich nach, und bis Mittag hatte er sie vergessen.

Bis zum nächsten Mal.

Das Telefon klingelte erneut und Kel hörte mit halbem Ohr einem Typen zu, der erklärte, was er softwaretechnisch brauchte und Luc dann um Rückruf bat. Wenn Luc in einer Besprechung war, hatte er normalerweise sein Handy aus und die Rufumleitung an.

Kel warf einen Blick auf die Uhr an der Wand. Bis zum Mittagessen konnte er noch gut eine Stunde lang weiter zusägen. Luc würde erst am späten Nachmittag nach Hause kommen, und Kel wollte heute das Abendessen machen.

Dann hör auf, Zeit zu verschwenden und mach' weiter.

Er schenkte sich ein weiteres Glas Wasser ein und

ging wieder hinaus in den Sonnenschein.

Kel stellte seinen Teller in die Geschirrspülmaschine und schloss die Klappe. Ein Glas Saft, und dann war er bereit für den Nachmittag. Luc hatte kurz angerufen, als Kel gerade beim Essen war, hauptsächlich um sich zu erkundigen, ob Kel irgendwas brauchte.

Er lachte leise in sich hinein. *Der Mann könnte* stundenlang *aus dem Telefonbuch vorlesen, und ich würde nur dasitzen und zuhören.* Er liebte den Klang von Lucs Stimme. Sie war tief, wie die seines Vaters, aber da endete die Ähnlichkeit auch schon. Luc hatte eine klangvolle Stimme. Eine Stimme, die in Kel das Bedürfnis weckte, sich auf der Couch zusammenzurollen und die Welt auszuschließen, während er hingerissen zuhörte. Sie gab ihm das Gefühl von Wärme, Trost und Sicherheit. Das war auch die Stimme, die Kel im Ohr hatte, wenn er nachts im Bett lag – nur dass sie dann Dinge sagte, die Hitze durch seine Adern rauschen ließ, bis er zitternd zum Orgasmus kam.

Als er den Saft aus dem Kühlschrank nahm, klingelte das Telefon, und gleich darauf hörte Kel eine Männerstimme. Eine überraschend junge, tuntige Stimme.

Überraschung! Naja, du hast gesagt, ich soll dich anrufen, wenn ich wieder aus England zurück bin. Bloß, dass du *nicht in Raleigh bist. Ich hab' im ‚Legends and Flex' gefragt, aber dort hat dich schon lange keiner mehr gesehen. Bist du okay? Und falls nicht, darf ich dann deine Wehwehchen wegküssen?*

[Lachen] Ernsthaft, Luc, mein Arsch braucht dringend dein Prachtstück von Schwanz, also wenn du das hier abhörst – ruf mich an. Ich sorge dafür, dass es sich für dich lohnt, das verspreche ich dir. [Kichern]

Das Gerät piepste, als die Nachricht endete.

Das leere Glas rutschte Kel aus der Hand und fiel auf den Boden, wo es in hunderte von glitzernden Scherben zersplitterte, und er zuckte zusammen. Schnell schnappte er sich Kehrblech und Handfeger und fegte alle Scherben zusammen, die er sehen konnte. Nachdem er sie sicher in einer Plastiktüte verstaut hatte, ging Kel zum Telefon und spielte die Nachricht ab.

Sie ein zweites Mal zu hören war noch schlimmer, weil das nur deutlich machte, dass er sich nichts eingebildet hatte. Er ließ sie ein weiteres Mal ablaufen und suchte verbissen nach einer Möglichkeit, sie irgendwie anders zu interpretieren, aber die Botschaft war so subtil wie ein Vorschlaghammer.

Luc ist schwul.

Daran führte kein Weg vorbei.

Kel spielte die Nachricht nochmal ab, aber bevor sie zu Ende war, drückte er auf ‚X' und löschte sie. Eine plötzliche Kälte traf ihn bis ins Mark und er saugte Luft in seine Lungen, die nicht richtig zu funktionieren schienen.

Er ist schwul. Und er hat nichts gesagt. Er weiß seit Mai, dass ich schwul bin, und er hat kein Wort gesagt. Kel ließ sich schwer auf einen Stuhl fallen, unfähig, einen klaren Gedanken zu fassen. Ihm wurde schwindlig und er stützte den Kopf in die

Hände. Seine Emotionen zerrten ihn in mehrere Richtungen zugleich, und er war sich nicht sicher, welche letztendlich die Oberhand gewinnen würde – die tiefe Kränkung, die brennende Scham oder die Eifersucht.

Wie kann ich ihm noch ins Gesicht sehen, mit diesem Wissen? Was um Himmels willen soll ich zu ihm sagen?

Luc stellte den Motor ab und griff nach seiner Tasche. Er war geistig müde, aber zufrieden. Es war ein guter Tag gewesen, obwohl er ihn zum Großteil in Besprechungen mit Kunden verbracht hatte. Aber er hatte ein positives Gefühl mitgenommen. Eine Menge neuer Aufträge würden auf ihn zukommen, und das war nie etwas Schlechtes.

Sein Handy klingelte und er schaute aufs Display. *Dale? Wer zum Teufel ist Dale?* Dann fiel es ihm wieder ein. Raleigh, an Weihnachten. Der Twink mit der enthusiastischen Zunge. Lächelnd ging Luc ran. „Hey."

„Ich bin wieder da", trällerte Dale. „Hast du mich vermisst?"

Luc lachte. „Wie war London?" Dale war Student und hatte damals gerade vor einem sechsmonatigen Auslandsstudium in England gestanden. „Hast du viele heiße Typen kennengelernt?"

„Oh mein Gott. Wie viele da drüben nicht beschnitten sind … Himmlisch! Ich schwöre, ich habe mehr Zeit mit den Beinen in der Luft als in Vorlesungen verbracht. Natürlich bin als Erstes ins Legends gegangen, als ich wieder in Raleigh war, aber keiner hatte dich gesehen. Hast du dir das Poppen abgewöhnt oder was?"

Gott, war es schon so lange her, seit Luc Sex gehabt hatte? „Ich hatte zuhause in letzter Zeit viel um die Ohren. Ich glaube, an Weihnachten war ich zum letzten Mal dort."

„Dann habe ich genau das, was du brauchst", verkündete Dale selbstbewusst. „Meinen Arsch. Mehrmals hintereinander."

Was wirklich toll gewesen wäre, bis auf die Tatsache, dass es nicht Dales Arsch war, den Luc wollte. Bloß dass dieser spezielle Arsch tabu war. „Nettes Angebot, aber..."

Dale seufzte dramatisch. „Lass mich raten. Du lässt mich abblitzen."

„Ich hab' doch gesagt, dass es eine einmalige Sache war, schon vergessen?", tadelte Luc sanft.

„Aber du hast mir deine Nummer gegeben!", jammerte Dale.

„M-hm. Und wenn du dich erinnerst, hab' ich das gemacht, damit du mich kontaktieren kannst, wenn du nach deinem Abschluss einen Rat brauchst. Weißt du noch? Dass ich dir helfen wollte, ein IT-Unternehmen zu finden, bei dem du arbeiten kannst?"

„Kann schon sein", sagte Dale mit deutlichem Widerwillen. Eine Pause. „Ja, stimmt. Ich habe dieses selektive Gedächtnis. Konnte mich nur noch daran erinnern, wie groß dein Schwanz ist."

„Danke für das Kompliment. Und du kannst mich trotzdem anrufen, wenn du mit dem Studium fertig bist, okay?"

„Mach' ich. Bin froh, dass ich nochmal angerufen habe und wenigstens mit dir reden konnte. Ich hasse diese blöden Geräte."

„War das heute? Tut mir leid, ich gehe nicht ans Telefon, wenn ich in einer Besprechung bin." Als Dale nicht antwortete, schmunzelte Luc. „War das alles?"

„Ja. Danke, dass du so ein netter Kerl bist. Ich meine, dass du mir bei der Jobsuche helfen willst und alles. Und nochmal danke für den geilen Fick,
falls ich dir dafür beim ersten Mal noch nicht genug gedankt habe."

Luc lachte. „Oh, hast du. Am anderen Morgen, wenn ich mich recht erinnere."

„Ach ja, stimmt." Dale lachte gackernd. „Ich glaube, ich hab' dir ein paar Mal gedankt."

„Tschüss, Dale, und viel Glück." Luc beendete den Anruf und steckte sein Handy ein, dann stieg er aus und schloss das Auto ab. Er war mehr als bereit für ein Glas Wein und einen Abend auf der Couch, mit hochgelegten Füßen und einem Film.

Wenn Kel sich jetzt noch neben mir einrollen würde, wäre das noch besser. Aber hey, man kann ja nicht alles haben, stimmt's?

Als er ins Haus kam, fiel ihm sofort auf, wie still es war. Normalerweise lief Musik, oder Kel sang wenigstens. *Vielleicht schläft er gerade.* Das würde passen. Kel hatte es wahrscheinlich mit den Holzbauarbeiten übertrieben. Luc stellte seine Tasche auf den Stuhl neben dem Tischchen im Flur und warf einen Blick auf den Anrufbeantworter. Eine rote 2 blinkte ihm entgegen, und er drückte ‚Play'. Die erste Nachricht war von einem potentiellen

Kunden. *Super, mehr Umsatz.* Der zweite Anruf war ähnlich. Als die eintönige Stimme ‚Keine weiteren Nachrichten' sagte, runzelte Luc die Stirn.

Wo ist Dales Nachricht?

Dann sah er den Umschlag oben auf seiner Post. Stirnrunzelnd öffnete er ihn. *Was zum Teufel…?* Vergessen war Dales fehlende Nachricht – er hatte über Wichtigeres nachzudenken, zum Beispiel einen Kunden, der mit rechtlichen Schritten wegen fehlerhafter Software drohte.

Kel erschien in seinem Blickfeld. „Hey." Er sprach mit matter, lebloser Stimme.

„Hi", antwortet Luc abwesend, gedanklich immer noch mit dem Brief beschäftigt. „Ich mach' mal eben Kaffee, und dann muss ich mich um das hier kümmern. Möchtest du auch einen?"

„Nein, danke." Kel öffnete den Kühlschrank und nahm Gemüse heraus, offensichtlich, um das Abendessen vorzubereiten.

Erst da registrierte Luc Kels Tonfall. Er seufzte innerlich, da er wusste, was das bedeutete. Es war ein schlechter Tag gewesen. „Hör mal, soll ich dir beim Kochen helfen?"

„Ich schaff' das schon." Kel holte sich ein Schneidbrett und begann Tomaten in Scheiben zu schneiden.

Mitgefühl erfüllte Luc. Es musste ein *wirklich* schlimmer Tag gewesen sein. „Ich geh' mal rauf und sehe zu, dass ich aus diesem Anzug rauskomme." Als keine Antwort kam, gab Luc auf und machte sich auf den Weg in sein Zimmer. Vielleicht brauchte Kel ja nur ein bisschen Abstand.

Hoffentlich geht es ihm heute Abend besser. Luc hatte

leichte Gewissensbisse. Er hätte sich mit Kel zusammensetzen und über das reden können, was ihn plagte, wäre dieser verdammte Brief nicht gewesen.

Luc tauschte den Anzug gegen Jeans und T-Shirt, dann ging er in sein Büro. Er schaltete die Kaffeemaschine ein, in Gedanken noch immer bei dem Brief.

Manche Leute befolgen einfach keine Anweisungen.

Er setzte sich vor seinen Laptop und loggte sich ein. Als die Kaffeemaschine piepte, registrierte er es kaum.

Der Kaffee konnte warten, bis er diesen Schlamassel wieder in Ordnung gebracht hatte.

Luc belud die Geschirrspülmaschine und schaltete sie ein. In seinem Verstand drehte sich alles.

Was zum Teufel geht hier vor?

Luc kam nicht besonders gut mit Spannungen klar, und davon lagen hier genug in der Luft, um sie mit Messern zu schneiden. Er hatte es aufgegeben, Kel in ein Gespräch zu verwickeln. Was auch immer gerade in Kels Kopf vor sich ging, er redete nicht darüber. Luc war am Ende seiner Kräfte. Er hatte versucht, sich rauszuhalten, seine Hilfe anzubieten, und nichts davon brachte ihn weiter.

Er stand kurz davor, etwas zu sagen, als ihn ein Gedanke anstupste.

Er ist im Moment seelisch völlig durcheinander. Lass ihm einfach Zeit. Du hast keine Ahnung, was er heute durchgemacht hat. Morgen früh, wenn er ausgeschlafen ist, sieht wahrscheinlich alles wieder

besser aus.
Das hoffte er.

Kapitel 13

Nachdem er eine Stunde lang im Bett gelegen und dem Sonnenaufgang zugeschaut hatte, konnte er eigentlich auch aufstehen, beschloss Kel. Schlafen hatte sich als schwierig erwiesen, und er hatte sich die ganze Nacht hin und her gewälzt. Seine Stimmung hatte zwischen verletzt und enttäuscht geschwankt und gelegentlich einen Abstecher zu zornig gemacht. Er konnte es immer noch nicht fassen, dass Luc ihm nichts gesagt hatte.

Kel kam nach unten und nahm die Kaffeemaschine in Betrieb. Nichts deutete darauf hin, dass Luc wach war: Im Haus war es still. Sobald genug Kaffee in der Kanne war, um eine Tasse zu füllen, schenkte er sich ein und ging hinaus in den Garten. Draußen verkündeten die Vögel bereits die Ankunft eines neuen Tages und klangen dabei sehr viel fröhlicher, als Kel sich fühlte.

Er ging langsam zum Pool, wo der Sonnenschein nicht durch die dichten Zedern dringen konnte. Das Wasser war ruhig, aber Kel hatte keine Lust zu schwimmen. Er setzte sich auf einen Liegestuhl, beide Hände um seine Tasse gelegt, tief in ein wirres Durcheinander von Gedanken versunken.

Was soll ich bloß machen?

Das hier war ganz anders als alles, was er je für Troy empfunden hatte. Troy war sein Schwarm gewesen, und er hätte nicht mal im Traum daran gedacht, irgendwas mit ihm zu *machen*, was über ein, zwei Küsse hinausging. Nicht, dass Troy ihn je geküsst hätte.

Dasselbe habe ich auch von Luc gedacht. Luc, mein heterosexueller Freund.

Vielleicht war es das, was ihn so zur Weißglut brachte. Die Schuldgefühle, die ihn geplagt hatten, weil er von Luc geträumt hatte, sich ausgemalt hatte, wie Luc ihn berührte, ihn küsste... wobei er sich immer vorgestellt hatte, wie entsetzt Luc wäre, wenn er in Kels Gedanken blicken könnte. Denn selbst Kel wurde rot, wenn er nur daran dachte.

Und jetzt stellt sich raus, dass er schwul ist.

Kel wollte nicht über diese Nachricht nachdenken. Er war sich nicht mal sicher, warum er sie überhaupt gelöscht hatte. Der Typ hatte so... selbstsicher geklungen, als fühlte er sich ganz und gar wohl in seiner Haut. Kel konnte sich nicht vorstellen, selbst jemals so mit jemandem zu reden, so rotzfrech und ungeniert. Was am meisten schmerzte, war die Erkenntnis, dass er Luc offensichtlich kannte, und zwar auf eine Art, wie Kel ihn nie kennen würde.

Aber Gott, wie sehr er sich das wünschte.

Der Abend gestern war furchtbar gewesen. Er hatte es vermieden, Luc direkt anzusehen, da ihm das alles so verdammt peinlich war und er nicht mit seinen widerstreitenden Gefühlen fertig wurde. Er wusste, er hätte etwas sagen sollen, aber was?

Bevor ich nicht weiß, was aus meinem Mund rauskommt, wenn ich ihn aufmache, halte ich mich lieber von ihm fern. Denn so, wie Kel jetzt gerade drauf war? Er würde wahrscheinlich irgendwas sagen, was ihrer Freundschaft ein Ende machen würde. Und im Moment war Luc wahrscheinlich der beste Freund, den er hatte.

Der einzige Freund.

Lucs Magen krampfte sich zusammen, als er Kel langsam durch den Garten gehen sah, mit hochgezogenen Schultern und hängendem Kopf.

Er sieht todunglücklich aus.

Es war, als hätte Kel sich in sich selbst zurückgezogen. Anfangs war Luc überzeugt gewesen, dass es etwas mit seinen Eltern zu tun hatte. Das war schließlich die wahrscheinlichste Vermutung. Aber jetzt war er sich da nicht mehr so sicher. Irgendwas an der Art, wie Kel ihm aus dem Weg ging, schien auf etwas anderes als verbliebene Trauer hinzudeuten.

Luc blickte sich im Fitnessraum um. Er war überhaupt nicht in Stimmung für ein Workout. Diese ganze Geschichte machte ihm Bauchschmerzen. Luc mochte keine Spannungen, und die Atmosphäre im Haus war erfüllt davon.

Wie lange schau' ich mir das noch an, bevor ich was sage?

Er hatte so das Gefühl, dass das nicht mehr lange dauern würde, da er sich weigerte, sich in seinem eigenen Haus unbehaglich zu fühlen.

Wenn sich bis heute Abend nichts geändert hat, mache ich den Mund auf. So kann das nicht weitergehen.

Ein weiterer Blick auf die Rudermaschine entlockte ihm einen Seufzer. Vielleicht war Sport doch eine gute Idee. Jedenfalls besser, als sich Sorgen um Kel zu machen, vor allem, da Kel sich genug Sorgen für sie beide zu machen schien.

Nach dem Abendessen stand Lucs Entschluss endgültig fest. Kel hatte in seinem Essen herumgestochert und kaum etwas gesagt, aber inzwischen war Luc überzeugt, dass das nichts mit seinen Eltern zu tun hatte. Gelegentlich erwischte er Kel dabei, wie er ihn anschaute, nur um gleich darauf hastig wieder wegzusehen. Etwas in seinem Blick nagte innerlich an Luc.

Es hat was mit mir zu tun. Da war er sich sicher. Luc zerbrach sich den Kopf und versuchte dahinterzukommen, was er getan haben könnte, um so eine Reaktion hervorzurufen.

„Ich geh' mal duschen", verkündete Kel, nachdem er die Geschirrspülmaschine gefüllt hatte.

„Jetzt?" Das Wort rutschte ihm heraus, ehe Luc Zeit zum Nachdenken gehabt hatte. Er seufzte. „Klar. Meinetwegen." Wenn er duschen wollte, was war schon dabei?

Kel blinzelte und verließ die Küche.

Luc lehnte sich gegen den Schrank. *Das hat keinen Zweck.* Nichts zu sagen hatte sie nicht weiter gebracht.

Dann sag was!

Luc trat zum Fuß der Treppe und lauschte. Er hörte noch kein Wasser rauschen. Als er nach oben ging, beschleunigte sich sein Herzschlag. Vor Kels Tür zögerte er, hin und hergerissen zwischen dem Bedürfnis, die Wahrheit zu erfahren und dem, keinen Wirbel zu veranstalten.

Scheiß drauf. Irgendwas ist hier ganz und gar nicht in Ordnung, und ich will verdammt nochmal wissen, was los ist.

Luc klopfte an die Tür. „Können wir reden?"

„Ich wollte gerade unter die Dusche."

„Aber du bist noch nicht drin." Luc würde kein Nein als Antwort gelten lassen. Er wartete mit pochendem Herzen. *Komm schon, Kel.*

Schließlich ging die Tür langsam auf, und da stand Kel, immer noch angezogen und mit zurückhaltender Miene. „Worüber wolltest du mit mir reden?"

„Ich weiß, ich hab' dir versprochen, nicht in dein Zimmer zu kommen, aber wollen wir uns wirklich so unterhalten?"

Kel zuckte die Achseln. „Komm ruhig rein. Ist schließlich dein Haus." Er trat beiseite, um Luc hereinzulassen. Luc setzte sich auf die Bettkante und wartete darauf, dass Kel sich zu ihm setzte. Zu seiner Bestürzung blieb Kel neben der Tür stehen und lehnte sich an die Wand, die Hände in den Taschen seiner Jeans vergraben.

Also dann.

Luc holte tief Luft. „Okay. Wie wär's, wenn du mir sagst, was los ist?"

Dasselbe Achselzucken. „Nichts ist los."

Luc verschränkte die Arme vor der Brust. „Also, das ist eindeutig gelogen." Er ließ Kels Körpersprache auf sich wirken, die Art, wie Kel seinem Blick auswich und stattdessen angelegentlich den Teppich musterte. „Du hast entschieden, dass du bereit bist, wieder nach Hause zu ziehen, ist es das? Du willst nach Hause und es ist dir peinlich, mir das zu sagen? Nun, wenn es das ist, keine Sorge. Du brauchst kein schlechtes Gewissen zu haben, weil du mich nicht mehr brauchst." Seine Brust wurde eng, als er das sagte. Dass Kel nach Hause ging, war das letzte, was er wollte.

Langsam hob Kel den Kopf, bis er Luc in die Augen schaute. Für einen Moment sagte er nichts, und Luc bekam Gänsehaut auf den Armen. Kel holte tief Luft.

„Hast *du* nicht vielleicht *mir* was zu sagen?"

Luc war kurzfristig ratlos. „*Dir* sagen? Was…" Dann fiel der Groschen. *Diese Nachricht auf dem Anrufbeantworter.* In seiner Eile, diesen blöden Brief zu beantworten, war sie ihm ganz entfallen. Blitzschnell zählte Luc zwei und zwei zusammen. Er entfaltete die Arme und beugte sich vor, die Ellbogen auf den Knien. „Dasselbe könnte ich dich fragen. Zum Beispiel, was es mit einer fehlenden Nachricht auf dem Anrufbeantworter auf sich hat…"

„Warum hast du mir nicht gesagt, dass du schwul bist?", platzte Kel heraus. Seine Wangen waren gerötet.

Ach du Scheiße. Das hätte ich gestern Abend schon mitkriegen müssen. „Ich dachte, es wäre nicht hilfreich", sagte er schlicht.

Kel riss die Augen auf. „Ernsthaft? Ich hab' dir gesagt, dass ich schwul bin, und du dachtest, ein ,Hey, weißt du was? Ich auch!' wäre *nicht hilfreich* gewesen?"

„Kel, denk' doch mal eine Minute lang nach." Luc sah ihn ernst an. „Wie warst du in diesen letzten paar Monaten drauf? Du warst gefühlsmäßig total durch den Wind, was auch kaum verwunderlich ist. Ich wollte dich nicht noch mehr durcheinanderbringen. Und außerdem hatte ich keine Ahnung, wie du zu deinem Schwulsein stehst."

„Was soll das heißen?" Kel sah ihn verblüfft an, die

Augenbrauen zusammengezogen.

„Manche Männer wollen es nicht akzeptieren, wenn ihnen klar wird, dass sie schwul sind."

„Aber so bin ich nicht. Ich weiß, was ich bin, und das wird sich auch nicht ändern." Kel schluckte. „Jedenfalls weiß ich es *jetzt*. Früher war ich anders."

„Also schön. Dann frage ich dich jetzt noch etwas. Wenn ich dir gesagt hätte, dass ich schwul bin, und meine nächsten Worte wären gewesen: ‚Hey, du kannst bei mir wohnen', was meinst du, was dir da als Erstes in den Sinn gekommen wäre?" Luc sah ihn eindringlich an. „Und sei ehrlich. Ich weiß nämlich, was ich gedacht hätte. ‚Vielleicht bietet Luc mir hier mehr an als nur ein Dach über dem Kopf'." Er malte mit den Fingern Anführungszeichen in die Luft.

„Und was wäre daran falsch gewesen? Vielleicht hätte ich mich über so ein Angebot gefreut", schrie Kel. Kaum waren die Worte heraus, wurde er blass. „Oh Gott", sagte er schwach.

Luc stockte der Atem. *Was zum Teufel...?* „Warum hast du den Anruf gelöscht?"

Kel schluckte, blieb aber stumm.

„Sag's mir!", verlangte Luc. „Du bist schon so weit gekommen, also hör jetzt nicht auf."

Kel blinzelte und zuckte leicht zusammen. „Ich glaube, anfangs war es mir einfach peinlich, mir anzuhören, wie er mit dir redet. Aber hauptsächlich... weil ich eifersüchtig war."

Jetzt war es Luc, der blinzelte. „Eifersüchtig? Worauf?" Als Kel zögerte, hakte Luc weiter nach. „Sag's mir einfach, okay?", sagte er leise. Kels Worte hatten ein Feuer in ihm entfacht, und er brauchte Antworten.

Kel atmete unregelmäßig. „Ich hab's gehasst, zu wissen, dass dieser Typ offensichtlich schon mal von dem gekostet hatte, was *ich* mir schon so lange" – Er brach ab und schluckte krampfhaft.

Luc rührte sich nicht, doch sein Verstand raste. „Wie lange, Kel? Wie lange willst du mich schon auf diese Art?" Das musste ein Traum sein, und

wenn ja, wollte Luc nicht aufwachen. Denn die Konsequenzen...

Kel seufzte. „Wann ich zum ersten Mal gemerkt habe, dass ich dich sexuell attraktiv finde? Da war ich achtzehn. Seit wann ich dich will? Seit Wochen. Ich weiß nicht mal mehr seit wie vielen. Ich hab' mich verrückt gemacht, weil ich etwas wollte, was ich nicht haben konnte. Weil ich immer gedacht habe, ich bin scharf auf einen Hetero."

Luc konnte sein Lächeln nicht zurückhalten. „Und ich habe immer mein Möglichstes versucht, um nicht zu zeigen, wie sehr ich dich will..." *Passiert das jetzt wirklich? Oh Gott, lass es echt sein.*

Kel starrte ihn an, ein zaghaftes Lächeln auf den Lippen. „Du willst... mich?"

Es war kein Traum.

Bloß... es konnte doch nicht so einfach sein. „Aber bist du dir auch sicher? Ich meine, ein Mann in meinem Alter? Wie kannst du" –

Im Handumdrehen war Kel bei ihm, fiel vor ihm auf die Knie und presste ihm die Finger auf die Lippen. „Oh nein. Fang bloß nicht davon an. Weil mir das egal ist. Okay?"

Luc nickte und kämpfte gegen den Drang an, an Kels Fingern zu lutschen, zu sehen, wie seine schönen Augen sich weiteten, seine Lippen sich teilten...

Langsam nahm Kel seine Hand weg. „Zeig's mir, Luc. Zeig' mir, wie sehr du mich willst." Er hielt inne und holte dann tief Luft. „Küsst du mich?"

Luc wagte kaum zu atmen, als er Kels Wange umfasste und ihn keusch auf die Lippen küsste. Als sie sich wieder trennten, lachte Kel leise. „Oh nein, das machst du nicht. Ich habe viel zu lange gewartet, als dass das mein erster Kuss sein kann."

Und bevor Luc noch ein Wort sagen konnte, lagen Kels Arme um seinen Hals, und Kel nahm seinen Mund in einem leidenschaftlichen, hemmungslosen Kuss.

Kapitel 14

Kels Herz schlug höher, als Lucs Zurückhaltung dahinschmolz. Er stöhnte leise, als Luc seinen Mund mit der Zunge erforschte. Gott, davon hatte er geträumt. Wie Luc ihn küsste, Lucs Hände auf seinem Rücken, so verdammt sanft, als wäre Kel etwas Zerbrechliches und könnte entzwei springen. Was ihm sagte, dass das hier mehr sein konnte als ein Kuss, war die Härte, deren Druck er spürte.

Gott, ich weiß, wo ich das haben will. Die bloße Vorstellung, Luc in sich zu haben, ließ ihn abwechselnd vor Begehren und vor Besorgnis erschauern. *Das fühlt sich... groß an. Oh Gott.* Hitze und Eis kämpften um die Macht über Kels Körper, während er darauf wartete, dass Lucs Hände sich dorthin bewegten, wo noch kein Mann zuvor gewesen war.

Luc beendete den Kuss und Kel gab einen leisen, verärgerten Laut von sich.

„Vielleicht sollten wir ein bisschen langsamer machen", begann Luc, etwas atemlos, aber dafür brannte Kels Verlangen viel zu heiß. Außerdem sprach der Stahl in Lucs Hose eine andere Sprache.

Als Luc vom Bett aufstand, nachdem er sich behutsam von Kels Armen freigemacht hatte, stand Kel ebenfalls auf. Er schlang Luc die Arme um die Taille, um ihn vom Weggehen abzuhalten.

„Luc." Das nackte Verlangen in seiner Stimme war etwas, was er selbst noch nie gehört hatte. Er packte Luc am Hinterkopf und zog ihn zu sich runter, bis sich ihre Münder beinahe berührten und er Lucs warmen Atem auf seinen Lippen fühlte. Kel sah ihm fest in die Augen. „Du willst nicht langsamer machen."

„Und woher willst du das wissen?", fragte Luc leise, aber ohne zurückzuweichen.

Er drängte sich an Luc, wollte den Beweis für sein Begehren deutlicher fühlen. „Das. Das sagt mir alles, was ich wissen muss." Mit pochendem Herzen schloss Kel die Lücke noch ein wenig mehr. „Jetzt küss mich, als wär's dir ernst damit." Dass er so dreist sein konnte, erfüllte ihn mit heißem Stolz.

Luc starrte ihn für einen Moment nur an, dann nahm er seinen Mund mit einem Kuss in Besitz, bei dem Kel heiß wurde bis in die Fingerspitzen. Er fiel mit einer Leidenschaft über Kels Mund her, die ihn erzittern ließ, bei der sein Schwanz steif wurde und sein Körper sich nach mehr sehnte. Kel hielt sich fest, konnte nicht loslassen, als Luc ihn vor sich her schob, bis er mit dem Rücken an der Wand stand, von Lucs größerem, breiterem Körper dort festgehalten.

Luc unterbrach den Kuss erneut, aber bevor Kel sich beschweren konnte, streifte er Kels Lippen leicht mit seinen. „Das will ich schon seit Monaten machen."

Kel stockte der Atem. „Und ist das alles, was du machen wolltest?"

Oh Gott. Lucs dunkelbraune Augen waren jetzt fast schwarz. Dann verflüchtigte sich alles rationale Denken, als Luc die Stellung wechselte, sich leicht bückte und Kel in die Arme nahm, ihn am Hintern packte und hochhob. Kel schlang die Beine um Lucs Taille und hielt sich fest, und sein Herz pochte wie wild.

„Wir machen in meinem Zimmer weiter", sagte Luc heiser.

Kel hatte nicht vor, dem zu widersprechen. Er klammerte sich fest, als Luc ihn durch die Tür trug, am Badezimmer vorbei und schließlich in das Zimmer, das er noch nie gesehen hatte. Er nahm kaum die tiefroten Wände wahr – seine gesamte Aufmerksamkeit war auf Lucs Bett gerichtet. Es war ein Himmelbett, mit Pfosten aus dunklem Holz, die einen dicken Rahmen trugen, jedoch ohne Vorhänge. Und am Fuß des Bettes lehnte ein großer Spiegel an der Wand.

Vor genau diesem Spiegel setzte Luc ihn ab, mit dem Gesicht nach vorn. „Augen geradeaus." Lucs Stimme war rau und jagte Kel weitere Schauer über den Rücken.

Er konnte den Blick nicht von ihrem Spiegelbild losreißen, als Luc sich das T-Shirt über den Kopf zog und dann hastig seine Jeans fallen ließ, die er ungeduldig beiseite kickte. Kel wollte den harten Schwanz sehen, der gegen seinen Rücken stupste und es offenbar genauso wenig erwarten konnte, endlich anzufangen wie Kel. Ein verstohlener Blick im Pool hatte nicht gereicht. Kel wollte ihn aus der Nähe sehen.

Dann griff Luc um ihn herum und knöpfte Kels Jeans auf. „Zieh die aus. Trägst du Unterwäsche?"

„Ja." Das Wort kam als Krächzen heraus. Hastig streifte er seine Jeans ab, zappelte, um seine Knöchel zu befreien, und warf sie dann beiseite. Er richtete sich auf, den Blick erneut auf ihr Spiegelbild gerichtet.

Luc legte von hinten einen Arm um ihn und umfasste

mit den Fingern Kels Kehle, presste ihm direkt unter dem Ohr seinen Daumen gegen den Unterkiefer. Sanft, aber nachdrücklich drehte er

Kels Kopf zu sich herum und küsste ihn, so bedächtig und intim, dass Kel sich nach mehr Küssen von dieser Sorte sehnte.

„Wir lassen es langsam angehen, okay?", sagte Luc ruhig, den Blick fest auf Kels Spiegelbild geheftet.

Kel konnte nur nicken. Sein Puls raste, und er atmete in flachen, rauen Zügen. Er starrte in den Spiegel, als Luc die Hände unter sein T-Shirt schob und es leicht anhob, so dass Kel sehen konnte, wie Lucs Finger seine Bauchmuskeln nachzeichneten. Kel lehnte den Kopf an Lucs Schulter und erschauerte, als Luc sanft mit den Zähnen an seinem Ohrläppchen zupfte, während er eine Hand weiter nach unten schob und Kels Erektion umfasste, die gegen den Stoff seiner Unterhose drückte. Kel stöhnte leise, als Luc das Gesicht an seinen Hals schmiegte und seinen Schwanz streichelte, der so verdammt hart an seiner Hüfte ruhte. Kel hob die Hand und ließ sie über Lucs Unterarm gleiten, schloss kurz die Augen und genoss die Empfindungen, das Gefühl von Lucs Brust an seinem Rücken, die Wärme seiner Erektion.

„Augen geradeaus, schon vergessen?" Luc drehte Kels Kopf sanft nach vorn, und er öffnete die Augen, als Luc ihm die Hand in die Unterhose schob und seine Fingerspitzen an Kels prallem Schaft entlang strichen. Kels Atmung beschleunigte sich bei dem Anblick.

„Gefällt dir das?" Lucs Atem geisterte über sein Ohr.

„Ja", hauchte Kel. Wie gebannt beobachtete er die Bewegungen von Lucs Hand unter der Baumwolle, spürte die Wärme dieser Hand, als Luc sie um seinen Schaft legte und ihn sanft liebkoste.

Luc schaute nicht dorthin, wo seine Hand war – er betrachtete Kels Gesicht. „Schau dich an", sagte er mit verhaltener Stimme. „So schön." Als er seine Hand wegzog, hätte Kel am liebsten gewimmert vor Enttäuschung. Aber dann knöpfte Luc ihm gemächlich das Hemd auf, von oben nach unten. „Hände hinter den Rücken. Taste nach meinem Schwanz."

„Ich will ihn sehen", stöhnte Kel. Als Luc innehielt, senkte Kel die Arme und griff hinter sich, bis seine Finger auf den festen, warmen Schaft trafen. Das Stocken von Lucs Atem bewegte ihn dazu, die Finger um Lucs Erektion zu legen.

Lucs dicke, lange Erektion. Mit einem soliden, gekrümmten Stück Metall durch die Spitze.

Kel schnappte nach Luft. „Oh wow", sagte er leise.

Lucs leises Lachen kitzelte sein Ohr. „Fühlt sich das gut an?"

Kel sah ihm im Spiegel in die Augen. „Er fühlt sich riesig an." Er biss sich auf die Lippe. „Und… unerwartet."

„Warte, bis du ihn in der Kehle hast, oder noch besser, in dir."

Kels Atmung beschleunigte sich erneut, als Luc die Hüften rollte und er plötzlich etwas Heißes an seinem unteren Rücken spürte. Luc zog die Hälften von Kels Hemd auseinander und streifte es ihm von den Schultern, aber nicht ganz ab. Stattdessen streichelte er Kels Brust und Bauch mit einer Hand, strich mit den Fingern ganz leicht über die Muskeln, sodass sie unter der Haut zuckten. Dann, Gott sei Dank, umfasste er wieder Kels Schwanz, während er mit der anderen Hand Kels Unterkiefer packte und sein Gesicht zu sich herumdrehte, um ihn erneut zu küssen.

Lieber Gott, die Kombination von Empfindungen…

Lucs Zunge in seinem Mund, seine Hand um Kels Schaft, und das alles verdammt nochmal in Zeitlupe ausgeführt.

„Schau, wie verdammt sexy du bist", sagte Luc und drehte Kels Gesicht wieder dem Spiegel zu. „Magst du meine Hände auf dir?"

„Ja", bestätigte Kel atemlos.

„Schaust du gern zu, wenn ich dich berühre?"

„Ja."

„Magst du es, wenn ich dich hier anfasse?" Luc griff in Kels Unterhose und drückte seinen Penis leicht.

„Oh Gott, ja", stöhnte Kel.

„Sieh nur, wie hart du bist." Luc gab Kels Penis frei, und gleich darauf hatte er beide Hände an Kels Nippeln und spielte an ihnen herum.

Kels Schwanz zuckte in seiner Unterhose, beulte sie aus. Es war irgendwie unheimlich sexy, zuzusehen, wie Luc ihn berührte, seine eigene Reaktion zu beobachten, die Röte auf seiner Brust erblühen zu sehen.

Luc drehte ihn um. Kels Hemd hing immer noch an seinen Armen, und Luc streifte die weiche Baumwolle bis zu den Ellbogen runter. Dann packte er ein Stück Stoff und hielt es zwischen Kels Armen fest, wodurch seine Hände wie in behelfsmäßigen Fesseln gefangen waren. Lucs Erektion drückte hart gegen die leichte Wölbung von Kels Bauch, als er sein Gesicht an Kels Hals schmiegte und dann eine

Spur aus Küssen über seine Schulter und bis zu seiner Brust zog.

Kel ergab sich den Empfindungen, die von allen Seiten auf ihn einstürmten: Lucs warme Lippen an seinem Hals, die ihn erschauern ließen; Lucs Geruch, männlich und berauschend; der Anblick seiner üppigen Brusthaare, überwiegend grau mit

einer Spur Schwarz hier und da, dunkler auf seinem Bauch und Unterleib; und die prickelnde Erregung bei dem Gefühl, hilflos in Lucs Armen zu liegen.

Schließlich ließ Luc Kels Hemd los und es rutschte von seinen Armen und fiel zu Boden. Kel schnappte nach Luft, als Luc seinen Hintern mit beiden Händen umfasste und drückte. Dann wurde Atmen eine lästige Pflicht, als Luc ihm ganz langsam die Unterhose herunterschob, bis der Taillenbund unter der Wölbung seines Hinterteils klemmte.

„Oh mein Gott, jetzt sieh dir das an!" Die aufrichtige Ehrfurcht in Lucs Stimme war nicht zu überhören. Kel stöhnte, als Luc erneut seine Hinterbacken drückte und sie diesmal behutsam auseinanderzog. „Ach du Scheiße, sieh dir nur dieses schöne Loch an." Ehe Kel wusste, wie ihm geschah, hatte Luc zwei Finger im Mund und machte sie nass, dann ließ er sie zwischen Kels Pobacken gleiten und rieb über seine Rosette. „Magst du es, wenn ich dein Loch berühre?"

Darauf gab es für Kel nur eine einzige Antwort.

„Ja", flüsterte er drängend. „Bitte, Luc." Er wusste, worum er bat, auch wenn er ein bisschen zitterte bei der Vorstellung, Lucs dickes Ding in sich zu haben. Dann überwand hemmungsloses Verlangen die Furcht, und er packte Luc am Genick und zerrte ihn in einen heißen Kuss, glühend vor Leidenschaft.

„Wir brauchen Gleitgel", sagte Luc mit rauer Stimme. Er ließ Kel los, ging ums Bett herum zum Nachttisch und holte eine Flasche und ein paar quadratische Folienpäckchen heraus, die er auf die Bettdecke warf.

Herr im Himmel. Es passiert wirklich.

Doch bevor Kel Zeit hatte, in Panik zu verfallen, setzte Luc sich ans Fußende des Bettes und winkte ihn zu sich. „Auf die Knie, Baby." Lucs mächtiger Ständer ragte direkt vor Kel auf, dick und prall, und sein Herz schlug schneller. Aber sobald er am Boden kniete, klopfte Luc sich auf den linken Oberschenkel. „Kopf hierher, und halt' dich an meinem Bein fest. Schau in den Spiegel."

Kel befolgte die Anweisungen. Er verdrehte den Oberkörper, um bessere Sicht zu haben, und wurde mit dem Anblick seines Spiegelbilds belohnt. Seine Unterhose straffte sich immer noch um seine Oberschenkel, seine Arschbacken waren gespreizt und er konnte zusehen, wie seine Rosette sich zusammenzog. Luc griff nach der Flasche, hielt sie über seine Pospalte und quetschte einen langen, glitzernden Strang der klaren, zähen Flüssigkeit heraus, die sich kalt anfühlte, als sie auf Kels Haut traf. Er sah wie gebannt zu, als Luc sich vorbeugte und die Flüssigkeit über sein Loch rieb, bevor er langsam eine Fingerspitze hineinzwängte.

Oh mein Gott.

Zuzusehen, wie Luc sanft einen Finger in ihn reinschob war vermutlich das Geilste, was Kel je gesehen hatte. Er zuckte beim Eindringen leicht zusammen und Luc quetschte sofort noch mehr

Gleitgel auf seinen bereits glitschigen Finger. Dann war er wieder in ihm, den Blick auf das Spiegelbild von Kels Hintern geheftet.

„Scheiße, bist du eng." In Lucs Stimme schwang dieselbe Ehrfurcht mit wie vorhin. Er bewegte seinen Finger langsam ein und aus, und Kel fühlte von Minute zu Minute mehr, *wollte* mehr… Sein Wunsch ging in Erfüllung, als Luc noch mehr Gleitgel in seine Spalte träufelte und einen zweiten Finger hinzunahm, und dann war dieses Gefühl der Dehnung wieder da und ließ ihn erschauern. Die

glitschigen Geräusche, die Lucs Finger machten, waren genauso erotisch wie der Anblick, wie diese Finger bis zum Anschlag in ihm verschwanden.

Dann zog Luc sie heraus, zerrte Kel auf die Füße, streifte ihm die Unterhose ab und legte sich aufs Bett, wobei er Kel mitnahm, bis er halb auf Luc fiel. Ihre Lippen trafen sich in einem langen, sinnlichen Kuss. Kel hatte Lucs harten, nackten Körper unter sich und Lucs Schwanz rieb sich an seinem.

„Bereit für mehr?", fragte Luc. Bevor Kel antworten konnte, hatte Luc ihn auf den Rücken gerollt und kniete bei seinem Kopf, die Beine weit gespreizt. Dieser massive Schwanz war Zentimeter von Kels Gesicht entfernt, der Metallring mit einer dicken Stahlkugel verbunden. Seine Lippen teilten sich erwartungsvoll und Luc umfasste seinen Hinterkopf und hielt ihn ruhig, während er seinen Penis in Position brachte. Kel öffnete ohne zu zögern den Mund und hatte ihn plötzlich voll mit warmem, hartem Fleisch und Metall. Er lutschte an der festen Spitze, dann schnippte er mit klopfendem Herzen mit der Zunge gegen den Ring und jubelte innerlich, als

Luc laut aufstöhnte.

„Gott, das fühlt sich fantastisch an." Luc drang ein bisschen tiefer ein und Kel tat sein Möglichstes, um Lucs Schaft nicht mit den Zähnen zu schrammen. Nicht, dass er ihn allzu tief in sich aufnehmen konnte, aber Luc schien mit seinen Bemühungen zufrieden zu sein und stöhnte jedes Mal leise, wenn Kel gegen das Piercing schnippte.

„Beug die Knie", befahl Luc. Kel gehorchte sofort. Luc streckte den Arm aus, und dann waren diese glitschigen Finger wieder da, glitten in ihn hinein und bewegten sich ein bisschen schneller als vorhin. Kel umfasste seinen eigenen Schaft und begann ihn zu reiben, während er gleichzeitig weiter an Lucs Schwanz lutschte.

Wenn sich seine Finger in mir schon so anfühlen...

„Du nimmst meinen Schwanz so gut."

Als ob Kel mit vollem Mund antworten könnte. Er stöhnte leise, als Luc einen dritten Finger einführte und er die Dehnung spürte.

„Ich weiß", sagte Luc ruhig. „Aber je mehr Finger du verkraften kannst, desto einfacher wird es nachher, wenn ich dir meinen Schwanz reinstecke." Er bewegte seine Finger behutsam, ganz sanft, bis das Unbehagen verflog und Kel sich ihnen entgegenstemmte. Luc musste lächeln. „Fühlt sich gut an, nicht?"

Es war besser als gut.

Jeder Gedanke an eine Antwort verflog, als Lucs Finger eine Stelle in seinem Inneren streiften. Eine Welle der Lust packte ihn, so intensiv, dass er am liebsten *auf der Stelle* abgespritzt hätte. Er stöhnte um Lucs Schwanz herum, bebend vor Verlangen.

Luc entzog ihm sanft seinen Schwanz und wechselte schnell die Stellung, spreizte Kels Beine und legte sich dazwischen, immer noch mit den Fingern in ihm. Er packte Kels Penis an der Wurzel und nahm ihn in den Mund.

Die feuchte Wärme, das Saugen und diese sanften Stupser in seinem Innern reichten, und Kel wollte mehr. Er stieß mit den Hüften nach oben, und nach drei, vier Stößen ging ein elektrisches Kribbeln durch seinen Schwanz, bis hinunter zu seinen Eiern, und er kam, konnte es nicht abwenden. Luc behielt ihn im Mund und schluckte alles bis zum letzten Tropfen, bis Kel schlaff und erschöpft dalag.

Luc zog seine Finger behutsam aus Kels Körper heraus und legte sich neben ihn, nahm ihn in die Arme und küsste ihn. Kel erwiderte seine Küsse, streichelte Lucs Gesicht und seine Schultern. Luc hob den Kopf, sah ihn an und lächelte. „Das hat dir gefallen."

Kel biss sich auf die Lippen. „Woran hast du das gemerkt?" Schuldgefühle durchströmten ihn und er versuchte wegzuschauen, aber Luc fasste ihn sanft am Unterkiefer und hielt ihn fest.

„Sag's mir. Keine Geheimnisse in meinem Bett. So sind die Regeln."

Kel schluckte. „War's das? Oder gibt es noch mehr?" Lucs Augen strahlten. „Willst du das denn? Sonst können wir jetzt auch gern aufhören."

Kels Antwort kam wie aus der Pistole geschossen. „Ich will nicht aufhören", flüsterte er. Lucs Finger und Lucs Mund hatten seine innere Sehnsucht nicht stillen können. Er holte tief Luft und sprudelte hervor: „Ich will wissen, wie es sich anfühlt, dich in mir zu haben."

Für einen Moment blieb Luc stumm. Dann beugte er sich über Kel und küsste ihn, langsam und innig. Seine Erektion lag hart und heiß an Kels Hüfte, und Kel erschauerte. Lucs Lippen waren an seinem Ohr. „Und ich will wissen, ob dich zu ficken so fantastisch ist, wie es in meinen Träumen war." Er streckte die Hand nach Kondomen und Gleitgel aus, dann rutschte er im Bett nach unten, bis seine Unterschenkel über das Fußende hingen und seine Füße auf dem Boden waren. Er hielt Kel die Hand hin. „Jetzt komm her und setz dich auf mich."

Kel gehorchte, wenn auch langsam. Sobald er rittlings auf Lucs Taille saß, zog Luc ihn an sich und küsste ihn lange und anhaltend. Sein Ständer pulsierte leicht, aber deutlich fühlbar an Kels Hintern, als könnte er es nicht erwarten, in ihm zu sein. Luc riss die Kondomverpackung auf und griff um Kel herum, um es sich überzustreifen, dann gab er sich eine großzügige Portion Gleitgel auf die Handfläche. Als er Kels Blick auffing, lächelte er. „Beim ersten Mal kann man nie zu viel Gleitgel nehmen. Ich spreche aus Erfahrung." Dann wischte er mit glitschigen Fingern durch Kels Pospalte, ehe er mit zweien davon in ihn eindrang. „Du bist ganz offen für meinen Schwanz." Er legte eine Hand auf Kels Oberschenkel, die andere an seine Taille. „Jetzt nimm ihn und führ' ihn ein. Langsam."

Kels Atmung beschleunigte sich, als er den glitschigen Schaft festhielt und die breite Eichel sich zwischen seine Hinterbacken schob, heiß gegen seine Rosette drückte. Luc sah ihm unverwandt in die Augen und hielt sichtlich die Luft an, als Kel die

Spitze vorsichtig in sich hineingleiten ließ. „Oh… oh…"

„Atme", befahl Luc und streichelte seinen Schenkel. „Hol ganz tief Luft."

Kel sog Luft in seine Lungen und senkte sich vorsichtig auf Lucs Erektion herab, Stück für Stück, bis er ihn schließlich ganz in sich hatte. Er erstarrte und unterdrückte ein Stöhnen. „So voll." Obwohl er eben erst gekommen war, wurde sein Schwanz bereits wieder steif.

Lucs Hand ruhte leicht auf seiner Taille. „Jetzt schau." Er deutete mit dem Kopf auf den Spiegel.

Kel drehte sich halb um, beide Hände neben Luc auf die Matratze gestützt. Der Anblick raubte ihm den Atem: Lucs dicker Schaft, der in seinem Körper verschwand, Lucs Hände knapp über der Wölbung seines Hinterteils. Dann hob Luc ihn ein kleines Stück hoch und drückte ihn wieder runter, spießte ihn langsam auf. „Oh mein Gott, ist das geil." Kel konnte nicht wegschauen, fasziniert von dem Anblick, wie dieses dicke, feucht glänzende Ding in sein Loch eindrang, in ihn hineinglitt, allmählich schneller wurde. Er ignorierte den Schmerz und konzentrierte sich auf das schlüpfrige Hin und Her von Lucs Schaft. Luc schaute ebenfalls hin, den Mund leicht geöffnet, und als er Kels Arschbacken packte und auseinanderzog, so dass Kel seine straff gespannte Rosette deutlich sehen konnte, schrien beide leise auf.

„Gott, wie du meinen Schwanz nimmst…"

Kel konnte den Blick auch nicht abwenden. Nur dass er sich jetzt auf Lucs Schwanz vor und zurück wiegte, auf und ab. Sein Atem ging schnell und er hatte wieder einen Ständer, der gegen seinen Bauch klatschte. Luc zog ihn mit mehr Kraft auf sich hinunter, untermalt von einer leisen Litanei von „ja, genau so... reite ihn... oh Scheiße, ja..." Dann packte er Kel an der Taille. „Langsamer. Roll die Hüften."

Kel gehorchte und drehte dann wieder den Kopf, sah zu, wie seine Hüften wogten, während Luc so verdammt geschmeidig in seinem Körper ein und aus glitt, Lucs Hände seinen Arsch und seinen Rücken streichelten. Der Anblick brachte ihn an den Rand des Abgrunds. Luc legte eine Hand um Kels Schaft, und durch den natürlichen Rhythmus seines Körpers fühlte sich das an, als würde er Lucs glitschige Faust ficken.

„Oh ja", stöhnte Luc. „Mein geiler, sexy Boy."

Stolz erfüllte ihn und Kel beugte sich vor, um Luc zu küssen. Er stieß ein tiefes Stöhnen aus, als Luc von unten in ihn hineinstieß.

„Bist du soweit, dich auf dem Rücken ficken zu lassen?"

Schon der bloße Gedanke war echt geil. „Ja", antwortete er sofort und reckte den Hintern hoch, so dass Lucs Schwanz aus ihm herausrutschte.

Luc packte ihn mit beiden Händen am Hintern und stand auf, während Kel sich an ihm festklammerte. Er drehte sich um und legte Kel behutsam auf die Matratze, ohne ihn loszulassen. Sie schlängelten sich nach oben, bis sie in der Mitte des Bettes lagen. Luc küsste sich unter Streicheln und Liebkosungen an Kels Körper entlang, von seinem Schwanz bis zu seinem Gesicht. Als er an Kels Gesicht ankam, zog er ihm die Arme über den Kopf und schob ihm dann behutsam das rechte Bein zur Seite, Knie angewinkelt, so dass Kels Taille leicht verdreht war. Luc stützte Kels Kopf mit der linken Hand und führte seinen Schwanz wieder in Kels entspannte Öffnung ein. Ihre Gesichter waren nur Zentimeter voneinander entfernt, ihr Atem mischte sich, als Luc langsam in ihn eindrang, bis sein Schwanz ganz in ihm steckte.

„Oh… oh Gott, so tief", stöhnte Kel.

Lucs Hand lag erneut um seine Kehle, hielt ihn fest, während er sich langsam ein und aus bewegte.

„Magst du es, wenn ich tief in dir bin?"

„Gott, ja."

„Willst du mehr?"

Kel fielen fast die Augen aus dem Kopf. *Wie kann es noch mehr geben?* Dann schob Luc den Arm weiter unter ihn, bis Kels Kopf in seiner Ellenbeuge ruhte und seine Hand auf Kels Brust lag. Er hob Kels angewinkeltes Bein hoch, küsste ihn auf den Mund und stieß schneller zu, vergrub sich wieder und wieder in ihm. Kel hielt sich mit einer Hand an Lucs Unterarm fest und senkte die andere, um nach seinem Schwanz zu greifen, da er bereits gefährlich nah am Rand eines Orgasmus tanzte, der monumental zu werden versprach.

„Ah-ah, der gehört mir." Luc packte Kels Arm und zog ihn zu sich hoch. „Um meinen Hals." Als Kel die Anweisung befolgte, den Arm am Ellbogen abgewinkelt, küsste Luc ihn und verlangsamte seine Stöße zu einem gemächlichen Gleiten, bis Kel bereit war, um mehr zu flehen. Dann umfasste Luc Kels Schwanz. „Ich fick' dich jetzt, bis du kommst."

Bevor Kel auch nur einen Laut von sich geben

konnte, steigerte Luc das Tempo und die Wucht seiner Stöße. Ihre Körper klatschten laut und heiß aufeinander und Lucs Hand war glitschig um Kels Schwanz. Kel schrie auf, als die Reizüberflutung zu groß wurde, als die Kombination von Bildern, Gerüchen, Geräuschen und körperlichen Empfindungen ihn vorantrieb, bis er auf seinen Bauch abspritzte. Aber Luc hörte nicht auf. Er fickte ihn weiter, wenn auch nicht mehr so rhythmisch, da er sich selbst dem Höhepunkt näherte.

Luc stieß ein paar abgehackte Worte aus und erstarrte, und Kel fühlte das Pulsieren in sich. Luc küsste ihn, nahm Kels Mund mit einem leidenschaftlichen Kuss, und Kel hielt sich an ihm fest und genoss die Wärme, die ihn erfüllte. Nach und nach wurden Lucs Küsse sanfter, zärtlicher, bis sie still dalagen, die Arme umeinander geschlungen, und Kel merkte, wie sein Puls sich langsam wieder normalisierte.

Als Luc sich schließlich vorsichtig aus ihm zurückzog, bedauerte Kel das zutiefst. Ihm tat alles weh, und einige Stellen schmerzten richtig, aber er hätte alles ohne zu zögern gleich nochmal getan. *Herrgott, sag mir, dass wir das nochmal machen können. Bald.*

Luc sah ihm in die Augen. „Wenn du wieder zu Atem gekommen bist und wir uns frisch gemacht haben, sollten wir miteinander reden."

„Ist es okay, wenn wir uns für eine Weile einfach nur küssen?" Kel wollte diesen wunderbaren Moment nicht loslassen.

„Wir können uns küssen, bis uns die Küsse ausgehen." Luc schnitt eine Grimasse. „Oder bis wir

zusammenkleben. Was auch immer zuerst kommt."
Kel erschauerte. „Okay. Nicht so viele Küsse."
Obwohl – küssen, bis ihnen die Küsse ausgingen
hörte sich nach einem perfekten Abschluss für sein
erstes Mal an.

Kapitel 15

Luc hörte Kel leise lachen. „Was ist so lustig?"

Kel stützte sich auf einen Ellbogen und schaute mit offensichtlicher Belustigung auf ihn herab. „Als du was von reden gesagt hast, hatte ich mir den Ablauf des Gesprächs nicht unbedingt *so* vorgestellt."

Luc lachte und breitete einladend den Arm aus. „Komm schon her." Kel zögerte, dann schloss er die Lücke zwischen ihnen im Bett und kuschelte sich an Lucs Seite, den Kopf auf Lucs Brust. Perfekt. Luc legte den Arm um Kel und schloss kurz die Augen, um den Moment zu genießen.

Er ist hier, in meinem Bett. Es kam ihm alles immer noch surreal vor. Doch die Bilder in seinem Kopf waren eine erotische Erinnerung daran, dass Kel nicht nur hier war, sondern dass Luc ihn geküsst und gestreichelt, ihm einen geblasen und ihm zwei Orgasmen rausgefickt hatte. Und in seinem Alter war er wahrscheinlich bereit für Runde drei.

Kel stieß einen zufriedenen Seufzer aus und Luc musste lächeln. „Da klingt jemand glücklich."

„Glücklich reicht nicht mal ansatzweise." Er reckte den Hals, um Luc ansehen zu können. „Kommt mir immer noch nicht real vor."

Das brachte ihn zum Lachen. „Ich weiß. Nachdem ich dich schon so lange wollte…"

„War es… war's so gut wie in deinen Träumen?", fragte Kel leise.

Luc hatte nicht die Absicht, ihn auch nur eine Sekunde lang zweifeln zu lassen. Er fasste Kel am

Kinn und schaute ihm in die Augen. „Besser. Gott, viel besser. Ich hatte mich schon lange von der Vorstellung verabschiedet, dass je irgendwas zwischen uns passieren würde."

Kel wurde ganz still. „Okay, ich habe dir ehrlich gesagt, wann ich mich zum ersten Mal zu dir hingezogen gefühlt habe. Vielleicht solltest du ehrlich zu mir sein. Wann, Luc? Wann hast du zum ersten Mal gedacht, dass du – dass wir… das hier tun könnten?"

„*Das hier*?" Kels verschämte Ausdrucksweise war köstlich. Lucs Lächeln wurde breiter.

Kel verdrehte die Augen. „Okay, okay. Wann hast du gewusst, dass du… mich ficken willst?" Er errötete.

„Dich das zum ersten Mal sagen zu hören törnt mich an", gab Luc zu. „Und okay, ich will ehrlich sein. Zu meiner Schande war das, als du das erste Mal von der Uni nach Hause gekommen bist."

Kel blinzelte. „Oh. Oh wow."

„Ich kann dir nicht mal sagen, was genau sich an dir verändert hatte. Vielleicht war es dein Verhalten, etwas an deinem Auftreten, das anders war… Ich weiß nur, dass ich dich wollte wie verrückt. Ich habe nur noch an dich gedacht."

Kel runzelte die Stirn. „Aber… wieso zu deiner Schande? Ich war volljährig, oder? Und meine Gedanken über *dich* waren auch nicht ganz unschuldig." Er schnaubte. „Jedenfalls waren sie das ganze fünf Sekunden lang, bevor ich die Panik gekriegt habe."

„Lass mich raten. ‚Oh Gott, ich kann doch nicht schwul sein'."

Kel nickte. „Danach hatte ich alles andere im Kopf

als dich. Vor allem, weil ich zu viel Angst hatte, dass es irgendwer rausfinden könnte."

Luc drückte ihn an sich. „Ja, das glaube ich gern. Und stell dir mal vor, wie ich mich gefühlt habe. Ich wollte nicht auf den Sohn meines Nachbarn scharf sein. Auf den Sohn meines Nachbarn, des *Predigers*. Also habe ich mir jeden Gedanken an dich aus dem Kopf geschlagen. Du warst tabu."

„Deshalb habe ich dich so selten gesehen, nachdem ich mit der Uni angefangen hatte", sagte Kel mit großen Augen. „Du bist mir aus dem Weg gegangen."

„Und ich wäre dir auch weiterhin aus dem Weg gegangen, wenn ich mir nicht solche Sorgen um dich gemacht hätte. Ich konnte nicht wegbleiben."

Kels Lächeln reichte bis zu seinen Augen. „Ich bin froh, dass du's nicht getan hast." Er legte den Kopf wieder auf Lucs Brust und sein Atem streifte durch die Haare dort.

„Und jetzt müssen wir über die momentane Situation reden."

Kel regte sich nicht und sein Körper wurde steif. „Muss ich wieder in mein Haus ziehen?"

Luc erstarrte. „Verdammt, nein!" Er seufzte. „Tut mir leid. Das war eine gefühlsmäßige Reaktion. Du musst nicht ausziehen. Du kannst so lange bleiben, wie du willst. Eigentlich hab' ich mich inzwischen irgendwie daran gewöhnt, dich um mich zu haben."

„Gelten die Grundregeln immer noch?"

Luc lachte leise. „Oh ja. Wir haben nur eine neue Dimension hinzugefügt, nichts weiter."

Kel schaute ihn aufmerksam an. „Gibt es auch Regeln für Sex?" Sein Tonfall war neckend.

„Ich glaube, die Frage sollte eher lauten: Brauchen wir Regeln für Sex?" Beim bloßen Gedanken an den atemberaubenden Mann, der neben ihm lag, richtete Lucs Penis sich ruckartig auf. Kel kicherte und Luc seufzte. „Ignorier' meinen Schwanz. Der versucht bloß, uns abzulenken. Was ich sagen wollte, war: Falls du Fragen hast, irgendwelche Bedenken, falls du irgendwas wissen willst... frag einfach, okay? Die Regel über Geheimnisse gilt mehr denn je."

„Keine Geheimnisse in deinem Bett. Das hab' ich kapiert." Kel grinste. „Du magst Regeln, nicht?"

„Ich mag Struktur. Ordnung. Regeln bringen Ordnung. Und du kennst bisher nur die Grundregeln. Ich habe noch mehr." Kel setzte zum Sprechen an, aber Luc legte ihm einen Finger auf die Lippen. „Und bevor du fragst, nein, die kriegst du nicht zu hören."

„Ich habe eine Frage", sagte Kel, als Luc seinen Finger wieder wegnahm. „Es geht um die Schlafmodalitäten."

Luc lächelte. „Du hast dein Zimmer, wenn du mal für dich sein willst. Aber ich habe nichts dagegen einzuwenden, falls du hier bei mir schlafen willst." Er verengte die Augen. „Es sei denn, ich muss morgens früh aufstehen, weil ich eine wichtige Besprechung habe, und du hältst mich die ganze Nacht wach." Sein Atem stockte, als Kel eine Hand um seinen steifen Schwanz legte und langsam daran zog.

„Sieht aus, als wärst du schon *wach*." Kels Atmung wurde schneller. „Hast du morgen eine wichtige Besprechung?"

„Morgen ist Samstag, also nein." Luc lachte leise. „Warum? Hattest du irgendwas vor?" Und bevor Kel antworten konnte, hatte Luc sich umgedreht, so dass er auf der Seite lag, den Kopf nur Zentimeter von Kels bereits hartem Penis entfernt. Er warf ihm einen Blick zu. „Vielleicht sowas wie das hier?" Luc beugte sich vor und schnippte träge mit der Zungenspitze gegen Kels Eichel.

Kel schnappte nach Luft, und gleich darauf umschloss sein weicher, warmer Mund Lucs Schwanz.

Luc konnte sich keine bessere Art vorstellen, den Tag zu beenden.

„Ich muss nach nebenan und die Post holen. Hab' seit ein paar Tagen nicht mehr in den Briefkasten geschaut."

Luc nickte abwesend, ganz in die Software-Zeitschrift vertieft, die er gestern beim Einkaufen mitgenommen hatte. Seine Lektüre wurde unterbrochen, als Kels Gesicht langsam hinter der Zeitschrift auftauchte und ihm Grimassen schnitt. „Was soll das, du Blödian?"

„Deine Aufmerksamkeit gewinnen." Kels Augen funkelten. „Hat dir schon mal jemand gesagt, dass es unhöflich ist, am Tisch zu lesen?"

Luc zog die Augenbrauen hoch. „Und hat dir schon mal jemand gesagt, dass es unhöflich ist, jemanden beim Lesen zu stören?" Er rollte die Zeitschrift zusammen und gab Kel damit einen Klaps auf den Hintern.

„Hey!", schrie Kel auf.

„Jetzt geh nach der Post gucken. Ich bin im Büro,

falls du mich brauchst." Luc verengte die Augen. „Und ‚brauchen' bedeutet nicht, dass du mit den Wimpern klimperst und mich fragst, ob ich eine ‚Pause' machen möchte."

Kel grinste. „Aber die Pause war klasse, stimmt's?"

Das konnte Luc nicht leugnen. Aus Kels Bitte um ‚nur einen Kuss' waren zwei Stunden des gemächlichsten Sex geworden, den Luc je erlebt hatte. Es war herrlich gewesen, eine Oase des Genusses in seinem Tag. Kel versuchte offensichtlich, Versäumtes nachzuholen. In der Woche, seit sie sich zum ersten Mal geliebt hatten, war kein Tag vergangen, an dem sie nicht mindestens zweimal Sex gehabt hatten.

Beim Anblick eines ekstatischen Kel fühlte Luc sich pudelwohl.

Er bekam Kel am Arm zu fassen und zerrte ihn auf seinen Schoß. „Eine wunderbare Pause", gab er zu und zog Kel dann in einen genüsslichen Kuss, bei dem er sich wünschte, nicht arbeiten zu müssen. Kel sah das eindeutig genauso, denn er rutschte herum, bis er rittlings auf ihm saß, die Arme um Lucs Hals.

„Musst du denn jetzt gleich anfangen zu arbeiten?", fragte Kel mit belegter Stimme. Dann rollte er leicht die Hüften und schloss die Lücke zwischen ihnen mit einem weiteren Kuss.

Luc war kurz davor, ihn am Hintern zu packen, mit Kel in den Armen aufzustehen und ihn ins Wohnzimmer zu tragen. Nichts ging über einen Morgenfick auf der Couch, um den Tag richtig anzufangen. Nur – er hatte zu arbeiten.

Widerstrebend seufzte er: „So verlockend du auch bist, ich muss das leider verschieben." Er schob Kel behutsam von seinem Schoß und stand auf. „Na los, sieh nach der Post." Kel schaute so bestürzt drein, dass Luc sich bückte und ihn auf die Wange küsste. „Mal sehen, wie viel ich bis heute Mittag schaffe, okay?"

Kels Miene hellte sich auf. „Bis dahin kann ich warten."

Luc schnaubte. „Ja, klar. Du hast erst heute Morgen einen geblasen gekriegt, und keine anderthalb Stunden später bist du schon wieder spitz." Er verdrehte die Augen. Oh, man müsste nochmal vierundzwanzig sein. Luc deutete in die Richtung von Kels Haus. „Post."

Kel schmollte ein bisschen. „Spielverderber." Er verließ die Küche mit einem Arschwackeln, das zweifellos für Luc gedacht war, um ihm zu zeigen, was ihm entging. Vor sich hin lachend ging Luc in sein Büro.

Heute Mittag geb' ich diesem Jungen einen Fick, den er nicht so schnell vergisst.

Sein bereits steif werdender Schwanz zuckte leicht und Luc warf einen Blick auf seine Leistengegend. *Ganz ruhig, Mann. Später. Geduldig sein zahlt sich aus.*

Luc schloss die Datei und lehnte sich zurück. *Das reicht fürs Erste.* Jetzt wollte er einen Happen essen, und dann war er bereit für einen gemütlichen Nachmittag mit Kel, vorzugsweise im Bett.

Ich muss seinen Horizont erweitern. Es sprach zwar nichts dagegen, in einem Bett zu vögeln, aber sie hatten noch so viele andere Möglichkeiten zu erkunden. Dann fiel ihm plötzlich etwas auf.

Das Haus war viel zu still.

Luc stand auf und ging zur Tür. Er trat hinaus in den Flur und lauschte. Kein Laut, nicht mal Kels Singen, was er immer tat, wenn er draußen arbeitete. Er streifte Kels Tür mit einem Blick und erstarrte. Sie war geschlossen.

Es war zu einem Scherz zwischen ihnen geworden. Luc hatte gesagt, Kel könne seine Tür schließen, wenn er da drin gerade irgendwas tat, wobei er lieber nicht unterbrochen werden wollte. Kel hatte gegrinst und geantwortet, er werde seine Tür angelehnt lassen, weil Luc jederzeit gern reinkommen und mitmachen könne.

Eine geschlossene Tür war kein gutes Zeichen.

Luc ging über den Flur und klopfte leise an die Tür. „Kel? Bist du da drin?"

Es gab ein gedämpftes Geräusch, gefolgt von einem Schniefen. „Ja. Wolltest du was Bestimmtes?"

Okay, *jetzt* machte er sich Sorgen. „Geht's dir gut?" Als Kel nicht sofort antwortete, drehte Luc den Türgriff. Die Tür war nicht abgeschlossen. „Ich komm' rein, okay?" Es kam kein Widerspruch, daher stieß er die Tür auf.

Kel lag zusammengerollt auf dem Bett. Er hatte ein paar Blätter Papier in der Hand. Luc näherte sich ihm langsam. „Hey", sagte er leise.

Kel warf ihm ein schwaches Lächeln zu. „Hey."

Luc setzte sich aufs Bett und legte Kel eine Hand auf die Hüfte. „Was ist denn?"

„Eine Frau, die ich nicht mal kenne, hat mir einen Brief geschrieben. Greta. Sie hat mal hier in der

Gegend gewohnt, schreibt sie, und war vier Jahre lang eng mit meinen Eltern befreundet, bevor sie nach Ohio gezogen ist."

„Warum hat sie dir geschrieben?"

Kel schniefte. „Sie wollte mir etwas über meine Eltern erzählen. Sie hatte gerade erst von ihrem Tod erfahren und da musste sie an die alten Zeiten denken. Also hat sie alles aufgeschrieben, die ganzen Sachen, an die sie sich erinnern kann." Er schluckte. „Anfangs war es, als würde sie zwei Fremde beschreiben. Ich wusste nicht, dass meine Eltern so sein konnten. Sie waren zusammen im Kino, sind zusammen essen gegangen, sogar gemeinsam in Urlaub gefahren. Sie schreibt, wie viel Spaß sie miteinander hatten, wie lustig meine Mutter war." Kel starrte ihn mit großen Augen an. „*Meine* Mom? Lustig? Aber das hat mich zum Nachdenken gebracht. Und weißt du was? Sie hat Recht. Ich *kann* mich an lustige, glückliche Zeiten erinnern. Unsere Sommer am See, angeln mit Dad, schwimmen… es war, als hätte mein Hirn diese ganzen Erinnerungen ausgeblendet. Ich konnte mich nur an Zeiten erinnern, in denen wir uns gestritten haben, als ich sie enttäuscht habe." Seine Augen schimmerten feucht. „Aber daran will ich mich nicht erinnern. Ich will mich an alles erinnern. Ich will *alle* diese Erinnerungen festhalten."

Luc zögerte nicht. Er legte sich hinter Kel aufs Bett, nahm ihn in die Arme und rollte sich um ihn herum zusammen. Luc vergrub sein Gesicht an Kels Hals und atmete ihn ein. So lagen sie mehrere Minuten lang da, Luc mit seinem Boy in den Armen, Kel zufrieden, sich halten zu lassen.

„Erzähl' mir von solchen glücklichen Zeiten", sagte Luc leise.

Kel räusperte sich und begann zu reden, anfangs nur zurückhaltend, aber dann mit zunehmendem Selbstvertrauen. Er erzählte von ihren Urlauben, davon, wie seine Mom einmal die Mikrowelle in die Luft gejagt hatte, wie gut sein Dad mit Werkzeugen umgehen konnte. Und Luc hielt ihn die ganze Zeit in den Armen, bis ein, zwei Stunden vergangen waren und ihnen beiden der Magen knurrte.

Luc küsste Kel auf den Scheitel. „Wie wär's, wenn wir runtergehen würden und ich mache uns was zum Mittagessen?" Er streichelte Kel über den Kopf. „Dann können wir für den Rest des Tages machen, was auch immer du willst."

„Kann ich dir ein paar Fotos zeigen?"

„Liebend gern."

Kel rollte sich in seinen Armen auf die andere Seite, das Gesicht gegen Lucs Brust gepresst. „Danke."

Luc schlang die Arme um ihn, genoss die Verbundenheit. Dann grummelte Kels Bauch laut und Luc lachte leise. „Und in diesem Sinne…"

Als sie nach unten gingen, kam es Luc in den Sinn, dass er sich in seinem ganzen Leben noch nie einem anderen Menschen so nahe gefühlt hatte.

Wurde auch langsam Zeit.

Kapitel 16

Endlich kam die Nachricht vom Rechtsanwalt: Das Haus gehörte offiziell Kel, und mit dem restlichen Vermögen seiner Eltern hatte er keinerlei Geldsorgen. Die Rechnungen wurden bezahlt und Kel konnte sich an den Kosten für seinen Unterhalt beteiligen – allerdings erst, nachdem er Luc dazu überredet hatte, sein Geld anzunehmen. Und im Herbst würde er sein Studium fertig machen, danach würde er sich überlegen, wie es weitergehen sollte.

Nicht, dass er einen Umzug in seine Überlegungen mit einbezogen hätte. Es gab Zeiten, in denen er über das Merkwürdige seiner Situation nachdachte. Sein eigenes Haus stand leer, und Kel ging nur gelegentlich zum Abstauben hin, während er nebenan wohnte. Er konnte das Haus seiner Eltern nicht mehr als sein Zuhause betrachten, obwohl es das achtzehn Jahre lang gewesen war. Zuhause bedeutete für Kel Wärme, Sicherheit und Glück – was zufälligerweise genau die Emotionen waren, die in ihm hochkamen, wenn er an Lucs Haus dachte. Innerhalb von drei Monaten war es mehr zu seinem Zuhause geworden, als sein eigenes das je gewesen war.

Gibt es da nicht dieses Sprichwort? Zuhause ist, wo das Herz ist?

Im Moment war er äußerst zufrieden. Er hatte eine behagliche Bleibe, seine Tage waren mit kreativen Aufgaben ausgefüllt, und jetzt hatte Luc sich als der *beste* Mitbewohner aller Zeiten erwiesen. *Denn einen Kerl, der zu Sex nie nein sagt, muss man einfach lieben, stimmt's?*

Zwei Wochen Sex. Himmlisch. Soweit es Kel betraf, war das wie Weihnachten und alle sonstigen Feiertage auf einmal. Er brauchte sich nur jeden Abend im Bett an Luc zu kuscheln und „Können wir?" zu flüstern, und das war's. Natürlich hatten sie Kondome auf ihren allwöchentlichen Einkaufszettel setzen müssen, denn manchmal war einmal pro Nacht einfach nicht genug.

Als Luc einmal angemerkt hatte, sie müssten sich mit Vitaminen eindecken, hatte Kel gefrotzelt, er könne doch auch früh ins Bett gehen und Schlaf nachholen, den Leute in Lucs Alter bräuchten so viel Schlaf, wie sie kriegen könnten. Das hatte ihm einen wunden Arsch eingebracht, der den ganzen Tag wehgetan hatte. Er würde Lucs Stehvermögen nie wieder unterschätzen, das war mal verdammt sicher.

Und seit dieser ersten Nacht in Lucs Bett hatte er nicht mehr in seinem eigenen Zimmer geschlafen. Jeden Abend war es dasselbe: Sie gingen hinauf, und Luc nahm ihn an der Hand und führte ihn in sein Zimmer. Was für Kel völlig in Ordnung ging, denn die Nacht in Lucs Armen zu verbringen war eine Wonne. Nicht, dass sie *immer* die ganze Nacht durchschliefen. Irgendwie war es unglaublich geil, aufzuwachen und festzustellen, dass Luc ebenfalls wach war, und nach ihm zu greifen und seinen Mund mit trägen Küssen zu beanspruchen, die nicht lange träge blieben.

Luc hatte scherzhaft gesagt, Kel mache süchtig, und Kel hatte geschnaubt, denn *wer im Glashaus sitzt...*

Allerdings war Luc mehr als nur Sex, und Kel wusste das. Luc war der fürsorglichste Mann, den Kel je getroffen hatte, und diese Fürsorge zeigte sich auch im Schlafzimmer. In der Art, wie er darauf achtete, Kels Bedürfnissen gerecht zu werden, in der Zärtlichkeit, die immer auf den Sex folgte, in den Orgasmen, die jedes Mal kamen…

Aber Luc hatte auch außerhalb des Schlafzimmers wieder und wieder seinen Wert bewiesen. Kel vertraute seinem Urteil. Mehr noch, er wusste, dass er sich auf Luc verlassen konnte, wenn er Trost, Ermutigung, Unterstützung – und ja, selbst wenn er Disziplin brauchte. Luc gab ihm Halt und führte ihn mit fester Hand, aber immer auf eine Art, die Kel wissen ließ, dass er ihm wirklich wichtig war.

Ja, alles sah rosig aus. Und doch…

Kel wusste nicht, was ihm zu schaffen machte, aber *irgendwas* war da. Was auch immer es war, es hatte mit ihm selbst zu tun. *Was habe ich denn bloß? Mir fehlt es an nichts, aber…*

Es war das ‚aber‘, das ihm Sorgen machte.

Kel hatte Luc nichts davon gesagt. Denn sich *irgendwie* unzufrieden zu äußern wäre ja, wie Luc ins Gesicht zu spucken. Der Mann hatte keine Mühen gescheut, um Kel zu helfen, er sagte kein Wort über Kels sexuellen Appetit – der, wie selbst Kel freimütig zugab, unersättlich war – und er verlangte keinerlei Gegenleistung.

Vielleicht bin ich einfach nur ein schrecklicher Mensch. Kel nahm sich vor, einfach abzuwarten, bis dieses unbestimmte Etwas ans Licht kam. Denn das musste es, früher oder später. Irgendwann kam alles ans Licht, ob geheim oder nicht.

Luc hätte der glücklichste Mensch auf der Welt sein sollen. Die Tatsache, dass er es nicht war, bezeugte nur, was für ein Mistkerl er wirklich war. Wer sonst konnte unzufrieden sein, wenn er einen jüngeren Lover hatte, der praktisch jederzeit zum Sex bereit war?

Nicht, dass er sich irgendwelche Illusionen darüber machte, was mit ihm los war. Er hatte schon gut eine Woche, nachdem sie zum ersten Mal miteinander im Bett gelandet waren gewusst, was ihn plagte. Es gab ein Gegenmittel, das wusste er auch, aber keins, das er auch nur in Erwägung ziehen konnte. Nicht mit Kel.

Ich breche meine eigene Regel. Bei seinen sämtlichen Affären mit jüngeren Männern hatte er sich über einen Punkt immer absolute Gewissheit verschafft, bevor sie auch nur *einen* Schritt in Richtung Sex machten – nämlich, dass ihre sexuellen Interessen kompatibel waren. Denn andernfalls hätte das sowieso nicht funktioniert und wäre reine Zeitverschwendung gewesen.

Aber was das anbelangte, war Kel ein unbeschriebenes Blatt. Er hatte keine sexuellen Interessen, außer dass er sich gern ficken ließ. Ja klar, es war wunderbar, ihn beim Sex immer selbstbewusster werden zu sehen. Inzwischen ergriff er sogar manchmal selbst die Initiative, aber auch dann nur mit einem ‚fickst du mich, bitte? '

Andererseits wusste Luc, dass er unfair war. Er hatte den Sex rein konventionell gehalten und immer darauf geachtet, sanft zu sein, wenn sie Liebe machten. Kel gewöhnte sich gerade erst an den

Gedanken, dass Sex okay war. Luc wollte ihn nicht erschrecken, indem er auch nur ein klein wenig grob wurde. Ganz gleich, wie sehr er sich auch danach sehnte.

Eins wusste Luc allerdings ganz sicher – er hatte nicht vor, sich woanders zu holen, was er brauchte. Das würde er Kel nie antun. Der Junge bedeutete ihm viel zu viel. Also bleib nur eine Möglichkeit, und die erforderte List und gutes Timing.

Luc konnte sich im Moment selbst nicht leiden. Er brach hier eine weitere Regel, die über Geheimnisse, und das bedeutete Ärger.

Kel faltete den Einkaufszettel und steckte ihn in seine Gesäßtasche. „Bist du sicher, dass wir sonst nichts brauchen?"

Luc stellte ihr Geschirr vom Mittagessen in die Geschirrspülmaschine, richtete sich auf und warf ihm einen durchdringenden Blick zu. „Ich bin mir nicht sicher, ob ich dich alleine einkaufen lassen kann."

Kel riss die Augen auf und spielte den Unschuldigen. „Ich weiß nicht, wovon du redest."

Luc schnaubte. „Ach, wirklich? Dann will ich mal konkreter werden. Kann ich mich darauf verlassen, dass du das heimbringst, was auf der Liste steht und nicht auf die Idee kommst, deine Lieblingssnacks zu kaufen und sie auf dem Heimweg zu essen, damit ich nichts davon mitkriege?" Seine Augen funkelten. „Und versuch' gar nicht erst, es abzustreiten. Du hältst dich für einen echten Profi im Beweiseverstecken, aber diesen Augen entgeht nichts. Auch nicht die Verpackungen, die du in *unverfänglichere* Tüten und Schachteln stopfst."

Kel erstarrte. „Ach, Mist. Wie lange weißt du schon davon?"

„Oh, seit du das erste Mal gedacht hast, du wärst damit durchgekommen." Luc drohte ihm mit dem Finger. „Du musst schon sehr früh aufstehen, wenn du diesem Typen hier eins auswischen willst." Er winkte. „Tschüss. Viel Spaß beim Einkaufen. Ich leg' mich ein bisschen aufs Ohr, also falls ich noch schlafe, wenn du nach Hause kommst, weck mich nicht." Seine Lippen zuckten. „Ich brauche so viel Schlaf, wie ich kriegen kann, weißt du noch?"

Kel lachte schallend. Als er mit den Einkaufstaschen in der Hand in Richtung Haustür lief, rief Luc ihm nach: „Brauchst du die nicht?" Kel spähte in die Küche und stellte fest, dass Luc seine Autoschlüssel vom Zeigefinger baumeln ließ.

Er verdrehte die Augen. „Ich schwöre, ich würde sogar meinen Kopf vergessen, wenn er nicht angewachsen wäre." Er schnappte sich die Schlüssel und ging hinaus zu seinem Auto. Luc bestand darauf, dass sie immer mit Kels Auto zum Einkaufen fuhren, damit die Batterie nicht leer wurde. Kel fuhr ansonsten sehr wenig.

Er warf die Einkaufstaschen in den Kofferraum und setzte sich ans Steuer. Es war ein schöner, sonniger Julitag und die Temperaturen lagen bereits über 26 °C, daher schaltete er die Klimaanlage ein und drehte das Radio voll auf. Bis zu Walmart hatte er keine zehn Minuten zu fahren. Kel sang bei Taylor Swifts *Ready For It* mit; er fühlte sich entspannt und zufrieden. Erst, als sich dem Chick-Fil-A näherte, buchstäblich in Sichtweite des Walmart, hatte er plötzlich ein ungutes Gefühl. Er fuhr auf den Parkplatz und klopfte seine Taschen ab.

Verdammt. Sein Portemonnaie lag zuhause in seinem Zimmer. Ich und mein Gedächtnis. Kel wendete und fuhr wieder nach Hause.

Als er den Schlüssel im Schloss drehte, dachte er daran, leise zu sein. Er lächelte vor sich hin. Ich will, dass er heute Abend ausgeschlafen ist. Kel schlich durchs Haus und die Treppe hinauf, entschlossen, Luc nicht zu wecken. Aber als er ins Obergeschoss kam, hörte er Stimmen aus Lucs Zimmer.

Soviel zum Thema aufs Ohr legen. Er telefoniert. Dann schnappte er Worte auf, die ihn wie erstarrt stehen blieben ließen. Er wagte kaum zu atmen.

„Oh ja, Daddy, fick deinen Boy."

„Nimmst du, was ich dir gebe?" [lautes Patschen]

[Stöhnen] „Ja, Daddy. Bitte, spritz' mir in den Arsch."

[Knurren] „Ich pump' dir meine Ladung rein."
[ächzen] [Klatschen von Haut auf Haut] „Mein Boy."

„Oh Scheiße, ich kann's fühlen. Daddy, ich komme."
„Erst wenn ich's sage."

Kel hatte genug gehört. Er schlich in sein Zimmer, schnappte sich sein Portemonnaie und ging so leise wie möglich wieder nach unten. Nachdem er die Haustür hinter sich zugemacht hatte, hastete er zu seinem Auto, stieg ein und saß da wie betäubt.

Es war nicht Lucs Stimme gewesen, das wusste er. Ihrer Klangqualität und Lautstärke nach war sie vermutlich aus Lucs Laptop gekommen. Das ließ nur einen offensichtlichen Schluss zu.

Kels Lungen schnürten sich zusammen und sein Magen fühlte sich hart an. Eine Frage hämmerte sich in sein Hirn. *Warum muss er Pornos gucken? Er hat doch mich in seinem Bett. Ist das nicht genug?* Offensichtlich nicht.

Aber im Widerstreit dazu musste er sich eingestehen, dass diese Worte ein Feuer in ihm entfacht hatten. Ihm war heiß und kalt zugleich und sein Atem kam stoßweise und abgehackt. *Ist das dieses unbestimmte Etwas, das mir gefehlt hat?* Er konnte nicht leugnen, dass die Geräusche von hartem Sex, so himmelweit entfernt von Lucs zärtlichem Liebesspiel, ein geheimes Verlangen in ihm weckten. Er liebte die Art, wie Luc mit ihm umging, aber…

Die Gedanken bestätigten nur, was Kel bereits über sich wusste. Denn wozu machte einen das, wenn man hörte, wie jemand so hart gefickt wurde und sich wünschte, man wäre *selbst* derjenige, der diese Klapse abkriegte?

Kann jetzt nicht darüber nachdenken. Er musste einkaufen gehen, vor allem, wenn er so tun wollte, als wäre alles normal. Aber eins war sicher. Sobald Kel sich zurechtgelegt hatte, wie er das Thema am besten ansprechen sollte, würde Luc ein paar sehr gezielte Fragen zu hören bekommen.

Denn Kel wollte Antworten.

Kapitel 17

Als sie zu Abend gegessen und den Tisch abgeräumt hatten, war Luc überzeugt.

Er hat was auf dem Herzen.

Anfangs hatte er geglaubt, seine Schuldgefühle würden ihn etwas sehen lassen, was nicht da war. Aber im Laufe des Abends gab es viele kleine Dinge, die Kel verrieten. Er vermied jeden Blickkontakt und schien fast in sich selbst zusammenzuschrumpfen. Er behielt seine Hände an den Seiten und saß still, ein todsicheres Zeichen, dass irgendwas nicht stimmte – Kel konnte nie stillsitzen.

Soweit es Luc betraf, war das ein Rückschritt. Der Kel von heute war viel selbstsicherer als der junge Mann, der damals im März über die Grundstücksgrenze hinweg mit ihm geredet hatte. Und Luc hatte nicht die Absicht, ihn mit der Laus alleine zu lassen, die ihm über die Leber gelaufen war.

„Willst du ein Bier?", rief er Kel in den Wohnbereich nach.

Es gab eine Pause. „Klar."

Luc nahm zwei Flaschen aus dem Kühlschrank, öffnete sie und nahm sie mit. Kel saß auf der Couch und starrte auf den Bildschirm. Luc reichte ihm eine Flasche und deutete dann mit einer Kopfbewegung auf den Fernseher. „Gute Sendung?"

Kel zuckte die Achseln. „Hab' nicht wirklich geguckt." Er trank einen Schluck Bier.

Luc setzte sich neben ihn und legte die Füße auf einen

niedrigen, gepolsterten Hocker. Er griff nach der Fernbedienung, machte den Fernseher aus und wandte Kel das Gesicht zu.

Ehe er auch nur ein Wort sagen konnte, kam Kel ihm zuvor.

„Warum guckt jemand Pornos?"

Luc stockte. Er kannte Kel gut genug, um zu wissen, dass es einen konkreten Anlass für seine Frage gab. Und in Anbetracht seines Zeitvertreibs heute Nachmittag konnte er sich ganz gut vorstellen, was dahintersteckte. *Er weiß es. Keine Ahnung woher. Und aus irgendeinem Grund ist er nicht glücklich darüber. Also mal sehen, wo das hinführt.*

Luc räusperte sich. „Darf ich dich was fragen? Hast du schon mal einen Porno geguckt?" Er konnte sich ziemlich gut vorstellen, wie die Antwort lauten würde.

Kel schluckte. „Ein-, zwei Mal. Um ehrlich zu sein hatte ich ein ungutes Gefühl dabei. Ich musste immer daran denken…"

„Was deine Eltern davon halten würden, wenn sie es wüssten", schloss Luc. Kel nickte. „Ich nehme an, das hat dir Schuldgefühle gemacht." Noch ein Nicken. Luc seufzte. „Okay. Zunächst mal gibt es absolut nichts dran auszusetzen, wenn man sich Pornos anschaut."

„Als Nächstes erzählst du mir noch, dass das eine nützliche Beschäftigung ist." Kels Miene war ungerührt, aber Luc bezweifelte, dass er dahinter ruhig war.

„Manche Leute stellen es so hin, als ob Pornos ein Lehrmittel wären. Sind sie nicht. Pornos sind Fantasien, wo man Dinge erkunden kann, die einen neugierig machen."

„Aber wenn man in einer Beziehung ist, braucht man keine Pornos, stimmt's?"

Luc wusste jetzt, wo das hinführte. „Nur weil man Pornos schaut, heißt das noch lange nicht, dass man mit seinem Partner oder seiner Beziehung unzufrieden ist. Es kann ein Weg sein, um sich Ideen zu holen, um etwas Neues zum Ausprobieren zu finden. Und ja, es stimmt, dass manche Leute süchtig danach werden, aber nur, weil sie die Balance zwischen Realität und Fantasie verlieren. Es ist nichts Falsches daran, Fantasien zu haben." Er legte den Kopf schräg. „Willst du wissen, was echt geil ist? Zusammen Pornos gucken."

Kel blinzelte. „Ernsthaft?"

Luc nickte. „Denk doch mal darüber nach. Zwei Typen holen sich einen runter und gucken dabei anderen Typen auf dem Bildschirm beim Ficken zu. Es törnt sie an. Ziemlich bald wichsen sie sich gegenseitig. Und ehe du dich versiehst, sind sie ganz heiß drauf und vögeln auf dem Wohnzimmerteppich."

„Auf dem" – Kel machte große Augen.

Luc stellte seine Flasche weg und rückte näher. „Wir könnten uns zusammen einen Porno anschauen, wenn du möchtest", sagte er leise. „Dann siehst du es selbst."

Kel erschauerte. „Wenn wir das machen... will ich das schauen, was *du* dir heute Nachmittag angeguckt hast, als du gedacht hast, ich bin aus dem Weg."

Und da haben wir's.

Luc stieß einen tiefen Seufzer aus. „Frag', was du mich schon den ganzen Abend über so unbedingt fragen willst. Lucs goldene Regel, schon vergessen? Absolute Offenheit und Ehrlichkeit."

Kel musterte ihn für einen Moment. „Warum schaust du dir Pornos an? Du kannst mich jederzeit ficken. Verdammt, das tust du doch schon. Also warum musst du dann auch noch Pornos gucken?" Seine Miene war so ernst, dass Luc das Herz wehtat. Er holte tief Luft und legte seine Seele bloß. „Weil ich Bedürfnisse habe, die durch das, was wir im Bett machen, nicht erfüllt werden können."

Kel machte den Mund auf, dann klappte er ihn wieder zu. Er legte den Kopf schräg. „Du hast nicht gesagt, dass diese Bedürfnisse nicht von mir erfüllt werden könnten… Wenn du das, was du dir anschaust, gern mit mir machen möchtest, warum probieren wir's dann nicht einfach mal aus?"

„So einfach ist das nicht!" Die Worte platzten aus ihm heraus.

„Sag's mir", verlangte Kel. „Warum können wir das nicht ausprobieren?"

Es gab keinen Ausweg. „Weil", sagte Luc, formulierte es sehr deutlich, „so, wie die Typen in den Filmen, die *ich* mir angucke, miteinander umgehen? So könnte ich mit dir nie umgehen."

„Und wie gehen sie miteinander um?" Er wechselte vom Sofa auf den Boden, hockte sich auf die Fersen und sah bittend zu ihm auf. „Komm schon, Luc. Du redest von absoluter Offenheit und Ehrlichkeit. Na ja, das gilt für uns beide."

„Sie sind nicht sanft, in Ordnung?" Er schluckte. „Ich mag harten Sex. Ich gehe im Bett gern grob zur Sache. Oder auf dem Sofa. Oder wo auch immer wir gerade ficken." Er holte erneut Luft. „Sei ehrlich.

Wie würdest du es finden, wenn ich dich beim Sex an den Haaren ziehen würde? Dir den Hintern versohle? Dir meine Wichse ins Gesicht spritze? Wenn ich dich im Stehen ficken würde, an die Wand gedrückt?"

Kel sah ihm in die Augen. „Du meinst, wie das, was ich von deinem Film mitgehört habe? So würdest du *uns* haben wollen?"

Luc konnte nur nicken.

Kel seufzte. „Dann sag' ich es lieber nochmal. Ich will mir das anschauen, was du dir angeschaut hast." Er legte Luc beide Hände auf die Oberschenkel. „Und wenn du wirklich wissen willst, was ich von den ganzen Sachen halten würde, die du eben aufgezählt hast … warum finden wir das nicht raus?" Er reckte sich hoch, beugte sich vor und streifte mit den Lippen Lucs Ohr. „Fick' mich, wie du willst… Daddy."

Das letzte Wort äußerte er nur im Scherz, als Anspielung auf den Porno. Aber er bereute es sofort, als er sah, welche Wirkung es auf Luc hatte.

Denn Luc starrte ihn ungläubig an, den Mund leicht geöffnet. Er schien wie erstarrt.

„Du… du weißt nicht, was du da sagst. Ich weiß, warum du das tust – um mir zu beweisen, dass du meine Bedürfnisse erfüllen kannst – aber das musst du nicht. Ich würde dich nie so behandeln" –

„Du hörst mir nicht zu, Luc." Kel lehnte sich zurück, die Augen geweitet. „Ich *will*, dass du so mit mir umgehst. Das will ich schon, seit ich zum ersten Mal gemerkt habe, dass mir bei dem, was wir haben, irgendwas fehlt. Ich will's schon den ganzen verdammten Nachmittag über, seit ich gehört habe, wie dieser junge Typ seinen Daddy anbettelt, ihn zu ficken, in ihm abzuspritzen, ihm seine Wichse reinzupumpen…" Er atmete zittrig aus. „Ja, ich war böse auf dich, aber jetzt verstehe ich es. Behandle mich nicht, als wär' ich zerbrechlich, weil ich das nämlich nicht bin. Halt' einfach die Klappe, nimm mich mit rauf und fick mich, wie du willst. Wie *ich* von dir gefickt werden will."

Bitte, Luc. Kel hatte sich noch nie etwas so sehr gewünscht, dass die Sehnsucht körperlich wehtat.

Luc packte ihn am Hinterkopf und zerrte ihn grob nach vorn, so dass ihre Lippen in einem fieberhaften Kuss aufeinander prallten. Lucs Zunge drang tief ein, leckte Kel das Stöhnen aus dem Mund, das er nicht länger zurückhalten konnte. Als Luc ihn losließ, sah er Kel in die Augen.

„Wer sagt, dass wir raufgehen müssen?"

Kels Puls beschleunigte sich. „Aber… Kondome. Gleitgel. Ist alles oben."

Luc griff an ihm vorbei nach dem breiten Couchtisch und zog mit einem Ruck die Schublade auf. „Kondome, Gleitgel", sagte er, nahm beides heraus und legte es auf den Tisch.

Kels Herz pochte heftig, aber trotzdem sah er Luc ungläubig an. „Du hast das geplant?"

Luc lachte. „Nee. Ich wollte vorbereitet sein, falls wir mal so richtig scharf aufeinander sind und keine Lust haben, erst noch die Treppe raufzusteigen." Dann lehnte er sich zurück und machte den Knopf an seiner Hose auf. „Du hast einen Job zu erledigen, Boy. Mach meinen Schwanz bereit, dich zu ficken."

Kel stockte der Atem, aber er zog behutsam den

Reißverschluss runter und stöhnte leise auf, als er einen Blick auf Lucs Schwanz erhaschte. Luc streifte sich die Boxershorts über die Hüften und sein fleischiger Penis federte hoch. Kel fasste den Schaft an der Wurzel und nahm die breite Spitze in den Mund, ließ den Metallring über seine Zunge gleiten.

Luc stöhnte auf. „Scheiße, dein Mund fühlt sich immer fantastisch an. Jetzt nimm ihn tief rein." Er packte Kels Kopf und hielt ihn fest, während er die Hüften nach oben stieß. Kel nahm ihn so tief in sich auf, wie er konnte, ohne zu würgen. Speichel rann an Lucs Schwanz entlang, bevor Kel ihn zu bearbeiten begann, seine Hand auf und ab gleiten ließ, um ihn glitschig zu machen.

„Oh, fuck. Ja, so ist's gut." Luc zog hastig sein T-Shirt aus und spielte mit seinen Nippeln, zwickte und verdrehte sie und stöhnte immer lauter. Kels Unterkiefer begann gerade zu schmerzen, als Luc seinen Kopf losließ. „Steh auf."

Kel gehorchte und Luc stand ebenfalls auf, packte sein T-Shirt am Saum, zerrt es ihm über den Kopf und ließ es auf den Boden fallen. Dann machte er Kels Jeans auf und zog sie ihm unsanft bis zu den Knien runter. „Zieh sie aus. Zieh alles aus." Er schob seine Boxershorts bis zu den Knöcheln runter und kickte sie weg.

Kel verschwendete keine Zeit. Mit fliegenden Fingern zog er Jeans und Unterhose aus und trat sie eilig beiseite. Luc packte ihn am Hintern, eine Backe in jeder Hand, und drückte kräftig, während er Kels Mund mit einem weiteren, glühend heißen Kuss verschlang.

Als er Kel losließ, deutete Luc auf die Couch. „Knie

dich da drauf und halt' dich an der Rückenlehne fest."
Kel kletterte auf die Couch. Sein Herz hämmerte immer noch und seine Knie drückten sich in die Rückenlehne.

„Beine breit."

Er musste zugeben, wenn Luc ihm auf diese Art Anweisungen erteilte, war das echt geil. Kel spreizte die Beine weiter und keuchte auf, als Lucs Bart über seinen Hintern streifte.

„Zeig' mir dein süßes kleines Loch. Spreiz deine Pobacken für mich."

Das war nicht der Luc, der die letzten zwei Wochen mit ihm Liebe gemacht hatte. Das war ein neuer Luc, ein Mann, der kein Geheimnis daraus machte, was er wollte und wie er es wollte. Dessen Worte Kel in Brand setzten. *Das* war der Luc, den Kel wollte.

Er atmete fahrig, als er seine Hinterbacken auseinanderzog. Ein elektrischer Schlag durchfuhr ihn bei der ersten Berührung von Lucs Zunge an seiner Rosette. „Oh Gott." Luc rieb das Gesicht in Kels Spalte, und Kel fühlte seinen weichen Bart auf der Haut.

Luc kicherte. „Wollte dieses heiße kleine Loch schon seit Wochen mal lecken. Ich war mir nur nicht sicher, wie du dazu stehst." Kel streckte seinen Hintern weiter raus und Lucs leises Lachen kitzelte ihn. „Na, jetzt weiß ich's wohl. Nicht gut genug. Sag mir, was du willst."

Kel schluckte. „Deine Zunge. Ich will mehr von deiner Zunge."

„Du willst meine Zunge in deinem Arsch?"

Kel glaubte, sein Herz müsste gleich explodieren. „Bitte, Luc." Er holte tief Luft. „Fick mich mit der

Zunge." Dann stöhnte er auf, als Luc eine Spur von seinen Eiern bis zu seinem Steißbein leckte und erschauerte, als Luc die Lippen an seine Rosette presste. „Oh ja. Genau so." Die Worte sprudelten über seine Lippen und Luc stieß ein leises Stöhnen aus und drückte fester gegen den Muskel.

Kel konnte nicht anders. Er presste dagegen, wollte mehr, und Luc lachte leise. „Oh ja, das gefällt dir." Er tauchte zwischen Kels Hinterbacken und Kel erschauerte, als er diese heiße Zunge fühlte.

Dann veränderte sich das Gefühl und Kel schrie auf, als eine Welle intensiver Lust über ihn hereinbrach und ihm weiche Knie bescherte. „Oh Gott, deine Zunge. Sie ist in mir drin." Lucs einzige Reaktion bestand darin, seinen erotischen Angriff fortzusetzen. Sein Stöhnen vibrierte an Kels Haut.

Als er sich zurückzog, hätte Kel heulen können, bis Luc seine Rosette mit einem glitschigen Finger umkreiste. „Sieh nur, wie du dich für meinen Schwanz öffnest." Luc schob ihm den Finger rein. „Willst du meinen Schwanz ganz in dir haben?"

Seit mindestens fünf Minuten. „Ja, Luc. Bitte." Kel stöhnte, als Luc den Finger wieder rauszog, jubelte aber innerlich, als er das Rascheln einer Folienverpackung und das Aufschnappen der Gleitgelflasche hörte. *Endlich.* Luc klatschte seinen glitschigen Schaft gegen Kels Rosette, dann presste er die Spitze gegen die Öffnung.

„Ich füll' dich jetzt mit meinem Schwanz, und wenn du soweit bist, fick' ich dich, bis dieses kleine Loch ganz weit offen ist." Dann kam Hitze, Druck und diese allmähliche Dehnung, als Luc ganz langsam in Kel eindrang. „So verdammt eng."

Kel hielt die Luft an, während Luc ihn nach und nach bis an die Grenzen des Möglichen ausfüllte, bis seine Schamhaare an Kels Hintern kratzten. Das Sitzkissen sank ein und Luc war hinter ihm, über ihm, fasste nach Kels Händen und legte sie auf die Rückenlehne der Couch.

Lucs Atem strich durch Kels Nackenhaare. „So warm da drin. Find's schön, in meinem Boy zu sein." Er fing an, sich zu bewegen, ein sanftes Ein und Aus, und küsste Kel dabei auf den Hals, die

Schultern, den Nacken. Letzteres ließ ihn erschauern und Luc lachte leise. „Da hab' ich wohl eben eine heiße Stelle gefunden." Dann packte er Kels Hände fester. „Sag' mir, wenn du soweit bist und gefickt werden willst."

Kel holte ein paarmal tief Luft, dann drehte er den Kopf, um einen Kuss zu verlangen. Luc zögerte nicht und ihre Lippen trafen sich in einem stürmischen Kuss, der Kel den Atem raubte. Er wich zurück und sah Luc in die Augen. „Fick mich, bitte."

Lucs Augen funkelten und dann hielt Kel sich fest, als Luc eine härtere Gangart einschlug, ihn mit wiegenden Hüften und tiefen, langen Stößen zu ficken begann. Kel stöhnte, konnte die Laute nicht zurückhalten, und Luc wurde schneller, rammte seinen Körper mit lautem Klatschen gegen Kels. Er behielt dieses Tempo einige Minuten lang bei, und bei jedem Stoß wurde Kel durchgerüttelt und gegen die Couch gedrückt. Er spürte die Wärme von Lucs Brust an seinem Rücken, die Haare, die ihn kitzelten. Kels Schwanz war unter ihm eingeklemmt und hinterließ bei jedem Anprall Präejakulat-Spuren auf dem Sitzkissen.

Luc zog sich aus ihm zurück, stand auf und packte Kel am Arm. Er dirigierte ihn zum Couchtisch und brachte ihn dazu, sich draufzusetzen, dann fasste er ihn an den Schultern und drückte ihn auf den Rücken. „Nimm deine Beine und zieh sie hoch, rauf bis an die Brust."

Kel befolgte die Anweisung und keuchte auf, als Luc mit zwei Fingern gegen seine berührungsempfindliche Rosette tippte. „Schau dich an, ganz offen für mich." Er kniete sich auf den Boden und zog Kel nach vorn, bis sein Hintern über der Tischkante hing. Luc richtete seinen Schwanz auf Kels Öffnung aus und drang mit einem langen Stoß wieder in ihn ein. Er packte Kel an den Schenkeln und hielt ihn im Griff, während er sich wieder und wieder in ihn rammte.

Oh Gott. Jeder Stoß rüttelte Kel durch, presste ihm den Atem aus den Lungen. Er hakte die Arme unter seine Kniekehlen und krallte die Hände ineinander. Sein Herz raste. Lucs Blick hing unverwandt an ihm, seine Brust hob und senkte sich und ein dünner Schweißfilm glänzte auf seinem Oberkörper.

„Ich benutze dieses kleine Loch."

Kel hätte am liebsten laut hinausgestöhnt: *Benutz es! Benutz mich!* Dann ließ er seine Beine los und hielt sich an der Tischkante fest, da Luc ihn sonst quer über die Tischplatte geschoben hätte. Kels Schwanz war so hart, dass er von seinem Bauch abprallte, und Kel wusste, er war bald soweit.

Auf einmal war Luc wieder aus ihm raus, zerrte Kel auf die Füße und stieß ihn dann mit dem Gesicht voran hinunter auf den Teppich. „Arsch hoch", verlangte er. Kel gehorchte und Luc bestieg ihn, bohrte ihm seinen Schwanz tief in den Arsch und nagelte ihn mit schnellen, kurzen Stößen. Kel griff nach seinem Schwanz, aber Luc packte sein Handgelenk und drückte es fest auf den Teppich. „Der gehört mir."

Dann wechselte das Tempo. Luc drang ganz langsam in ihn ein und zog sich dann genauso quälend langsam wieder ganz aus ihm zurück. Ein schneller, tiefer Stoß, und Kel war wieder ausgefüllt und stöhnte bei der köstlichen Reibung, die Luc erzeugte.

„Dieses Loch gehört mir", erklärte Luc und drang mit einem langen, gleitenden Stoß in ihn ein.

„Deins", bestätigte Kel atemlos.

„Und du bist für große Schwänze wie geschaffen." Ein weiterer tiefer Stoß.

„Ich liebe deinen Schwanz." Kel sehnte sich nach dem Kommen. „Luc, bitte, bin so kurz davor."

„Du kommst noch nicht. Verstanden?" Luc zog sich aus ihm heraus, drehte Kel mit einem Ruck auf den Rücken, hakte seine Arme unter Kels Knie und fickte ihn mit langen, tiefen Stößen, in zunehmend schnellerem Tempo. Er stützte die Ellbogen links und rechts von Kels Kopf auf den Boden und beugte sich vor, um ihn zu küssen, wobei seine Hüften ständig in Bewegung blieben, Kel immer weiter auf den Höhepunkt zutrieben.

„Härter", stieß Kel hervor. „Fick mich härter."

Lucs Gesicht schwebte über seinem. „Pass auf, worum du bittest." Er küsste ihn, den Schwanz bis zu den Eiern in ihm vergraben. Luc legte eine Hand um Kels Wange. „Bereit für meine Ladung?"

Kel konnte nur nicken, die Arme um Luc geschlungen und fast auf die Hälfte zusammengefaltet mit seinen Beinen über Lucs Schultern. Luc fing langsam an, mit wiegenden Hüftbewegungen, aber es dauerte nicht lange, bis er wieder Geschwindigkeit aufnahm und ungestüm zu rammeln begann, jeder Stoß begleitet von leisem Ächzen. Die Wucht der Stöße raubte Kel den Atem und rüttelte seinen ganzen Körper durch. Luc wurde noch schneller, er atmete laut und Kel wusste, dass er auch kurz davor war. Er griff nach Luc, zog ihn in einen weiteren leidenschaftlichen Kuss. „Komm in mir", murmelte er an Lucs Lippen. „Lass mich dich fühlen."

Luc stöhnte auf, und Kel spürte, wie sein Schwanz pulsierte und das Kondom füllte. Luc neigte den Kopf, doch seine Hüften bewegten sich weiter, während er abspritzte. Dann lag er still, und sein Gewicht hielt Kel am Boden fest. „Oh, du wunderschöner Boy", flüsterte er.

Kels Herz schlug höher und er streichelte Lucs Kopf und seinen Nacken, küsste ihn auf Stirn, Wangen und Lippen. Luc antwortete mit innigen Küssen, die mehr von Zärtlichkeit als von Leidenschaft sprachen, und Kel fand das absolut perfekt.

Luc stemmte sich hoch und legte eine Hand um Kels harten Schaft, während sein eigener immer noch in Kels Hintern steckte. „Jetzt bist du dran." Er bewegte sich sachte, wiegte die Hüften im Gleichtakt mit seiner Hand, beides immer schneller. Kel konnte nichts weiter tun, als Lucs Bauch zu streicheln, während Luc ihn zum Höhepunkt brachte. Und als er kam und sein Sperma im hohen Bogen aus ihm herausschoss, mischte sich Lucs Aufschrei mit seinem. Luc drückte seine Eichel sanft zusammen, bis nichts mehr kam.

Luc zog sich vorsichtig aus Kel zurück, dann nahm er ihn in die Arme und sie torkelten zur Couch, wo Luc ihn zärtlich an sich drückte, ihn küsste, seine Brust streichelte, seine Beine, sein Gesicht, und ihm sanfte Worte zuraunte, die Kel mit stiller Freude erfüllte.

„Ich hab' dich. Ich hab' dich."

Kel schloss die Augen und schwelgte in Empfindungen: Lucs starke Arme, die ihn hielten; sein Geruch, der Kel in die Nase stieg; die ziehenden Schmerzen in seinem Inneren und dieses wundervolle Gefühl, kostbar zu sein. Luc hatte zwar seinen Arsch benutzt, wie er es versprochen hatte, aber die Fürsorge, mit der er Kel in den Armen hielt, bis sein Herzschlag sich wieder normalisiert hatte – das war mehr der Luc, den Kel kannte.

Ein Mann, zwei verschiedene Facetten – und Kel war dabei, sich in beide zu verlieben.

Kapitel 18

Kel erwachte früh und stellte fest, dass Luc neben ihm noch schlief, und dass ihm der Hintern höchst angenehm wehtat. Aber als er so dalag und sich an den wilden Fick von gestern Nacht zurückerinnerte, brannten und kribbelten seine Wangen. *Was ich für Sachen gesagt habe...* Es war, als wäre er ein ganz anderer Mensch gewesen, schamlos und vulgär. Im Eifer des Gefechts hatte er das genossen. Und *oh mein Gott*, die Ausdrücke, die Luc so glatt über die Lippen gegangen waren, die Obszönitäten, die nur dazu gedient hatten, Kels Verlangen noch zu steigern, ihn vor Begierde zur Weißglut zu bringen. Luc hatte sich mit einer Hemmungslosigkeit gehen lassen, die Kels Herz höher schlagen ließ. *Das hat er gebraucht.* Es spielte keine Rolle, dass Kel es auch brauchte. Deshalb schämte er sich kein bisschen weniger.

„Wo bist du?" Kel zuckte erschrocken zusammen. Luc lag auf der Seite und musterte ihn besorgt. Er streckte die Hand aus und streichelte Kels Bauch. „Du hast ganz gedankenverloren ausgesehen."

Kel wusste keine Antwort darauf. Was konnte er sagen? *,Danke, dass du mich so gefickt hast, wie ich es von dir verlangt hatte, aber weißt du was? Das ist nur ein Beweis dafür, wie pervers ich bin, und im Moment kann ich mich selbst nicht besonders gut leiden'?*

Luc ließ seine Hand über Kels Brust nach oben gleiten und umfasste seine Wange. „Du warst unglaublich gestern Abend. Wie du aus dir herausgegangen bist. Und dich so fordernd zu erleben…" Er lachte leise. „Je mehr du gesagt hast, desto geiler bin ich geworden."

Kel schloss die Augen. *Aber es war nicht richtig.*

Die Matratze sank ein und weiche Lippen pressten sich auf seine. Kel öffnete die Augen und begegnete Lucs Blick, verlor sich in seiner Wärme. Dann wich Luc zurück. „Und nur damit eins klar ist… es ist absolut nichts falsch an dem, was wir gestern Abend gemacht haben. Ja, alles zu seiner Zeit, und manchmal heißt das, dass man zärtlich Liebe macht, aber manchmal muss man auch seinen Begierden nachgeben. Das Schlüsselwort hierbei lautet Einverständnis. Wir wollten es beide. Und es gehört Stärke dazu, seine Begierden zu äußern."

„Stärke?" Die Wortwahl erschien ihm merkwürdig.

Luc zuckte die Achseln. „Was ist besser? Sich mit einem Sexleben abzufinden, das einen nicht befriedigt, oder den Mund aufzumachen und zu sagen, was man wirklich will?" Er warf Kel einen fragenden Blick zu. „Sei ehrlich. Warst du zufrieden mit allem, so, wie es bisher war?"

Kel machte den Mund auf, um zu sagen, dass es an dem Sex, den sie in diesen zwei Wochen gehabt hatten, nichts auszusetzen gebe. Doch sie waren im Bett, und hier gab es keine Geheimnisse.

„Nein", sagte er einfach. „Ich… ich hatte das Gefühl, dass irgendwas fehlt."

„Und gestern Abend? Nachdem ich dich auf der Couch genommen hatte, auf dem Tisch, auf dem Teppich…?"

Hitze wallte ihn ihm auf, als er sich daran erinnerte,

wie Luc ihm seinen Schwanz reingerammt, ihm bei jedem Stoß die Luft aus den Lungen getrieben hatte, und wie er von Luc verlangt hatte, ihn noch härter zu ficken… „Ich fand's toll."

Luc beugte sich vor und küsste ihn leicht auf die Lippen. „Und das macht dich nicht zu einem schlechten Menschen. Sperr' ihre Stimmen aus, Boy, und hör auf meine. Hör auf dein Herz. Schäm dich nie dafür, loszulassen."

Kel stockte der Atem. „Wie machst du das? Wieso weißt du anscheinend immer, was gerade in meinem Kopf vorgeht?"

„Ich versetze mich in dich hinein. Ich versuche mir vorzustellen, wie ich mich an deiner Stelle fühlen würde." Seine Augen funkelten. „Und deine heißen Wangen waren ein bisschen verräterisch."

Kel stieß ein kurzes Lachen aus und seine Anspannung verflog.

„Also, ich weiß ja, dass wir aufstehen sollten, aber…" Luc küsste ihn erneut. „Hättest du etwas dagegen, wenn wir einfach eine Weile im Bett bleiben und kuscheln würden?"

Kel konnte sich keine bessere Art vorstellen, den Tag zu beginnen. „Liebend gern." Sekunden später umfassten ihn zwei starke Arme. Kel presste das Gesicht an Lucs haarige Brust und Luc hakte ein Bein über Kels, hielt ihn in Wärme und Sicherheit gefangen. Kel lauschte auf Lucs langsame, gleichmäßige Atemzüge, und ehe er sich versah, atmete er im gleichen Rhythmus und war so entspannt, dass er im Halbschlaf dahintrieb, ganz und gar zufrieden.

Kel öffnete die Glastür und trat hinaus auf die Veranda. Die Vormittagssonne wärmte seine nackte Brust und seine bloßen Beine, als er sich auf den Weg zum Pool machte. Das Wasser war ruhig und reflektierte das strahlende Blau des Himmels. Kel legte sein Handtuch auf den Liegestuhl, dann tauchte er in den Pool und schwelgte in den belebenden Empfindungen, während er langsam wieder an die Oberfläche stieg.

Er schwamm zehn Bahnen und legte dann eine kurze Pause ein, nur um festzustellen, dass Luc auf dem Liegestuhl saß und ihm lächelnd zusah. Kel schwamm an den Beckenrand und legte die Arme auf die gepflasterte Einfassung. „Kommst du nicht rein?"

„Es macht mehr Spaß, dir zuzuschauen." Luc grinste. „Obwohl ich enttäuscht bin, dass ich deinen Arsch nicht sehe."

Kel verdrehte die Augen. „Na, das geht ja wohl gar nicht, oder?" Er wand sich aus seiner Badehose und warf sie beiseite. „Besser?"

Lucs Augen strahlten. „Das sag' ich dir, wenn ich deinen Arsch gesehen habe."

Kopfschüttelnd fing Kel wieder zu schwimmen an, begleitet von Lucs Applaus. Als er am tiefen Ende war, lächelte Kel vor sich hin, drehte sich auf den Rücken und paddelte durchs Wasser, in dem Bewusstsein, dass sein Schwanz nicht mehr schlaff war, sondern in die Luft ragte. Nach drei Längen Rückenschwimmen merkte Kel, dass er nicht mehr allein im Wasser war. Luc war am flachen Ende, nackt, mit einem Ständer, der direkt unter der Wasserlinie sichtbar war.

Er winkte Kel mit dem Finger zu sich. „Komm hier rüber."

Kel hörte auf zu schwimmen und watete zu ihm, immer seinem erigierten Penis nach.

Bevor er ein Wort sagen konnte, nahm Luc ihn in die Arme und hob ihn hoch, und Kel schlang die Beine um Lucs Taille und die Arme um seinen Hals. Luc setzte ihn behutsam auf der Treppe ab, dann legte er ihm die Hände auf die Knie und spreizte sie weit.

Kels Puls raste. „Hier… hier draußen?" Es spielte keine Rolle, ob der logische Teil seines Verstands ihm sagte, dass niemand sie sehen konnte. Das Verbotene der Situation jagte wie ein Feuerstrahl durch seine Adern.

Lucs Augen funkelten. „Dann bist du eben leise. Ich muss deine Wichse schmecken." Und damit trat er zwischen Kels gespreizte Schenkel, packte ihn an den Hüften, bückte sich und schluckte Kels Penis bis zur Wurzel.

Kel erschauerte und stopfte sich die Hand in den Mund, fasziniert vom Auf und Ab von Lucs Kopf, vom Gefühl der Fingerspitzen, die seine Innenschenkel streichelten, von der Enge und Wärme um seinen Schaft. „Luc", flüsterte er drängend. Seine Eier kribbelten.

Luc hielt lange genug inne, um zu flüstern: „Komm. Spritz' mir in den Mund."

Das Zusammenspiel von Ort des Geschehens und Lucs Forderung war genug, um ihn innerhalb von Sekunden kommen zu lassen, zitternd am ganzen Körper. Luc schluckte alles bis zum letzten Tropfen und streichelte Kels Brust und Bauch mit einer Hand, während er seinen Schwanz sauber leckte. Als er fertig war, richtete er sich auf und nahm Kel in die Arme. „Sieh nur, wie gut du schmeckst", sagte er und küsste ihn innig, plünderte Kels Mund mit der Zunge. Kel klammerte sich an ihn, immer noch zitternd von seinem Orgasmus, und kostete den leicht salzigen Geschmack seines eigenen Spermas auf Lucs Lippen. Als sie sich voneinander lösten, seufzte Luc zufrieden. „Köstlich. Nur eins könnte noch besser sein."

„Und was wäre das?"

Luc beugte sich vor und flüsterte: „Meine Wichse zu schlabbern, wenn sie dir aus dem Arsch läuft. Aber das machen wir ein andermal."

Kel starrte ihn an, sprachlos vor Verblüffung. *Männer... machen sowas?* Dann traf ihn die Erkenntnis wie ein Schlag. *Er möchte mich ohne Kondom ficken. Moment mal – streich das. Er hat fest vor, mich ohne Kondom zu ficken.*

Sein Verstand, der das pervers nannte, lag im inneren Widerstreit mit seiner Fantasie. *Zu fühlen, wie sein Schwanz in mir pulsiert und zu wissen, dass er mich mit seiner Wichse füllt...*

Gott helfe ihm, aber Kel wollte das. Er war sich nicht sicher, ob er *jetzt* schon so weit war, aber irgendwann mal? Oh ja.

Er kehrte in die Gegenwart zurück und stellte fest, dass Luc am Beckenrand stand und sich mit einem Handtuch abrubbelte. „Na, *das* hat dich ins Grübeln gebracht, was?" Sein Blick huschte zu Kels Leistengegend, wo sein Schwanz schon halb steif war. „Ich muss wohl nicht fragen, ob dir die

Vorstellung gefällt", sagte er mit einem spöttischen Grinsen. „Wir reden bald mal darüber." Luc ging ins Haus, wobei sein nackter, straffer Hintern leicht wackelte.

Kel stand im Pool und fragte sich, ob Luc jemals irgendwas sagen würde, bei dem ihm *nicht* die Luft wegblieb.

Luc packte das Geschirr in die Spülmaschine, schloss die Tür und startete das Programm. Kel war den ganzen Abend über sehr still gewesen, nicht, dass Luc ihm das übel nahm. Er hatte dem Jungen genug zum Nachdenken gegeben. Nach einem klärenden Gespräch über regelmäßige Bluttests und sobald Kel ihm die Ergebnisse seiner letzten ärztlichen Untersuchung gezeigt hatte, wollte Luc die Kondome weglassen. Kel war sein Boy, und die Vorstellung, in diesem engen Arsch abzuspritzen, Kels Wichse als Gleitgel zu benutzen und zu fühlen, wie Kels Körper seinen unverhüllten Schwanz umschloss, war verdammt berauschend.

„Darf ich dich was fragen?" Kel hatte die Ellbogen auf den Tisch gestützt und sein Kinn ruhte auf seinen gefalteten Händen.

Luc lehnte sich an den Küchenschrank. „Du weißt, dass du mich alles fragen kannst." Er hatte die Fragen schon eher erwartet.

„Dieser… Film, den du dir angeguckt hast…"

Lucs Lippen zuckten. „Porno, schon vergessen? Es heißt Porno."

Kel verdrehte die Augen. „Okay. Dieser Porno, den du dir angeguckt hast… der junge Typ, den ich gehört habe, hat Daddy zu ihm gesagt. Hat *dich* schon mal jemand Daddy genannt?"

Okay, das brachte ihn ins Stocken. „Wow. Das ist aber direkt."

Kel lehnte sich zurück. „Du hast gesagt, offen und ehrlich und ohne Vorbehalte. Deshalb habe ich gedacht, es wäre okay, wenn ich dich das frage."

Luc setzte sich zu ihm an den Tisch. „Also gut. Ja. Viele der jüngeren Typen, mit denen ich etwas hatte, haben mich Daddy genannt."

Kel runzelte die Stirn. „Waren das immer nur One-Night-Stands? Hattest du noch keine richtige Beziehung? Einen festen Freund? Partner?"

Luc seufzte tief. „Überleg' doch mal, was du da sagst. Kannst du dir wirklich vorstellen, dass ich hier mit meinem Freund zusammenleben könnte? Ausgerechnet hier? Wenn dein Vater nicht explodiert wäre, dann ganz bestimmt die Nachbarn." Innerlich war er erleichtert, dass Kel von seiner ursprünglichen Frage abgerückt war. Luc wollte das Thema ‚Daddy' jetzt noch nicht weiter verfolgen. Dazu war Kel noch nicht bereit, er würde es nicht verstehen, und außerdem war es noch zu früh, nachdem er erst vor kurzem seinen eigenen Dad verloren hatte.

„Und was meinst du, was die Nachbarn sagen, jetzt, wo ich hier bin?"

Luc zuckte die Achseln. „Um ehrlich zu sein? Vielleicht bin ich allmählich zu alt, um mich noch groß darum zu kümmern, was die Leute sagen." Seine Augen blitzten. „Vielleicht bin ich heutzutage eher bereit, *scheiß auf sie* zu sagen. Aber falls einer von denen deswegen irgendwas zu dir sagen sollte, glaube ich nicht, dass ich mich zurückhalten könnte."

„Und das ist noch so eine Sache. Wieso bist du überhaupt hierher gezogen? Ich meine, hast du dich denn nicht über die Gegend informiert, bevor du dir dieses Haus ausgesucht hast?"

„Ich habe das Haus nicht gekauft. Das war meine Großmutter. Sie hatte das Herz am rechten Fleck. Ich war gerade mit dem Studium fertig und hatte einen Mordskrach mit meinen Eltern. Danach hätte ich auf keinen Fall noch dort wohnen können. Eigentlich hatte ich vor, mir einen Job in einem anderen Bundesstaat zu suchen und wegzuziehen, aber das wollte sie nicht. Also hat sie mir dieses Haus gekauft, damit ich nicht bis nach ihrem Tod auf mein Erbe warten musste. Zu ihr hatte ich ein engeres Verhältnis als zu meinen Eltern, obwohl sie nie ganz akzeptiert hat, dass ich schwul bin."

„Deshalb hattest du den Krach mit deinen Eltern? Weil du ihnen gesagt hast, dass du schwul bist?"

Luc nickte. „Da war ich also, vierundzwanzig, noch ganz am Anfang meiner Karriere als Softwaredesigner, und mit einem eigenen Haus." Er kicherte. „Mit einem Prediger und seiner Familie als Nachbarn. Meine Oma hatte einen perversen Sinn für Humor."

„Aber warum bist du geblieben? Du hättest das Haus verkaufen und wegziehen können, oder?"

Luc faltete die Hände. „Warte, bis du Zeit und Mühe in ein Haus gesteckt hast und es exakt so hingekriegt hast, wie du's haben willst. Nach dem Tod meiner Großmutter hätte ich verkaufen können, das stimmt. Aber ich wollte das hier nicht aufgeben." Er blickte sich voll Zuneigung um. „Und ich habe gelernt, mich an die Umstände anzupassen."

„Was meinst du damit?" Kel legte den Kopf schief. „Du bist woanders hingegangen, um dich mit Männern zu treffen, nicht?"

Ein weiteres Nicken. „Ich bin – war – immer in Raleigh. Das ist nicht weit, und dort gibt's ein paar Schwulenbars, die für mich genau das Richtige waren." Er seufzte. „Ich war schon ziemlich lange nicht mehr dort."

„Ich war noch nie in einer Schwulenbar." Kels Tonfall war sehnsüchtig.

Das reichte Luc. „Dann sollten wir mal in eine gehen", sagte er bestimmt.

Kel stutzte. „Warum? Ich meine, wir müssen ja nicht. Ich meine, ich komme sicher auch ganz gut klar, ohne eine Schwulenbar von innen zu sehen."

Luc sah das anders. „Du bist ein schwuler Mann, der in einem Vakuum lebt. Du musst das Leben sehen. Und mir ist es lieber, wenn du das mit mir zusammen machst statt allein."

„Warst du allein, als du zum ersten Mal in eine Schwulenbar gegangen bist?" Kel sah Luc aufmerksam an, das Kinn wieder auf die Hände gestützt.

„Ja. Ich hab' Monate gebraucht, um den Mut aufzubringen, da reinzugehen. Und ja, es war irgendwie beängstigend. Aber da steckte mehr dahinter als nur in einer Bar etwas trinken zu gehen." Luc erinnerte sich an die Gefühle, die ihn damals beherrscht hatten. „Es war wie ein öffentliches Bekenntnis. Dass ich da reingegangen bin, war sowas wie eine Bestätigung, dass ich schwul war und dorthin gehörte."

Kel musterte ihn eine Zeitlang nachdenklich. „Du

hast Recht. Ich muss hingehen." Seine Augen weiteten sich. „Haben wir heute Abend schon was vor? Schließlich ist heute Samstag."

Luc lachte. „Na ja, ich wollte mir die Haare waschen." Er fuhr sich mit der Hand über seinen kahlen Kopf. „Moment mal. Ich habe ja gar keine Haare. Na schön, in dem Fall, warum nicht?"

„Wirklich?" Kel schoss von seinem Stuhl hoch und aus der Küche.

„Was ist denn so dringend?", rief Luc ihm nach.

„Ich hab' keinen Schimmer, was ich anziehen soll!", schallte es zurück, während Kel die Treppe hinauf polterte.

Luc seufzte. *Ich geh' mal besser da rauf.* Kel würde ein paar Ratschläge brauchen.

Kapitel 19

Erst als sie das *Flex* bereits betreten hatten, fiel es Luc wieder ein. *Oh je. Samstag bedeutet Bären und Leder.* Ein Blick auf Kels Gesicht reicht jedoch, um ihn zum Bleiben zu bewegen.

„Was möchtest du trinken?", fragte er, als sie sich der Bar näherten. Als Kel nicht antwortete, warf Luc ihm einen Blick zu. Er starrte gerade zwei Typen an, die mit ihren Drinks an der Bar standen und sich unterhielten. Luc grinste. „Kel? Falls du dich mal lange genug von den Leder-Daddys losreißen könntest, um mir zu sagen, was du trinken willst, wäre ich dir sehr verbunden."

„Hm?" Kel wandte ihm ruckartig das Gesicht zu. Selbst in der schummrigen Beleuchtung konnte er die Röte sehen, die Kel am Hals hochstieg. „Oh. Bier, bitte." Er widmete sich wieder seiner Umgebung, doch die beiden Typen an der Bar zogen offensichtlich seine Aufmerksamkeit an.

Luc schmunzelte. „Möchtest du sie kennenlernen?"

Kels Kopf ruckte herum und er starrte Luc mit großen Augen an. „Du kennst sie?"

Luc lachte. „Pass auf, die Sache ist die. Der Laden hier ist sowas wie mein zweites Zuhause. Dich hierher mitzunehmen ist fast so, als würde ich dich meiner Familie vorstellen." Und apropos Familie, Roy und Terry musterten Kel mit Interesse. Luc legte Kel eine Hand auf den Rücken und lotste ihn dorthin, wo die Männer standen. „Ich möchte dich mit ein paar Freunden von mir bekannt machen. Das hier ist

Terry, und das ist Roy, sein Ehemann."

Roy nickte Kel höflich zu und Terry klopfte Luc auf den Rücken. „Und du, Fremder, wo hast du bloß gesteckt? Wir wollten schon eine Anzeige in die Zeitung setzen, dass es für jede Nachricht von dir eine Belohnung gibt." Er schaute sich Kel genauer an. „Und wer ist das?"

„Das ist Kel." Luc legte einen Arm um Kels Taille.

Terry zog die Augenbrauen hoch. „Und wer – oder was – genau ist Kel?" Seine Augen funkelten.

Luc seufzte. „Das ist… kompliziert." Er hätte ihnen nur zu gern gesagt, was sein Herz längst wusste – dass Kel sein Boy war – aber Kel würde die volle Tragweite dieser scheinbar so schlichten Bezeichnung nicht verstehen. „Sagen wir einfach, wir sind gerade noch dabei, uns über ein paar Dinge klar zu werden."

Für einen Moment runzelte Kel leicht die Stirn. Er starrte Luc an, den Mund leicht geöffnet. Dann setzte Lucs Herz einen Schlag aus, als Kel zögernd die Hand hob, seinen Nacken umfasste und ihn in einen langen, unschuldigen Kuss zog. Als Kel ihn wieder losließ, war Luc sprachlos.

„Sieh mal einer an. Stille Wasser und so." Roy grinste breit. „Kein Wunder, dass wir dich so lange nicht gesehen haben."

Terry schmunzelte. „Sieht aus, als wäre Kel beim Klären schon weiter als du."

Kel stupste Luc an. „Hey. Sie reden mit *dir*." Er grinste spitzbübisch.

Luc gab sich mental einen Schubs. „Tut mir leid, Jungs, aber das war eben eine ziemlich große Sache." Er streichelte Kels Wange. „Noch eine Premiere", sagte er leise. „Ich bin verdammt stolz auf dich."

Kel sah ihm in die Augen. „Naja, es war, wie du gesagt hast. Ein öffentliches Bekenntnis. Also dachte ich mir, mein erster öffentlicher Kuss wäre da irgendwie angemessen."

„Na schön, da wir anscheinend etwas zu feiern haben, gehen die Drinks auf uns", sagte Roy, immer noch mit einem breiten Lächeln. Er drückte Kels Schulter. „Freut mich, dich kennenzulernen, Kel."

„Gleichfalls." Kel hatte sich etwas entspannt. Er lehnte sich an Luc. „Hierher zu kommen war eine gute Idee."

Luc küsste ihn mit züchtig geschlossenen Lippen. „Stimmt."

Er war gespannt, was der Abend noch bringen würde.

Die Bar war brechend voll sowohl mit Männern als auch mit Frauen, und auf der Tanzfläche waren viele schwule Männer, aber Kel konnte die Augen nicht von Roy und Terry lassen. Nicht, weil sie besonders faszinierend gewesen wären – es gab hier jede Menge Typen in Leder, in allen Größen und Formen. Nein, was ihn so fesselte war der junge Mann, der zwischen den beiden eingekeilt war, von beiden Männern Küsse bekam und von zwei Paar Händen begrapscht wurde.

Das brachte Kel völlig durcheinander.

Und dann war da der junge Typ in der Ecke, der ein Halsband mit Leine trug. Kel war sich sicher, dass seine Hände auf den Rücken gefesselt waren, und doch wirkte er ganz ruhig.

„Sag mir, dass du tanzen kannst."

Kel riss seinen Blick von den Szenen los, die sich vor ihm abspielten, und konzentrierte sich auf Luc.

Er kicherte. „Ich habe nicht hinter dem Mond gelebt, auch wenn es so aussieht."

Luc streifte ihn mit einem vielsagenden Blick. „Okay", sagte er bedächtig. Er deutete auf die Tanzfläche, wo einige Männer engumschlungen tanzten. „Hast du schon mal so getanzt?"

Nur in meinen Träumen.

„Nein", sagte er einfach. Zu seiner Überraschung streckte Luc ihm die Hand hin.

„Komm schon. Tanz mit mir."

Kel starrte die ausgestreckte Hand an. Sein Pulsschlag beschleunigte sich ein wenig und er atmete schneller. Offenbar war dieser Abend voller Träume, die wahr wurden. Bevor er es sich anders überlegen konnte, nahm er Lucs Hand und Luc führte ihn auf die kleine Tanzfläche. Er stellte sich Kel gegenüber, die Arme um seine Taille gelegt, und Kel schlang ihm die Arme um den Hals.

Sie bewegten sich langsam. Kel sah Luc unverwandt in die Augen, und ihre Körper waren sehr dicht beieinander. Niemand beachtete sie groß, und Kel atmete ein wenig leichter. Luc nickte beifällig.

„Entspann dich und genieß' es."

Kel wollte mehr tun als es nur zu genießen. Er wollte sich für den Rest seines Lebens an diesen intimen Moment erinnern, in dem sie sich so sinnlich bewegten. Lucs Atem streifte sein Haar, und Kel schmiegte sich enger an seine breite Brust, nahm durch den dünnen Stoff seines Hemds hindurch Lucs Körperwärme wahr. Er ließ seine Hände zu Lucs

Oberarmen gleiten und streichelte sie, genoss es, die Muskeln unter den Fingerspitzen zu fühlen.

Lucs Lippen streiften sein Ohrläppchen. „Du fühlst dich in meinen Armen verdammt gut an."

In diesem Moment wünschte Kel, sie wären wieder zuhause und würden sich unter Lucs Bettdecke auf dieselbe geschmeidige Art bewegen – Luc zwischen seinen Schenkeln, tief in ihm vergraben – und würden Liebe machen, als hätten sie alle Zeit der Welt. Das Bild trieb ihm ein leises Stöhnen auf die Lippen, das er unterdrücken musste.

Dann wechselte die Musik abrupt, und der Bann war gebrochen. Der sinnliche Rhythmus wich einem wummernden Bass, der durch den Boden und die Sohlen von Kels Stiefeln vibrierte.

Luc verdrehte die Augen. „Diese Art von Musik taugt nicht zum Tanzen." Er grinste. „Sie ist für eine ganz andere Art von Betätigung reserviert."

Und Kel wusste plötzlich ganz genau, was er meinte. Das rhythmische Hämmern war beinahe urzeitlich und man konnte nur an eines denken.

Luc neigte sich zu ihm. „Du spürst es, oder?" Er schob seine Hand weiter nach unten und drückte Kels Hintern. „Leider ist das hier nicht die Art von Bar, wo es gern gesehen wird, wenn man auf der Tanzfläche vögelt – oder sonst irgendwo, was das betrifft." Kel stockte der Atem und Luc lachte leise. „Und bevor du fragst, ja, solche Lokale gibt es und nein, ich nehme dich nicht in eins davon mit." Er küsste Kel auf den Hals und schickte ihm damit einen Schauer über den Rücken. „Nicht, wenn ich dich mit nach Hause nehmen und ganz für mich haben kann." Luc saugte an seinem Hals und Kel musste sich zwingen, nicht nach seinem steif werdenden Schwanz zu greifen und ihn zurechtzuschieben. „Und übrigens? Wenn wir nach Hause kommen, *werde* ich dich nehmen."

Kels Verlangen schraubte sich höher und höher. „Dann lass uns nach Haus gehen. Bitte?"

Lucs Augen wurden dunkel. „Okay." Er fasste Kel am Oberarm und lotste ihn durchs Gewühl, schob ihn auf den Ausgang zu. Als sie draußen waren und auf Lucs Auto zugingen, lächelte Kel.

„Du hattest Recht."

Luc kicherte. „Das habe ich meistens. Womit hatte ich diesmal recht?"

„Ich musste sehen, wie es in einer Schwulenbar ist – und sie sind wirklich wie deine Familie." Am besten hatte ihm gefallen, dass die Leute Luc mit offensichtlichem Respekt behandelten, denn das bestätigte, was Kel bereits wusste: Luc war ein guter Mann.

Und nachdem er eine Bar voller Typen gesehen hatte, von denen mindestens die Hälfte in Lucs Alter waren, wusste Kel noch etwas anderes: Luc war der aufregendste Mann im ganzen Lokal gewesen. *Oder könnte es sei, dass ich ein bisschen voreingenommen bin?*

Sie stiegen ins Auto und waren bald in Richtung I-40 unterwegs. Kel versuchte, sich nicht mit köstlichen Gedanken zu quälen, was Luc wohl zuhause alles mit ihm anstellen würde. Was dazu führte, dass seine Phantasie in eine ganz andere Richtung driftete.

Als Luc sich laut räusperte, wurde Kel klar, dass ihm irgendwas entgangen war. „Entschuldige. Ich war gerade in Gedanken ganz weit weg."

„Ich hab' gefragt, was du zu der Bar meinst. Du hast offensichtlich viel zum Nachdenken gefunden. Magst du mir sagen, was das war?"

Herrgott, wo anfangen? Dann wusste er, was ihn vor allem beschäftigte.

„Roy und Terry. Du hast gesagt, sie sind verheiratet. Aber … sie haben mit einem anderen Typen rumgemacht. Wie können sie sowas machen, wenn sie verheiratet sind?"

Luc sagte eine Zeitlang gar nichts. Dann seufzte er. „Du bist in dem Glauben erzogen worden, dass es nur eine richtige Art gibt, eine Beziehung zu haben, nämlich zwischen zwei Leuten. Richtig?"

Kel nickte, dann wurde ihm klar, dass Luc ihn nicht ansah, sondern nach vorn auf die Straße schaute. „Ja."

„Nun, in der LGBT-Gemeinschaft kommen offene Beziehungen sehr häufig vor. Verdammt viel häufiger als unter Heteros."

„Wie kommt das?" Kel verstand das nicht. Wenn man mit jemandem glücklich war, brauchte man seiner Meinung nach sonst niemanden.

„Seien wir doch ehrlich. Wenn du schwul oder bi bist, dann bist du für manche Leute sowieso schon abartig. Noch etwas zu tun, was sich in deren Augen nicht gehört, wird wohl kaum noch für Aufregung sorgen, oder? Was sie betrifft, kommen wir sowieso schon in die Hölle, also kann uns doch wohl scheißegal sein, was sie denken." Er kicherte, doch dann räusperte er sich. „Aber mal im Ernst, warum manche sich dafür entscheiden, polyamor zu sein… Vielleicht brauchen sie noch jemanden in ihrem Leben, weil sie spezielle Bedürfnisse haben, die ihnen ihr Partner nicht erfüllen kann. Der eine mag eben das, der andere was anderes, stimmt's?" Er warf Kel einen scharfen Blick zu. „Du hast heute ein paar von diesen speziellen Sachen gesehen, nicht?"

Oh ja, das hatte er. Und einige davon waren… faszinierend.

„Und die Tatsache, dass man einen weiteren Partner hat, muss einer bestehenden Beziehung nicht schaden. Vielleicht nützt es ihr sogar."

„Warst du schon mal in einer offenen Beziehung?" Luc schüttelte den Kopf und Kel runzelte die Stirn. „Aber nach dem, was du sagst, hört sich das fast so an… als würdest du sowas gutheißen."

Ein weiterer Seufzer drang über Lucs Lippen. „Offene Beziehungen sind weder besser noch schlechter als monogame. Ich persönlich denke, dass manche Menschen von Natur aus monogam sind, andere hingegen nicht. Ich kenne Leute, die poly sind und total glücklich, aber ich kenne auch welche, die unglücklich sind. Dasselbe gilt für monogame Paare. Und um nicht unglücklich zu werden, gibt es nur eine Möglichkeit: Man muss gut kommunizieren."

„Selbst wenn einer dann ‚kommuniziert', dass er in der Beziehung nicht glücklich ist?"

„Wenn das der Fall ist, dann sollte er gehen und sich jemanden suchen, der ihn glücklich macht. Das Leben ist verdammt nochmal viel zu kurz." Es gab eine kurze Pause. „Und auf welcher Seite vom Zaun siehst du dich?"

Die Antwort darauf kannte Kel. „Monogamie." Auf weiteres Drängen hin hätte er ‚monogam bis ins Mark' gesagt.

Luc nahm eine Hand vom Lenkrad und tätschelte ihm

das Knie. „Was auch völlig in Ordnung ist. Und wenn wir schon mal beim Thema sind… Pornos. Es ist nichts dabei, sich Gruppensex anzuschauen. Ich finde sowas geil. Und manchmal ist es die beste Sorte. Die Wirklichkeit kann ganz anders sein."

Kel legte den Kopf schief. „Hast du mich dorthin mitgenommen, damit ich das alles sehe?"

Luc lachte. „Wenn du fragst, ob ich dich dorthin mitgenommen habe, weil Leder-Nacht war – die Antwort ist nein. Aber… ich wollte, dass du über den Tellerrand schaust. Was Schwulsein anbelangt, hast du bisher A bis K gesehen. Ich wollte dir klarmachen, dass das Alphabet dort nicht endet."

Kel räusperte sich. „In dem Fall… darf ich dich etwas fragen, was vielleicht unter X, Y oder Z stehen könnte?"

Luc lachte leise. „Frag nur."

„Da war vorhin so ein Typ in der Bar, der ein Hundehalsband an hatte. Mit Leine. Und… ich glaube, er war gefesselt."

Luc musterte ihn. „Geschmäcker sind eben verschieden, schon vergessen? BDSM ist…"

Kel hustete. „Davon hab' ich schon gehört. Ich hatte nur nicht damit gerechnet, das in einer Bar zu finden." Er sah Luc scharf an. „Stehst du auf sowas?" Seine Pulsfrequenz stieg und seine Kehle wurde eng. Luc blieb für einen Moment stumm, und Kels innere Spannung wuchs. Dann holte Luc tief Luft und sagte: „Jemanden so zu fesseln, dass er sich nicht mehr bewegen kann? Mir hilflos ausgeliefert ist? Das finde ich unglaublich sexy. Denjenigen auf jede nur erdenkliche Weise zu benutzen? Verdammt aufregend. Zu sehen, wie jemand sich mir bereitwillig unterwirft, alles akzeptiert, was ich mit ihm mache? Das ist…" Er holte erneut tief Luft. „Es ist berauschend. Es macht Spaß. Es übertrifft alles, was ich beschreiben kann."

Lieber Himmel. Kels Haut prickelte. „Vielleicht ist es nicht zu beschreiben. Vielleicht muss man es einfach mal selbst erleben." Er wartete und hoffte inständig, dass Luc verstanden hatte, was er damit sagen wollte, auch wenn er die Worte nicht über die Lippen brachte.

Das Stocken in Lucs Atem verriet ihm, dass seine Botschaft angekommen war.

„Und wäre das etwas, was du selbst erleben möchtest?" Gott, seine Stimme war so ruhig.

Kels Puls raste. „Na ja, ich muss doch dafür sorgen, dass ich das ganze Alphabet zu sehen kriege, nicht?" Er schluckte. „Und übrigens, das ist ein Ja."

Er hörte den Lederbezug des Lenkrads unter Lucs Händen knarren. „Ich glaube nicht, dass wir jetzt noch weiter reden sollten. Sonst baue ich womöglich einen Unfall", scherzte er, dann atmete er vernehmlich aus. „Aber wenn ich dich erstmal zuhause habe…"

Kel hatte feuchte Hände, sein Schwanz war ein Felsklumpen in seinen Jeans und sein Herz pochte wie wild.

„Können wir nicht schneller fahren?"

Kapitel 20

Bis sie zuhause ankamen, war Kel ein Nervenbündel aus banger Erwartung und Vorfreude. Er war sich ziemlich sicher, dass Luc den Großteil der Heimfahrt damit verbracht hatte, gedanklich zu planen, was er tun wollte, sobald sie im Haus waren. Und tatsächlich, Luc enttäuschte ihn nicht.

„Ich gehe rauf und regle ein paar Dinge." Er deutete auf Kel. „Du bist in fünf Minuten vor meiner Schlafzimmertür, und zwar nackt. Verstanden?"

Kel nickte fieberhaft, aber als Luc ihn scharf anschaute, schluckte er und sagte: „Ja, Luc."

„Schon besser." Aber er rührte sich nicht vom Fleck. Das Zögern war so ungewöhnlich für Luc, dass Kel ihn anstarrte.

„Stimmt etwas nicht?"

„Nein, alles gut." Luc musterte ihn nachdenklich. „Ich wollte nur etwas mit dir besprechen. Genau genommen habe ich es schon mal kurz erwähnt." Seine Augen funkelten. „Nachdem ich dir im Pool einen geblasen hatte."

Nachdem er…

Kel erstarrte. „Oh." Als hätte er das auch nur einen Tag lang aus dem Kopf gekriegt, seit Luc davon gesprochen hatte.

Lucs Lippen zuckten. „Ja, ich dachte mir schon, dass das deinem Gedächtnis auf die Sprünge hilft. Weißt du noch, als ich die Ergebnisse deiner letzten ärztlichen Untersuchung sehen wollte?" Kel nickte einmal mit dem Kopf. Luc ging an seine Tasche, die neben dem Tisch im Flur auf einem Stuhl lag. Er nahm ein Stück Papier heraus. „Das ist für dich." Er reichte Kel den Zettel. „Es sollte wohl klar sein, was das ist – und warum ich es dir zeige."

Kel starrte auf den Zettel. „Das sind die Ergebnisse deiner letzten Untersuchung", sagte er stockend.

„Und was sagen sie dir?"

Kel schluckte erneut. „Du hast keine Geschlechtskrankheiten… und du bist HIV-negativ."

Luc nickte ruhig. „Und ich habe nicht vor, mir jemand anderen ins Bett zu holen. Weil ich den Jungen, der da schon drin ist, ziemlich gern habe."

Aus irgendeinem Grund fühlte Kel sich nicht wie ein Kind, wenn Luc ihn als „Junge" oder „Boy" bezeichnete, sondern es gab ihm einen Kick, als gehörte er Luc irgendwie. Nicht, dass Kel sich als Eigentum fühlte.

Er fühlte sich gemocht. Behütet. Sicher.

„Und wenn du das alles berücksichtigst, weißt du sicher, was ich tun will."

Himmel, Kels Kehle war eng. „Du… willst mich ohne Kondom ficken."

„Aber wenn du das nicht willst, brauchst du's nur zu sagen." Lucs Miene war sehr ernst. „Es ist dein Körper, Kel. Über den habe ich nicht die Kontrolle, und ich respektiere deine Entscheidung. Also… was sagst du?"

Kel brauchte nicht zu überlegen. „Wir brauchen keine Kondome. Weder heute, noch sonst irgendwann."

Luc entspannte sich sichtlich, und in diesem Moment wurde Kel eines ganz deutlich bewusst. Luc wollte das *unbedingt*.

„Nur damit das klar ist… das läuft nur, wenn wir uns beide regelmäßig testen lassen."

Darauf war Kel gefasst. „Ich weiß."

„In diesem Fall…" Luc nahm ihm den Zettel ab und verstaute ihn wieder in seiner Tasche. „Zurück zu meinem ursprünglichen Plan. Du, oben, nackt, in fünf Minuten." Er legte die Hand um Kels Hinterkopf, zog ihn an sich und küsste ihn, schob ihm die Zunge tief in den Mund. Kel hieß sie mit einem Stöhnen willkommen und seufzte, als Luc ihm mit der Hand über den Bauch strich und seinen Schwanz sanft drückte. „Das ist mein Spielzeug für heute Abend", sagte Luc lächelnd. Dann gab er Kel einen leichten Klaps auf den Hintern. „Fang lieber an, dich auszuziehen." Und damit verschwand er nach oben.

Kel brauchte ein paar Sekunden, um sich in Bewegung zu setzen, doch dann streifte er schnell seine Stiefel ab, zog sich aus und schnüffelte prüfend an seinen Achselhöhlen. Wobei … Luc liebte es, wie Kel roch, nachdem er draußen in der Nachmittagssonne gearbeitet hatte. Er würde sich nicht beschweren, wenn Kel nicht taufrisch war.

Er ging die Treppe hinauf und zögerte bei der Tür zum Badezimmer. Er hatte erst vor wenigen Stunden geduscht und sich aufgrund seiner Erfahrungen der letzten Zeit gründlich gewaschen. Bei Luc war man besser vorbereitet.

Das brachte ihn zum Lächeln. Bei Luc war zu *jeder* Tageszeit Fickzeit.

Als Luc die Tür öffnete, stand Kel davor, den Schwanz bereits auf halbmast und eifrig wippend. Doch beim Anblick von Luc – nackt, und mit diesem langen, dicken, hervorstehenden Ständer – richtete

Kels Schaft sich ruckartig auf.

Lucs Augen strahlten. „Perfekt. Rein mit dir."

Kaum hatte Kel das Zimmer betreten, da packte Luc ihn grob am Kopf und küsste ihn. Gleich darauf umfasste er Kels Hinterbacken, drückte sie, spreizte sie und strich dann mit einem Finger leicht über seine Rosette, und Kel erschauerte. Luc lachte leise. „Ich liebe dieses gierige Loch." Er tippte dagegen, was Mini-Schockwellen durch Kels Körper schickte. Als Luc ihn losließ, stöhnte Kel auf und Luc streichelte seine Wange. „Ich lass' dich nicht warten. Rauf aufs Bett. Knie dich ans Fußende, Gesicht zum Spiegel, Knie weit gespreizt."

Kel beeilte sich, seine Weisungen zu befolgen, kurzfristig in seiner Konzentration gestört durch –

„Oh." Ein fleischfarbener Dildo, lang und geädert und samt Hoden, ragte am anderen Ende des Bettes aus dem Kopfteil hervor, von einem Saugnapf gehalten.

Luc räusperte sich und Kel kletterte auf das hohe Bett, kniete sich hin und starrte auf sein Spiegelbild, das schnelle Heben und Senken seiner Brust. Sein Schwanz war hart wie Stahl und deutete zur Zimmerdecke. Dann legte sein Puls einen Zahn zu, als Luc aufs Bett stieg und sich hinter ihn stellte, ein langes Stück weißen Stoff in der Hand.

„Hände hier rauf", sagte er und klopfte auf den oberen Rahmen des Bettes. Kel gehorchte, und Luc hängte den Stoff über den Rahmen, schlang ihn um Kels Handgelenk und nochmal um den Rahmen und sicherte ihn dann mit einem Knoten. Dann machte er dasselbe mit dem anderen Handgelenk. „Nicht zu fest?"

Kel zog versuchsweise an den Stoffschlingen. Sie gaben ein wenig nach, und er konnte die Arme beugen, aber seine Hände nicht befreien. „Alles okay." Sein Herz hämmerte. *Es ist, wie er gesagt hat. Ich bin ihm hilflos ausgeliefert.*

Das Gefühl war berauschend. Sein Herz pochte und sein Mund wurde trocken.

Luc griff um ihn herum, fasste ihn am Kinn und zwang ihn, den Kopf zu heben und ihm im Spiegel in die Augen zu sehen. „Falls du irgendwann willst, dass ich aufhöre, sag deinen Namen. Hast du verstanden?"

Kel blinzelte. „Meinen Namen?"

„Den eigenen Namen verwendet man im Gespräch normalerweise nicht. Also breche ich das Ganze sofort ab, wenn ich deinen höre."

„Werde ich dich denn stoppen *müssen*?" Kel konnte sich die Frage nicht verkneifen, während Erregung und gespannte Erwartung in ihm aufwallten.

Luc kniete sich hinter ihn und sein Gesicht tauchte über Kels Schulter auf. „Wir werden heute Abend ein paar Grenzen sprengen, okay?"

Kel konnte nur nicken, und sein bestes Stück zuckte vor Begeisterung. *Oh Gott, ich will das.*

Luc lachte leise, legte eine Hand auf Kels Brust und strich mit festem Druck abwärts über seinen Bauch bis zu seinem Schwanz. „Wie ich vorhin schon sagte, der hier ist heute mein Spielzeug. Du fasst ihn nicht an, nur ich." Er hatte eine Hand an Kels Taille und die andere um seinen Schaft, den er alles andere als behutsam wichste. „Verdammt, bist du hart."

„Und ich spritz' gleich ab, wenn du so weitermachst", protestierte Kel.

Diesmal klang Lucs leises Lachen regelrecht boshaft. „Oh nein, heute nicht. Du kommst erst, wenn ich es dir sage. Hab' ich das nicht erwähnt?"

„Ich glaube, das hast du – oh mein Gott, Luc!", stieß er hervor, als Luc schneller wurde. Seine Eier kribbelten, und aus dem Schlitz quollen Lusttropfen und bildeten einen glitzernden Faden, der bei jeder Pumpbewegung von Lucs Hand durch die Luft tanzte. Dann hörte Luc Gott sei Dank auf, und Kel sog Luft in seine Lungen.

Seine Erleichterung währte nur kurz. Luc stieg aus dem Bett, trat ans Fußende und kniete sich vor Kel hin. „Schöner harter Pimmel", sagte er und fuhr dann mit der Zunge daran entlang wie an einem Eis am Stiel. Kel stieß ein leises Stöhnen aus, das zu einem lauten Ächzen erblühte, als Luc kräftig an seiner Eichel lutschte.

Was Kel im Spiegel sah, raubte ihm den Atem: Das wilde Auf und Ab von Lucs Kopf, während er Kels Schwanz tief in den Mund nahm; seine Hände auf der weichen Haut zwischen Oberkörper und Schenkeln; und die Geräusche, die er von sich gab, als er Kels Schwanz bis zur Wurzel schluckte, bevor er sich keuchend und prustend zurückzog.

Als Luc nach der Gleitgelflasche griff, die Kel nicht mal bemerkt hatte, raste Kels Puls. Luc machte sich die Finger schlüpfrig. „Muss dich für den nächsten Teil weiten." Dann schnappte Kel nach Luft, als Luc ihm erst einen, dann zwei Finger bis zum Anschlag reinschob. Er nahm seine Huldigung für Kels Schwanz wieder auf, nur dass er jetzt den Schaft im gleichen Rhythmus wie seine Finger ein und aus gleiten ließ, womit er Kel dem Orgasmus noch näher brachte. Er starrte auf Lucs Hinterkopf und versuchte, ganz tief zu atmen, während Luc ihn immer tiefer in den Mund nahm. Der dritte Finger war keine Überraschung und er hieß die Dehnung willkommen. Als Luc von ihm abließ, hing Kel schlaff in seinen Fesseln.

„Ich würde mich nicht entspannen, wenn ich du wäre." Luc ging um ihn herum, griff unter die Decke und Kel riss vor Staunen Mund und Augen auf. Was Luc da in der Hand hielt, war der längste, dickste schwarze Dildo, den er je gesehen hatte.

„Wo hattest du denn den versteckt?", krächzte er.

„Den wollte ich mir aufheben, aber ich glaube, du bist bereit für ihn." Luc kam langsam wieder ums Bett herum und wedelte mit dem biegsamen Spielzeug. Es war nicht starr, doch seine Länge und Dicke allein brachten Kels Puls zum Rasen. Luc quetschte reichlich Gleitgel darüber und schmierte den gesamten Schaft damit ein.

„Lieber Himmel. Soll der *so weit* in mich rein?" Sein Anus zog sich bei dieser Aussicht krampfhaft zusammen, aber zugleich überlief ihn ein erwartungsvoller Schauer bis hinunter zu den Eiern. Luc ignorierte die Bemerkung und stellte die Flasche weg. „Auf die Füße mit dir, und dann geh in die Hocke."

Kel kam auf die Füße und beugte die Knie, die Beine weit gespreizt, die Arme rechtwinklig abgewinkelt. Luc brachte den Dildo unter ihm in Position, bis er ihn an seiner Rosette spürte. „Jetzt nimmst du diesen großen Schwanz für mich. Senk' dich darauf ab."

Kel pfählte sich langsam, begleitet von Stöhnen und einigen leisen Schreien, auf den Riesenpenis. Er fühlte sich so gedehnt wie noch nie. „Dein Schwanz… wird sich nach dem Ding hier… wie ein Bleistift anfühlen." Dann beäugte er Lucs Schaft. „Okay, vielleicht auch nicht."

Luc hielt den Dildo ruhig. „Komm schon, nimm mehr davon. Du schaffst das."

Kel stöhnte auf. „Das denkst du." Er drehte den Kopf zur Seite und biss sich leicht in den Arm, während der Dildo Stück für Stück in ihn eindrang.

Luc packte ihn mit seiner freien Hand am Kinn und sah ihm fest in die Augen. „Sieh mich an. Ich will den Blick in deinen Augen sehen, während du diesen Schwanz nimmst… für mich."

Kels Kehle verkrampfte sich. Er konnte nur nicken, während er weiter heruntersank und sich sehr voll fühlte.

Lucs Augen strahlten. „So ist's gut. Schöner Junge. Ich wusste, du schaffst das. Wenn du soweit bist, reite ihn." Und damit beugte er sich vor und nahm Kels Penis erneut in den Mund, während er mit der anderen Hand immer noch den Dildo festhielt.

Oh lieber Gott. Die Kombination von Lucs Mund und der Hand, die seinen Schaft bearbeitete, und dann noch dieses Riesending in seinem Arsch… Er hob sich ein Stück, und als er sich wieder sinken ließ, durchströmten ihn die ersten Wellen der Lust. Kel wurde ein bisschen schneller, hob sich etwas höher und versuchte, sich nicht von den Empfindungen überwältigen zu lassen. Sein Ritt auf dem Dildo wurde immer wilder und aus jedem Ausatmen wurde ein Stöhnen, als Lucs Hand um seinen Schaft ebenfalls schneller wurde. Die Geräusche, die Luc mit einem Mund voll Schwanz von sich gab, ließen keinen Zweifel daran, dass Kel ihn zufriedenstellte, und das erfüllte ihn mit Stolz.

Mit einem lauten „Plopp" gab Luc ihn frei, und Kels Seufzer war eine Mischung aus Erleichterung und Enttäuschung. Er machte Anstalten, sich hochzustemmen, aber Luc hielt ihn mit einer Hand auf dem Schenkel davon ab. „Bleib so. Behalt ihn in dir."

Kel wartete, obwohl seine Beine allmählich zu zittern begannen, während Luc hinter ihm aufs Bett stieg. Als er sah, dass Luc sich auf den Rücken legte und über die Matratze rutschte, bis sein Gesicht fast unter Kels Hintern war, atmete er schneller. *Ja, Luc.* *Bitte.* Luc zog den Dildo behutsam aus ihm heraus und warf ihn beiseite, dann packte er Kels Arschbacken und spreizte sie.

Dann hörte er auf, als wartete er auf irgendwas.

Kel war nicht dumm. „Bitte, Luc. Leckst du mich?" Lucs leises Seufzen der Zufriedenheit verriet Kel, dass er den Nagel auf den Kopf getroffen hatte. Er keuchte auf, als Luc ihn unsanft tiefer in die Hocke zog und dann mit warmer, feuchter und höchst enthusiastischer Zunge auf seinen Hintern losging. Die Geräusche, die Luc von sich gab, während er Kel energisch mit der Zunge fickte, an ihm leckte und saugte und seine Rosette küsste, waren laut, nass und das Erotischste, was Kel je gehört hatte. Er wiegte sich vor und zurück, um sich mehr von diesen Empfindungen zu holen, genoss das Gefühl von Lucs Zunge in seiner Poritze und wie sie über seinen Hodensack fuhr, und all das zusammen trieb Kel zur Weißglut vor Verlangen. Es auch noch im Spiegel zu sehen brachte ihn zu dicht an seine Grenzen, und er senkte den Kopf, schloss die Augen und kämpfte darum, den Orgasmus zurückzuhalten.

Als Luc aufhörte, riss Kel ruckartig den Kopf hoch. Luc stand hinter ihm und löste die Stoffbahnen, die Kel an den Bettrahmen fesselten. Er massierte ihm sanft die Handgelenke, nachdem er sie befreit hatte. „Ist das okay?"

Seine Berührung war wunderbar zart. „Ich liebe es, wenn du das machst."

Luc lachte leise. „Als ob du mir das sagen müsstest. Ich könnte diesen sagenhaften Arsch den ganzen Tag lang lecken und du würdest mich lassen." Er drehte Kels Kopf sanft zu sich und küsste ihn, und wie immer brachte das Sündhafte dieses Wechsels von Arsch zu Mund Kel zum Erschauern.

Es hätte ihm total... abwegig vorkommen sollen, aber das tat es nicht.

„Kopf zum anderen Ende vom Bett, auf allen Vieren."

Kel bewegte sich langsam und nahm die Leere in sich wahr. Er kroch auf den Knien zum Kopfende des Bettes, wo der wippende, fleischfarbene Dildo ihn erwartete. Als er näher kam, sah er ihn glitzern. *Gleitgel?*

Kel ahnte schon, worauf *das* hinauslief.

Und tatsächlich war Luc gleich hinter ihm, die Hände auf Kels Arsch. „Nimm ihn in den Mund", befahl er. „Stell dir vor, es wäre meiner."

Kel gehorchte und begann zögernd zu lutschen. Es schmeckte ganz leicht nach Erdbeere.

„Ah-ah. Du kriegst den tiefer rein."

Kel nahm den Silikon-Penis tiefer in den Mund, doch er erstarrte, als Luc ihm seinen glitschigen Schwanz in die Pospalte drückte. Ohne Kondom. Lucs Hand landete mit einem lauten Klatschen auf Kels Hintern. „Hab' ich was von Aufhören gesagt?"

Oh Gott. Kel erschauerte. Das war besser, als er gehofft hatte, mehr, als er sich hätte träumen lassen. Er bewegte ruckartig den Kopf, fickte sich mit dem Dildo in den Mund und jubelte innerlich, als Luc beifällige Geräusche von sich gab. Dann keuchte er auf, als Luc langsam in ihn eindrang, mit einem einzigen, langen Stoß in seinen Körper glitt.

Er stöhnte auf und beugte den Kopf; der Dildo war für einen Moment vergessen. Luc war in ihm, ohne irgendwas zwischen ihnen, und es fühlte sich... es war gar nicht mit Worten auszudrücken, was er fühlte.

Luc legte sich auf ihn, umhüllte ihn mit seinem Körper, küsste ihn sanft auf die Schulter. „Ich bin bis zu den Eiern in dir drin, Boy. Jetzt wiegst du dich zwischen diesem Dildo und meinem Schwanz hin und her, immer abwechselnd, okay?"

Kel nickte und füllte sich den Mund wieder mit Silikon. Dann blieb ihm schlagartig die Luft weg, als Luc sich in ihn reinrammte und ihre Körper laut aufeinander klatschten. Kel hielt stand und dränge sich seinen Stößen entgegen, aber Luc steigerte das Tempo, packte das Kopfteil mit beiden Händen und stützte sich daran ab, während er immer schneller und härter zustieß, dass das ganze Bett laut knarrte.

Kel riss sich von dem Dildo los. „Gott, ja", schrie er auf. „Benutz mein Loch!"

„*Mein* Loch", knurrte Luc mit zusammengebissenen Zähnen und stieß erneut zu. „Wessen Loch ist das?"

„Deins", stöhnte Kel.

„Wem gehört es?", fragte Luc gebieterisch und rammte sich in ihn rein.

„Dir!" Das Wort war ein Schrei. Weitere Worte zitterten auf Kels Lippen, aber er brachte es nicht über sich, sie auszusprechen. Lucs Hüften schnellten vor und zurück; die Wucht des Aufpralls rüttelte ihn bei jedem Stoß durch. Seine Eier taten weh, sein Schwanz tat weh, und er sehnte den Orgasmus herbei, aber Kel kämpfte mit jedem Atemzug darum, den Höhepunkt hinauszuzögern. Er war gefährlich nah dran, aber er würde Luc auf keinen Fall enttäuschen. Als Luc sich aus ihm zurückzog, vermisste Kel ihn sofort. Dann pressten sich warme Lippen gegen seinen Hals. „Ich bin noch nicht fertig mit dir. Leg dich auf den Rücken", flüsterte Luc.

Kel gehorchte ohne zu zögern und unterdrückte einen Seufzer der Erleichterung, als Luc wieder in ihn eindrang, ihn mit beiden Händen an den Oberschenkeln packte und ihn langsam füllte. Kel legte die Unterschenkel auf Lucs Schultern, griff nach ihm und zog ihn herunter in einen Kuss, wollte unbedingt auf diese Art mit ihm verbunden sein. Lucs Lippen trafen auf seine, und beide seufzten.

„Du bist unglaublich", sagte Luc. Er glitt gemächlich ein und aus, fast wie ein Streicheln. „Hast alles weggesteckt, was ich dir zugemutet habe."

Das bewusst langsame Tempo erzeugte eine köstliche Reibung, von der Kel nicht genug kriegen konnte. „Ich fand alles toll, was du mit mir gemacht hast." Er hätte keine Sekunde missen wollen.

Lucs Hüften bewegten sich schneller, und aus dem langsamen Gleiten wurde ein geschmeidiges Schaukeln. „Und jetzt darfst du entscheiden… wo soll ich abspritzen? In deinem Arsch... oder auf dein Gesicht?"

„Entscheidungen, Entscheidungen", sagte Kel mit einem matten Lachen. Die Vorstellung, Lucs warmes Sperma ins Gesicht zu kriegen, war reizvoll, aber... Erinnerungen stürmten auf ihn ein – wie tief Lucs Worte ihn getroffen hatten, als er Kel im Pool zurückgelassen hatte, immer noch mit dem Geschmack seines eigenen Spermas auf den Lippen. „In meinem Arsch."

Luc lächelte; er bewegte sich immer noch ein und aus. „Gute Wahl. Ich will sehen, wie du meine Wichse aus dir rausdrückst. Und mach das Beste draus, ja? Nächstes Mal steck' ich dir nämlich einen Stöpsel rein, damit alles drin bleibt." Seine Augen funkelten. „Stell dir vor, wie ich den Butt-Plug rausziehe und in dich reingleite wie geschmiert, mit meiner eigenen Wichse als Gleitgel."

Kel stöhnte laut auf. „Willst du mich zum Abspritzen bringen? Ich halte es sowieso schon kaum noch aus."

„Gut. Ich würde dich nämlich nur sehr ungern zur Strafe einen Tag lang einen Peniskäfig tragen lassen." Das boshafte Lächeln war wieder da. Dann legte Luc Tempo zu. Seine Stöße wurden schneller und wuchtiger, und er drückte Kels Handgelenke über seinem Kopf auf die Matratze. Lusttropfen quollen aus Kels Schwanz und rannen über seinen Bauch.

„Oh ja, nimm es", stöhnte Luc. Er stieß fester zu und kam etwas aus dem Takt, als er sich vorbeugte und Kel stürmisch küsste. Kel konnte nur daliegen, zu keiner Bewegung fähig. Sein Verstand klinkte sich aus, und er spürte nur die Hitze, die in ihm aufwallte, Lucs Mund auf seinem, Lucs wilde Stöße, die ihn durchrüttelten...

Und endlich das verräterische Pulsieren, als Luc in ihm abspritzte, als Wärme ihn erfüllte, ihn mit der Empfindung überraschte. Es war ein Gefühl, das Kel wieder und wieder und wieder erleben wollte.

Luc ließ seine Handgelenke los und küsste ihn lange und eindringlich, ein Kuss, bei dem Kels Herz höher schlug. Er schlang die Beine um Lucs Taille und hielt ihn fest, während sie weitere Küsse tauschten, und Lucs Hände strichen über Kels Gesicht, seinen Hals, seinen Kopf.

Dann setzte er sich auf, den Schwanz immer noch tief in Kel vergraben, und umfasste Kels Erektion. „Jetzt bist du dran. Komm."

Es brauchte nicht viel, nur ein, zweimal Reiben, bis Kel kam und sein Sperma über Lucs Finger rann. Kel zitterte und bebte durch einen Orgasmus, wie er ihn noch nie erlebt hatte, und nach dem er völlig erschöpft und restlos befriedigt war. Luc wartete, bis Kel wieder still lag, und hielt ihm dann seine klebrige Hand hin.

„Ich glaube, die muss sauber gemacht werden", sagte er lächelnd.

Kel leckte langsam sein Sperma ab, säuberte Lucs Finger mit der Zunge, bis nichts mehr zu sehen war. Dann zog Luc vorsichtig seinen Schwanz heraus und drückte Kel die Knie bis zu den Schultern hoch, sodass sich sein Hintern vom Bett hob. „Ich bin dran. Drück meine Wichse raus."

Kel drückte und erntete dafür ein Grinsen von Luc und ein warmes Rinnsal, das über seine Haut rieselte.

Luc bückte sich und leckte alles auf, badete Kels empfindlich gewordene Rosette sanft mit der Zunge. Dann streckte er sich neben Kel aus und nahm ihn in die Arme.

Kel keuchte auf, als Luc ihn küsste, den Geschmack mit ihm teilte. Das hier war verboten, abartig... und sowas von sexy. Luc beendete den Kuss und sah Kel in die Augen. „Also... jetzt, wo du ein bisschen BDSM erlebt hast... machen wir das mal wieder?"

Kel grinste. „Ich wäre in einer halben Stunde wieder startklar. Du auch?"

Luc blinzelte, dann brach er in Gelächter aus, dass das Bett wackelte.

Kel nahm das als ein Vielleicht.

Kapitel 21

Der August näherte sich allmählich seinem Ende, und damit kamen Gedanken, die Lucs Herz bleischwer machten. Bald würde es Herbst sein, und das bedeutete nur eins.

Kel würde fortgehen.

Bei seiner Einladung an Kel war Luc anfangs davon ausgegangen, dass der Junge bleiben würde, bis er sich stark genug fühlte, sich diesem Haus und den Erinnerungen zu stellen. Aber im Laufe der Wochen war ihm allmählich aufgegangen, dass er sich wünschte, Kel würde *nicht* gehen. Nicht, dass Kel irgendwelche Absichten dazu gezeigt hätte. Keiner von beiden erwähnte das Thema, aber es war Luc immer gegenwärtig, das Wissen, dass es nicht so weitergehen konnte, dass Kels Leben irgendwann seinen natürlichen Gang wieder aufnehmen musste: Studium, dann ein Job... ein Leben ohne Luc.

Wenn es nach mir *ginge...*

Luc wusste genau, wie sich die Dinge nach seiner Vorstellung abspielen sollten, aber das schien ein weit entfernter Traum zu sein. Ja, sie passten gut zueinander. Ja, das Zusammenleben klappte bestens, vor allem jetzt, wo Kel allmählich genug Selbstvertrauen gewann, um seine Bedürfnisse zu äußern. Und ja, Luc konnte sich durchaus vorstellen, irgendwann in der Zukunft eine Partnerschaft mit ihm einzugehen. Aber er wollte keinen Partner. Keinen Freund.

Luc wollte einen Boy. Jemanden, der sich auf ihn

verließ, der ihn um Rat fragte, der bei ihm Trost und Zuflucht suchte… jemanden, der einen Daddy brauchte.

Er hatte genug von Twinks, die sich von ihm ficken ließen und dabei ‚Ja, Daddy' stöhnten. Luc wusste Bescheid. In ihren Augen war er einfach nur ein älterer Typ mit einem großen Schwanz, der ihre heißen kleinen Phantasien wahr werden ließ. Aber Luc wollte keine Phantasie, denn die endeten immer irgendwann.

Er wollte die Realität.

Er wollte Kel.

Sein Handy vibrierte auf seinem Schreibtisch und riss ihn aus seinen Gedanken. Luc nahm es an sich und schaute auf das Display. Unbekannte Nummer. Er drückte auf *Abheben*. „Luc Bryant hier."

„Hi." Es war eine Frauenstimme. „Wir kennen uns nicht. Das heißt, wir haben noch nie miteinander gesprochen, aber ich habe schon so viel von dir gehört, dass ich das Gefühl habe, dich zu kennen."

„Nun, wie wär's, wenn du mir sagen würdest, mit wem ich spreche? Da du mir ja anscheinend einen Schritt voraus bist", schlug Luc gutmütig vor.

„Oh, Entschuldigung. Ich bin im Moment ganz durcheinander. Eigentlich nicht überraschend." Sie stockte. „Mein Name ist Nicole. Ich bin die Schwester von Greg Stephens."

Luc lächelte. „Oh, hallo. An Greg habe ich neulich erst gedacht. Ich wollte ihn anrufen und einen Besuch vereinbaren. Was verschafft mir das Vergnügen deines Anrufs?"

Das darauffolgende Schweigen ließ seine Kopfhaut prickeln.

„Oh Gott." Ihre Stimme brach. „Das ist schwerer, als ich dachte."

Und auf einmal erfüllte ihn ein Grauen, dessen Kälte ihm bis ins Mark drang.

„Sag's mir."

Kel war geradezu absurd zufrieden, während er ein Mittagessen aus kaltem Hühnchen und Salat bereitstellte. Die Pergola war endlich fertig und er war bereit, sie Luc in einer feierlichen Enthüllungszeremonie zu präsentieren. Jedes Mal, wenn er sie anschaute, platzte er fast vor Stolz.

Ich habe das gemacht.

Er hatte die Sitzkissen online bestellt und konnte es kaum erwarten, die Hollywoodschaukel auszuprobieren. Jetzt brauchten sie sie nur noch an ihren vorgesehenen Platz auf der Terrasse zu stellen, ein paar Bodenplatten rauszureißen und vier kleine Beete anzulegen, eins an jedem Eckpfosten, in die sie Kletterpflanzen wie Geißblatt und Rosen pflanzen konnten. Irgendwann würden die an den Pfosten hochranken wie an einem Spalier und einen bunten, duftenden Baldachin bilden.

Luc wird es lieben.

Luc von der Garage fernzuhalten, wo Kel sein Werk versteckt hatte, war eine Sisyphusarbeit gewesen. Er wusste gar nicht mehr, wie oft Luc schon an der Tür gewesen war und Kel ihn gestoppt hatte.

Kel wusch sich die Hände und ging zur Treppe. „Luc!", rief er hinauf. „Essen ist fertig!" Er wartete auf Lucs übliches ‚Bin gleich da'. Als er keine

Antwort bekam, seufzte Kel. *Der Mann arbeitet zu hart.* „Luc? Du musst was essen. Du bist schon seit heute Morgen da oben."

Schweigen.

Kels Magen schnürte sich zusammen. Er ging nach oben und lauschte dabei auf ein Lebenszeichen von Luc. Die Tür zu seinem Büro war geschlossen, und Kel klopfte leise an. Es kam keine Antwort, und er öffnete behutsam die Tür und lugte ins Zimmer, wie immer mit Lucs Grundregeln im Hinterkopf.

Nur, dass Luc nicht da war.

Stirnrunzelnd ging Kel über den Flur zu Lucs Schlafzimmertür, die ebenfalls geschlossen war. Das reichte, um auch seine Brust eng werden zu lassen. Kel klopfte an und wartete nicht auf die Erlaubnis zum Eintreten. Er spähte um die Tür herum.

Luc saß in dem Sessel neben seinem Fenster und starrte ein Foto auf seinem Schoß an. Er blickte auf, als Kel näher kam. „Hey. Ich dachte, ich hätte deine Stimme gehört. Wolltest du was von mir?" Seine Stimme war flach und leblos, als wäre alles Licht aus ihm verschwunden.

Kel blieb neben seinem Sessel stehen, die Arme an den Seiten. „Mittagessen ist fertig", sagte er leise.

Luc nickte abwesend und sein Blick kehrte wieder zu dem Foto in seinem Schoß zurück.

Kels Herz wurde schwer und diese eisige Kälte breitete sich weiter aus. Er legte Luc sanft eine Hand auf die Schulter. „Ist alles in Ordnung?" Dumme Frage, das wusste er wohl, denn es war eindeutig *nicht* alles in Ordnung, ganz und gar nicht, aber er musste irgendwas sagen, um Luc zum Reden zu kriegen. *Komm schon, Luc. Friss nicht alles in dich hinein.* Das letzte, was er wollte, war, dass Luc ihn anlog und so tat, als wäre alles okay.

Nach einigen qualvollen Minuten sah Luc ihn an, und der Schmerz in diesen dunkelbraunen Augen schnürte Kel die Brust zusammen. „Mir geht's bloß im Moment nicht besonders. Iss du nur. Ich habe keinen Hunger. Vielleicht esse ich dann später was."

Kel wartete, aber als nichts weiter kam, verließ er das Zimmer. Mit schwerem Herzen ging er die Treppe hinunter, aber auf halbem Wege blieb er wie angewurzelt stehen.

Tu *etwas. Wenn ich jetzt da oben wäre, würde Luc mich alleine lassen?* Er kannte die Antwort. Kel machte kehrt und ging wieder hinauf. Er betrat ohne anzuklopfen Lucs Schlafzimmer, ging zum Sessel und kniete sich daneben. Luc starrte ihn stirnrunzelnd an. Das Foto lag auf dem Tischchen neben ihm.

Kel seufzte. „Oh nein. Tut mir leid, aber ich lass dich jetzt nicht alleine. Ich glaube nämlich, du brauchst mich." Er streifte das Foto mit einem flüchtigen Blick. Es zeigte zwei junge Männer. Einer davon war eindeutig ein viel jüngerer Luc – mit mehr Haar – und der andere ein sehr attraktiver Afroamerikaner mit einem strahlenden Lächeln.

Lucs Mund ging auf und wieder zu, und er schluckte mühsam. Kel hob die Hand und streichelte Lucs Bart. „Komm, legen wir uns für einen Moment hin. Ich glaube, ich muss zur Abwechslung mal *dich* in den Arm nehmen."

Luc schmiegte sich in Kels Berührung und schloss kurz die Augen. Dann öffnete er sie wieder und nickte, zu Kels Überraschung. „Okay." Kel kam auf die Füße und reichte Luc die Hand, als er aus seinem

Sessel aufstand, und führte ihn zum Bett. Sie legten sich in die Mitte, Kel wie üblich mit dem Kopf auf Lucs Brust, den Hals gereckt, um Luc ins Gesicht sehen zu können.

„Jetzt rede mit mir." Kel versuchte, so bestimmt wie möglich zu klingen. Er hatte nicht vor, Luc alleine leiden zu lassen, denn er litt wirklich. Kel sah es in seinen Augen, hörte es an seiner Stimme.

Für einen Moment hatte Kel Angst, Luc würde sich weigern, aber schließlich seufzte er. „Ich habe heute schlechte Nachrichten bekommen."

Als Erstes schoss Kel der Gedanke durch den Kopf, dass jemand von Lucs Eltern gestorben war. Aber dann sagte er sich, dass Luc ihnen nicht besonders nahe stand. Was auch immer ihm so wehtat, ging tiefer. Er wartete auf mehr.

„Die Schwester von jemandem, den ich sehr gut kenne – *kannte* – hat mich angerufen." Lucs Gesicht verzerrte sich. „Ich habe Greg auf dem College kennengelernt. Wir waren beide zwanzig. Und damals konnten wir eine Zeitlang weder die Hände voneinander lassen noch an irgendwas anderes denken."

„Wie lange wart ihr zusammen?", fragte Kel mit bewusst leiser, ruhiger Stimme.

„Sieben, acht Monate vielleicht." Luc streichelte mit langsamen, rhythmischen Bewegungen Kels Arm. Ein trauriges Lächeln huschte über sein Gesicht. „Es wäre nie die ewige Liebe geworden, das wussten wir beide. Es war im Eifer des Gefechts, wir hatten dieselben Hoffnungen und Träume – und wir haben es getrieben wie die Karnickel."

Kel kicherte. „Ja, das klingt ganz nach dir." Luc gab

ihm einen Klaps auf den Arm, aber ohne Kraft dahinter. „Hey, ich sage die Wahrheit, und das weißt du auch." Er griff nach Lucs freier Hand und küsste die Fingerknöchel. „Red' weiter. Was ist passiert?"

„Passiert ist, dass wir Freunde geblieben sind. Nach dem Abschluss hat er einen Job in Boston angenommen. Ich hatte einen in Charlotte. Aber wir haben Kontakt gehalten. Briefe, E-Mails, Postkarten, Anrufe… Getroffen haben wir uns immer bei ihm, denn seien wir doch mal ehrlich, in Elon ist nicht besonders viel geboten, stimmt's? Alle vier oder fünf Monate habe ich ihn in Boston besucht." Luc lachte leise. „Hast du dich schon mal gefragt, warum ich nicht viel trinke? Das hab' ich in meiner Jugend gemacht. Genug, dass es für den Rest meines Lebens reicht." Er schnaubte. „Wahrscheinlich ungefähr so viel, wie *du* in einem Monat getrunken hast."

Kel starrte ihn in gespielter Empörung an. „Hey, ich dachte, wir wollten da nie wieder darüber reden." Doch insgeheim atmete er auf, da sich in Lucs Stimme allmählich wieder Leben einschlich.

Zu seiner Überraschung stockte Luc. „Du hast Recht. Es war falsch von mir, das zur Sprache zu bringen." Er umfasste Kels Hinterkopf, zog ihn an sich und küsste ihn zärtlich.

Kel atmete ihn ein, den sauberen Duft, der Luc immer anzuhaften schien, einen Geruch, der etwas tief in seinem Inneren berührte.

Luc riecht nach Zuhause.

Er nahm seine vorherige Position wieder ein und Luc legte den Arm um ihn. „Wie auch immer, was als Lust begonnen hatte, wurde zu einer tiefen, festen

Freundschaft. Es war vielleicht keine ewige *romantische* Liebe, aber Liebe war es dennoch." Luc schluckte erneut. „Und heute habe ich erfahren, dass er an Lungenkrebs gestorben ist."

„Hast du gewusst, dass er Krebs hatte?" Kel hielt Lucs Hand fest.

„Nein. Aber nach dem zu urteilen, was Nicole mir erzählt hat, wusste er es auch nicht. Nicht, dass es mich überrascht hätte. Greg hat viel geraucht, als wir auf dem College waren, und ich konnte ihn nie davon überzeugen, damit aufzuhören. Was ironisch ist, wenn ich jetzt so darüber nachdenke."

„Was ist daran ironisch?"

„In Gregs Familie gab es schon mehrere Fälle von Lungenkrebs. Vielleicht hatte er deshalb eine krankhafte Angst vor Ärzten. Ich wollte ihn dazu kriegen, dass er sich regelmäßig durchchecken lässt, aber er hat immer irgendeine Ausrede gefunden. Ich dachte, er hätte sich mit der Zeit gebessert, aber anscheinend nicht. Erst als Nicole ihn gezwungen hat, zum Arzt zu gehen, kam raus, was er hatte. Und da war es schon zu spät. Er hatte Lungenkrebs im Endstadium."

„Es tut mir schrecklich leid." Kel legte den Arm um Lucs Taille und drückte ihn. Mit Bestürzung funkelten Tränen in Lucs Augenwinkeln, obwohl er sie wegzublinzeln versuchte. Kels Herz flog ihm zu. „Hey", sagte er leise. „Es ist okay. Weine nur, wenn du willst. Du hast weiß Gott jedes Recht dazu. Du hast einen Freund verloren. Einen verdammt guten, wie es sich anhört."

Lucs Adamsapfel ging ruckartig auf und ab. „Ich habe ihm von dir erzählt. Ich wollte dich Ende des

Monats mit zu ihm nehmen, damit er dich kennenlernen kann. Ich hatte einen Besuch geplant, weil ich ihn seit Februar nicht gesehen hatte."

Kels Kehle war wie zugeschnürt und er konnte nicht schlucken.

Luc umfasste sein Kinn und sah ihm in die Augen. „Und bevor du jetzt anfängst zu denken, es wäre deine Schuld, dass ich ihn nicht besuchen konnte, lass mich eins klarstellen. Greg war derjenige, der mich vertröstet hat. Jedes Mal, wenn ich ihn besuchen wollte, kam ihm immer irgendwas dazwischen."

Kel atmete wieder leichter. „Es tut mir nur leid, dass du dich nicht verabschieden konntest." Er stockte.

„Ich nehme an, du gehst zu seinem Begräbnis. Soll ich mitkommen?"

Luc lächelte. „Das wäre schön. Nicole sagt, es ist nächste Woche."

„Hatte er einen Partner?"

Luc schüttelte den Kopf. „Ewiger Junggeselle. Er war ein Mann, der gerne alles gefickt hat, was nicht bei drei auf den Bäumen war, aber immer unverbindlich. Einige von uns können nicht so leben."

Für einen kurzen Moment raste Kels Puls. Etwas an Lucs Tonfall klang fast so, als wollte er diese Verbindlichkeit, als wollte er kein Junggeselle bleiben. Kel wäre am liebsten damit herausgeplatzt, dass Luc mit ihm zusammenbleiben musste, dass Luc ihn brauchte, wenn auch nicht auf dieselbe Art, wie Kel Luc brauchte. Er kannte Luc inzwischen gut genug, um zu wissen, dass Luc eine fürsorgliche Natur war, dass er jemanden brauchte, den er umhegen konnte.

Ich bin dieser Jemand, Luc. Siehst du das nicht? Du brauchst mich.

Ohne nachzudenken rutschte Kel herum, bis er auf Luc lag, und küsste ihn hungrig. Mit einem Aufstöhnen öffnete Luc den Mund für ihn und spreizte die Beine, so dass Kel sich dazwischen legen konnte. Seine Hände waren auf Kels Rücken, seinen Schultern, seinem Hintern. Kel stöhnte in den Kuss, und plötzlich waren sie beide in Bewegung, rieben sich aneinander, und ihr raues Atmen war laut in der Stille von Lucs Zimmer. Kel fühlte, wie Luc unter ihm eine Erektion bekam, und er presste sich an ihn, selbst auch bereits hart wie Stahl.

Woher die Leidenschaft kam, die sie überwältigte, wusste Kel nicht, aber Sekunden später zerrten sie sich schon gegenseitig die Kleider vom Leib. T-Shirts segelten durchs Zimmer, Shorts wurden aufgeknöpft, runtergeschoben und weggetreten, und schließlich hielten sie sich nackt in den Armen. Kel konnte nicht mit der köstlichen Frottage aufhören, die das Verlangen in ihm aufbranden ließ, bis er schier explodierte.

Luc riss die Nachttischschublade auf, nahm das Gleitgel heraus und warf es aufs Bett. Dann blieb Kel fast das Herz stehen, als Luc sich auf den Bauch drehte, auf alle Viere ging und seinen Hintern präsentierte, die Pobacken mit beiden Händen auseinanderzog, den Kopf ins Kissen gedrückt.

„Deine Zunge. In meinen Arsch. Bitte, Baby." Das Verlangen in Lucs Stimme konnte nicht missachtet werden und Kel tauchte zögernd ein, zog mit der Zunge eine Linie von Lucs Steißbein bis zu seinem Hodensack. Luc griff nach ihm, packte Kels Kopf und drückte ihn zwischen seine Pobacken, wo er ihn festhielt.

Kel begriff, was er wollte und machte sich daran, mit der Zungenspitze Lucs Anus aufzuwärmen, den straffen Ring zu sondieren, begleitet von Lucs tiefempfundenem Stöhnen und aufmunternden Worten. Luc ließ Kels Kopf los und spreizte seine Pobacken weit. Kels Ständer war steinhart und wippte steif auf und ab, während er Lucs Hintern erforschte.

Luc drehte den Kopf zur Seite und sah Kel in die Augen. „Will dich, Boy. Deinen Schwanz in meinem Arsch. Will dich tief in mir spüren." Seine Stimme war rau und überschlug sich bei jedem zweiten Wort.

Kel hatte nicht vor, Luc auch nur eine Sekunde länger warten zu lassen. Er schnappte sich das Gleitgel, quetschte eine anständige Portion davon auf seinen Schaft und verteilte es rasch. Dann stöhnte er auf, als er sah, wie Luc sich zwei glitschige Finger in den Hintern steckte, um sich bereit zu machen.

„Oh Gott, ist das geil."

Luc zog seine Finger raus und verstrich noch mehr von der glitschigen Substanz in seiner Spalte. „Jetzt fick mich. Fick mich so hart, dass ich es morgen noch fühlen kann."

Kel brachte sich in Position und presste seinen Schwanz mit Nachdruck an die geweitete Öffnung, dann vergrub er sich mit einem kräftigen Stoß bis zum Anschlag in Lucs engem, heißem Arsch.

Heilige Mutter Gottes…

Luc bog den Rücken durch. „Himmelherrgott nochmal, wie du dich anfühlst…" Er reckte den Hals, um Kel flehend anzuschauen. „Komm schon, Boy.

Fick mich."

Das ließ Kel sich nicht dreimal sagen. Er packte Luc an den Schultern, um festen Halt zu haben, und begann ihn mit wuchtigen Stößen zu nageln, rammte seinen Körper gegen Lucs Hintern, dass die Pobacken unter dem Aufprall wackelten.

„Ah, verdammt, ja, genau so. Fester. Geh fester ran."

Kel steigerte das Tempo; seine Hüften schnellten vor und zurück, und Luc ächzte und schrie bei jedem Stoß vor Lust leise auf. Kel krallte sich an Lucs straffen Schultern fest und fickte ihn noch härter, und ihre Körper trafen mit lautem Klatschen von Haut auf Haut aufeinander. Es dauerte nicht lange, und Kel wusste, dass er nicht durchhalten würde. „Ich komm' gleich", schrie er.

„Zieh nicht raus", bettelte Luc. „Komm in mir, komm in mir."

Kel stöhnte laut auf, als er tief in Luc vergraben abspritzte, als sich die Muskeln um seinen Schaft herum anspannten und ihn festhielten. Kel brach über Lucs Rücken zusammen, bebend unter der Wucht seines Orgasmus. Seine Arme konnten sein Gewicht kaum noch tragen. Luc bebte ebenfalls und bearbeitete seinen Schwanz mit einer Hand. Sekunden später erstarrte er. „Oh fuck." Dann klappte er zusammen und nahm Kel mit, immer noch in Wärme und Enge vergraben.

Eine Zeitlang lagen sie nur da und zitterten beide, bis Kel sich schließlich bewegen musste. Er stemmte sich hoch und zog seinen erschlaffenden Penis behutsam aus Luc heraus. Dann fühlte er sich von starken Armen gepackt und auf den Rücken geworfen, und schon lag Luc auf ihm, so dass ihre vorherigen Positionen genau umgekehrt waren.

Lucs Gesicht war nur Zentimeter von Kels entfernt. „Erwärm' dich bloß nicht *zu* sehr für meinen Arsch", sagte er atemlos. „Nur damit das klar ist, das hier wird nichts Alltägliches." In seinen Augen lag das gewohnte Funkeln, und Kel war dankbar, es zu sehen. Kel holte tief Luft. „Ich hätte mir nie träumen lassen, dass ich da überhaupt mal dazu komme", gestand er. Er biss sich auf die Lippe. „Obwohl... ich *könnte* mich dran gewöhnen, mit mehr Übung."

Luc gab ein boshaftes Lachen von sich. „Ich könnte mich auch an vieles gewöhnen, und nichts davon würde dir besonders gut gefallen. Die Worte ,Schwanz- und Hodenfolter' fallen einem dazu ein."

Kel zuckte zusammen und Lucs Benehmen änderte sich sofort. Er küsste Kel sanft auf die Lippen. „Danke. Ich hab' dich gebraucht, und du warst für mich da."

Kels Kehle schien nicht richtig zu funktionieren und seine Augen mischten auch mit. Er blinzelte die Tränen weg und krächzte: „Gern geschehen." Dann schloss er die Augen und gab sich Lucs zärtlichen, sanften Küssen hin, verloren in der Intimität des Moments, bis ihre Mägen in Stereo protestierten.

Luc unterbrach den Kuss und seufzte: „Und zurück in die Realität."

Kel umfasste Lucs Wangen mit beiden Händen. „Glaub' mir, das war real. Diese Art von Realität hätte ich gern jeden Tag."

Kapitel 22

„Was möchtest du heute zum Abendessen?", rief Kel, den Kopf hinter der Tür des Gefrierschranks verborgen. „Wir hätten Hackbraten, Auflauf, Makkaroni und Käse…"

Luc hatte etwas ganz anderes im Sinn. Er wusste nur nicht genau, wie Kel reagieren würde. „Ich dachte, wir könnten heute Abend doch mal essen gehen."

Kel spähte hinter der Tür hervor. „Essen gehen?"

Luc grinste. „Ja. Du weißt schon, irgendwo hin, wo jemand anders das Kochen besorgt und wir gar nichts tun müssen? Nicht mal hinterher das Geschirr spülen." Allerdings hatte er den Vorschlag nicht deshalb gemacht, und das wusste er auch. In der ganzen Zeit, seit Kel bei ihm wohnte, waren sie kein einziges Mal zum Essen ausgegangen. Luc kochte gern und Kels Kochkünste machten gute Fortschritte. Luc schmunzelte über Kels erstauntes Gesicht. „Kel? Machst du bitte den Gefrierschrank zu, bevor alles auftaut?"

Kel wurde rot und schloss die Tür. Er kam an den Tisch, wo Luc noch vor seiner letzten Tasse Kaffee saß, und setzte sich, anscheinend immer noch sprachlos über Lucs Ankündigung.

Luc lachte. „Ist ja nicht so, als wären wir noch nie zusammen ausgegangen."

„Ja klar, aber da waren wir in einer Schwulenbar. Essen gehen ist ganz etwas anderes." Kel musterte ihn nachdenklich. „Gibt's einen besonderen Grund dafür?", fragte er bedächtig. „Du tust nämlich nie irgendwas ohne Grund."

Scheiße. Luc hätte sich über Kels scharfsinnige Frage nicht wundern sollen. Sie hatten genug Zeit miteinander verbracht, dass er allmählich ein sehr gutes Gefühl für Lucs Launen und Beweggründe bekam. Und was Kels Reaktion betraf, es gab nur einen Weg, das herauszufinden.

„Irgendwie schon. Ich möchte, dass wir ausgehen und ein gutes Essen genießen, mit guten Gesprächen, wo wir uns nur aufeinander konzentrieren müssen. Wie klingt das?" Denn sofort, als ihm das eingefallen war, hatte er gewusst, wie das klang.

Wie ein Date.

Sei ehrlich. Das ist es doch auch, stimmt's? Ein Date mit meinem Boy.

Nur, dass Kel sich nicht als Lucs Boy betrachtete. Und apropos Kel…

Er war so still, dass Luc gespannt war, was gerade in seinem Kopf vorging. Ohne Kel zu Wort kommen zu lassen, fügte Luc noch hinzu: „Oh, und Kino. Wir gehen auch ins Kino."

Kel sah ihn argwöhnisch an. „Wer darf den Film aussuchen?"

„Ich, selbstverständlich", antwortete Luc prompt. „Und ich kann dir nur so viel verraten, dass keine Superhelden drin vorkommen."

„Muss ich mir jetzt Sorgen machen?"

Luc grinste. „Oh ja. Und da wir ausgehen wollen, überlegst du dir besser schon mal, was du anziehen sollst. Schließlich haben wir nur noch…" er warf einen Blick auf seine Armbanduhr, „gut neun Stunden, bevor wir los müssen." Er wartete auf die Explosion.

Kel riss Mund und Augen auf. „Na, und ist das etwa nicht gut? So lange brauchst du doch mindestens, bis du deinen Kahlkopf poliert hast." Dann schoss er von seinem Stuhl hoch und sprintete zur Treppe.

Luc war augenblicklich hinter ihm her. „Sieht aus, als wäre heute der Tag, an dem ich dir deinen frechen Hintern versohle", rief er und nahm die Verfolgung auf.

„Musst mich erst mal kriegen", trällerte Kel.

Luc wusste, er würde diesen hinreißenden Arsch nicht versohlen.

Er würde ihn ficken, bis Kel darum bettelte, kommen zu dürfen.

Heb' dir die Prügel auf, bis er mal Mist baut. Denn Kel *würde* irgendwann Mist bauen, da war er sich sicher. Kein Boy war perfekt.

Aber Kel war verdammt nah dran.

Kel nippte an seinem Pflaumenwein und musterte zufrieden seine Umgebung. „Ich find's richtig nett hier." Luc hatte ihm nicht verraten, wo sie hinwollten, aber als Kel das Schild des *Red Bowl Asian Bistro* sah, musste er zugeben, dass es eine gute Wahl für sie war. Die Einrichtung war zwar alles andere als elegant, aber die Speisekarte machte das vollauf wieder wett. Seine Tom Kha Gai-Suppe mit Hühnchen, süßer Kokosmilch, Paprika, Limettenblättern, Zitronengras und Ingwer war köstlich.

Luc nahm sein Glas. „‚Nett' erscheint mir stark untertrieben. Ich könnte hier eine ganze Woche lang essen und müsste nie zweimal dasselbe Gericht bestellen." Seine Lippen zuckten. „Ich sage immer noch, dass du dir das Bourbon-Hühnchen als Hauptgericht bestellt hast, weil du gedacht hast, es wäre Bourbon drin."

„Du kannst denken, was du willst", gab Kel zurück.

„Es schmeckt bestimmt super. Ich mag rote Paprika."

„Ich weiß. Du magst sie roh, gefüllt, gebraten, geschmort…"

Kel lehnte sich entspannt zurück und blickte sich erneut um. „Weißt du, wie man sofort erkennt, ob ein asiatisches Restaurant gut ist? Oder auch ein chinesisches?"

„Nein, wie denn?"

Kel lächelte. „Man schaut, wie viele Asiaten unter den Gästen sind. Immer ein gutes Zeichen." Und wenn man sich die Kundschaft hier so ansah, hatte das Red Bowl wohl genau ins Schwarze getroffen.

„Darf ich dich mal was fragen?" Luc war mit seiner Suppe fertig und wischte sich den Mund mit der Serviette ab.

„Klar. Du hast mir ja schon gesagt, dass das Essen auf dich geht. Du kannst mich alles fragen, was du willst." Kel war total zufrieden.

„Du hast doch mal gesagt, dein Dad wollte, dass du nach der Uni bei ihm anfängst, und dass du von der Idee nicht gerade begeistert warst. Hast du dir denn schon mal ernsthaft überlegt, was du *eigentlich* tun möchtest?"

Oh ja, darüber hatte Kel schon nachgedacht. Aber jedes Mal, wenn er nach Firmen forschte, die jemanden einstellten, rannte er gegen dieselbe verdammte Wand.

Eine neue Karriere bedeutete Veränderung. Und Veränderung würde bedeuten, Luc zu verlassen. Denn keine dieser Firmen war auch nur in der Nähe von Elon.

Kel hätte nie gedacht, welchen Unterschied vier Monate machen konnten. Vor diesem furchtbaren Tag hätte er jede Stelle angenommen, um aus Elon wegzukommen, obwohl er wusste, wie gering die Aussichten waren, dass seine Eltern das zugelassen hätten. Und jetzt?

Ich will hier nicht weg.

Korrektur. Er wollte nicht von Luc weg.

„Kel?"

Er blinzelte. „Tut mir leid. Ich war gerade ganz in Gedanken. Hast du was gesagt?"

Luc grinste. „Die nette Bedienung würde gern deinen Teller abstellen, wenn du soweit bist." Die hübsche, junge, schwarz gekleidete Frau neben dem Tisch kicherte leise.

Nachdem sie ihm sein Hühnchen hingestellt hatte und wieder weg war, seufzte Kel. „Was deine Frage betrifft, ich habe noch keine konkreten Pläne. Ich wollte warten, bis ich meinen MBA habe, und *dann* darüber nachdenken."

„Nun gut, aber hast du dir wenigstens schon überlegt, *wo* du arbeiten willst? Ich glaube nicht, dass es hier in der Gegend so viele tolle Möglichkeiten gibt. Du solltest wahrscheinlich lieber weiter weg suchen, vielleicht sogar in einem anderen Bundesstaat." Er lächelte. „Die Welt liegt dir zu Füßen."

Kel hörte weder Lucs ermutigenden Tonfall noch seine positiven Worte. Er hörte nur: ‚Du musst umziehen'. Und das ließ nur einen enttäuschenden

Schluss zu.

Luc will nicht, dass ich bleibe. Luc will, dass ich weggehe.

Kel probierte einen Bissen Hühnchen, aber es schmeckte wie Asche. Er aß trotzdem weiter, da er Luc auf keinen Fall zeigen wollte, dass er ihm gerade das Herz gebrochen hatte.

Ich dachte, ich bedeute ihm etwas. Oder bin ich für ihn auch nur wie diese Typen, die er früher immer gefickt und verlassen hat? Gott, das tat weh. Denn er und Luc? Das war so viel mehr als nur Sex. Oder jedenfalls hatte er das bisher gedacht.

Die zweite Hälfte des Abendessens verlief deutlich schweigsamer als die erste, aber Luc schien das nicht zu bemerken. Das untermauerte nur Kels Ängste. Als sie ihr Grüntee-Eis gegessen und Luc um die Rechnung gebeten hatte, war Kel zu einer Entscheidung gelangt.

Ich darf mich da nicht reinsteigern. Es bleibt nur noch so wenig Zeit, bis ich wieder an die Uni gehe. Und wenn ich weiterhin so denke, verdirbt das nur alles. Er konnte auch mit der Sprache herausrücken und Luc direkt fragen, was er ihm bedeutete, aber er hatte zu viel Angst, dass ihm die Antwort nicht gefallen würde. *Denn was haben wir denn eigentlich wirklich? Fantastischen Sex, klar, und wir kommen gut miteinander aus, aber...*

Es blieb ihm nur eines übrig. Er musste so tun, als wäre alles in Ordnung.

Beim Verlassen des Bistros ergriff Kel schließlich das Wort. „Weißt du was? Ich glaube, du hast Recht. Ich muss mir eine Stelle bei einer Firma suchen, die zu mir passt, und wenn das bedeutet, dass ich in einen anderen Bundesstaat ziehen muss – hey, dann mache ich das eben. Ich meine, das ist meine Karriere, stimmt's? Ich muss einen guten Start hinlegen." Dann konnte er einfach nicht anders. „Solange wir Freunde bleiben können, okay?"

Luc, der gerade das Auto aufschloss, hielt inne.

„Versuch du nur, mich loszuwerden, mehr sag' ich nicht."

Das linderte den Schmerz in Kels Herz etwas. *Okay, dann will er mich also doch nicht loswerden.* Das war doch wenigstens etwas.

Luc hatte einen so dicken Kloß in der Kehle, dass er nicht schlucken konnte.

Kel zum Nachdenken über Karrierechancen an anderen Orten aufzufordern war das Schwerste, was er je hatte tun müssen. Und für eine Weile hatte er das sichere Gefühl gehabt, dass die Vorstellung Kel nicht gefiel. Er war so still gewesen, als hätte er sich in sich zurückgezogen. Doch als er seine Absichten verkündet hatte, war Luc die Wahrheit klargeworden. Er hat nur über die Zukunft nachgedacht. Über seine Karriere. Deshalb war er so tief in Gedanken. Luc wusste nicht genau, was er erwartet hatte. Dass Kel ihn mit großen Augen anschaute und erklärte, er könne eine Trennung von Luc nicht ertragen? Ein Geständnis von Kel, dass er eigentlich nichts weiter wollte, als bei Luc zu bleiben…

So, wie Luc wollte, dass er blieb. Als sein Boy. Den er umsorgen konnte.

Am Ende hatte es diesen Hoffnungsschimmer

gegeben, diesen Funken von etwas, das Luc zum Wachsen und Aufblühen ermuntern wollte. Er möchte, dass wir Freunde bleiben.

Damit konnte Luc arbeiten. Er hatte Zeit. Aber wenn sich irgendwas ändern sollte, musste das von Kel ausgehen. Luc würde ihn zu nichts zwingen.

Ich muss ihm einfach nur helfen, einzusehen, dass er zu mir gehört.

Sie verließen schweigend das Kino. Als sie zum Auto kamen, platzte Luc heraus: „Okay, ich kann die Spannung nicht mehr ertragen. Was hältst du von dem Film?"

Kel nagte an seiner Lippe. „Naja, du hast ihn ausgesucht – wie hat er *dir* gefallen? Und bevor du etwas sagst, überleg' dir die Antwort genau. Unsere zukünftige Freundschaft hängt davon ab."

Luc seufzte. „Okay… er war nicht besonders gut."

Kel zog die Augenbrauen hoch und Luc stöhnte auf. „Okay, na schön. Vielleicht hätten wir uns lieber was anderes anschauen sollen. Diesen Film habe ich nur deshalb ausgesucht, weil das Buch fantastisch war. Typisch Hollywood, so einen Kitsch draus zu machen."

Kel unterdrückte ein Lachen. „Ich glaube, der Film wäre genau richtig gewesen – wenn ich sechs Jahre alt wäre. Ich meine, komm schon. Eine Geschichte, die von einem Hund erzählt wird, und mit der Stimme von Kevin Costner? Ein Hund, der Rennfahrer werden will? Und dann stirbt er auch noch am Ende! Hast du absichtlich einen Film ausgesucht, der mich zum Weinen bringt?"

„Hey, es war ein Happyend!", widersprach Luc. „Der Junge… der, dem Denny das Fahren beibringen will? Sein Name war Enzo."

„Okay, okay, hab's kapiert. Der Hund ist als Junge wiedergekommen. Aber mal ganz im Ernst… etwas Besseres konntest du nicht aussuchen?" Kel amüsierte sich prächtig.

„Oh, dann hätte ich dich also in diesen Film über die Musik von Bruce Springsteen mitnehmen sollen? *Das* wäre ja denn erst recht ein Schuss in den Ofen geworden."

„Wer ist Bruce Springsteen?", fragte Kel unschuldig. Das brachte ihm einen bösen Blick ein. Kel konnte sein Lachen nicht mehr zurückhalten.

„Lass mich raten. Du hast gesehen, dass es um einen Hund geht und gedacht, es wäre ein Selbstläufer. Ich wette, dir hat auch Marley & Ich gefallen, nicht? Jetzt kommen wir der Sache näher. Luc Bryant steht auf Hundefilme!" Er stieß ein fröhliches Lachen aus, und seine Ängste von vorhin waren vergessen.

Das war es, was er liebte – das spielerische Hin und Her-Geplänkel, wie leicht Luc sich immer auf die Palme bringen ließ, und die Gefechte, die daraus immer resultierten.

Gefechte, die damit endeten, dass sie beide erhitzt, schweißgebadet und spermaverklebt waren.

Luc kam um den Wagen herum und drückte ihn mit einer raschen Bewegung gegen die Beifahrertür. „Dann sollte ich mich vielleicht auf die Suche nach einem ganz besonderen Butt-Plug machen, sobald wir zuhause sind. Nur für dich." Seine Augen funkelten im Licht der Straßenlaterne. „Den mit dem

Hundeschwanz. Und du weißt, wie gern ich die Hündchenstellung mag, oder?"

Das würde ein Gefecht werden, das Kel zu verlieren entschlossen war.

Dann änderte sich alles in einem einzigen, kurzen Moment. Lucs Miene wurde sanfter, und obwohl sie an einem öffentlichen Ort waren, streichelte er Kels Wange so zärtlich, dass es Kel den Atem verschlug.

„Ich hatte einen wunderbaren Abend. Und wenn wir wieder zuhause sind, wo uns niemand sehen kann, zeige ich dir, wie gut er mir gefallen hat. Ich danke dir."

In Lucs Stimme lag so viel Aufrichtigkeit, dass Kels Mutmaßungen von vorhin zunichte gemacht wurden. Irgendwas *ist da. Ich kann es in seiner Stimme hören.*

Kel schluckte. „Mir hat er auch sehr gefallen." Er holte tief Luft und fügte dann hinzu: „Das sollten wir öfter machen."

„Aber nächstes Mal suchst *du* den Film aus. Ich glaube, das ist das Beste, meinst du nicht auch?"

Luc grinste. „Vor allem, wenn unsere Zukunft davon abhängt."

Unsere Zukunft.

Vielleicht gab es ja doch noch Hoffnung.

Kapitel 23

„Dann glauben Sie also, Sie könnten die Software erstellen, die das alles leistet?"

Luc lächelte. Die anfängliche Skepsis des Mannes hatte sich innerhalb von fünfzehn Minuten in Hoffnung verwandelt. „Kein Problem. Und terminlich ist das auch zu schaffen. Ich kann Ihre Frist einhalten." Er sprach mit Überzeugung, da er wusste, dass das seinen neuen Kunden beruhigen würde.

Lucs Tonfall hatte offensichtlich die gewünschte Wirkung. Der Kunde atmete sichtlich leichter.

Als Lucs Handy in seine Jackentasche vibrierte, runzelte er die Stirn. Verdammt. Er hatte vergessen, die Rufumleitung zu aktivieren. „Entschuldigen Sie bitte", sagte er und nahm es aus der Tasche. „Ich habe eine Nachricht bekommen." Als er sah, dass sie von Kel war, raste sein Puls. Irgendwas stimmt nicht. Kel wusste, dass er in einer Besprechung war. Wenn er eine SMS schickte, musste es dringend sein.

„Bitte, gehen Sie nur ran. Wir sind hier sowieso fertig, nicht wahr?"

Luc nickte abwesend, dann klickte er die SMS an. Gleich darauf dankte er Gott für schnelle Reflexe, als er auf ‚stummschalten' drückte. „Wissen Sie was? Das hier kann warten." Seine ruhige Stimme täuschte über seinen inneren Zustand hinweg. Luc steckte sein Handy wieder ein, stand auf und streckte die Hand aus. „Nochmal danke für den Auftrag."

„Sie sind mir sehr empfohlen worden." Der Kunde

schüttelte Luc kräftig die Hand. „Ich bin froh, dass Sie uns helfen können."

Nachdem sie sich verabschiedet hatten, verließ Luc das Büro und ging hinunter auf die Straße. Sobald er draußen war, atmete er tief durch und zwang sich, ruhig zu bleiben. Er marschierte zielstrebig auf den Parkplatz zu und malte sich in Gedanken bereits aus, was er mit Kel machen würde, wenn er ihn erstmal in die Finger bekam. Erst als er sicher auf dem Fahrersitz saß, holte er sein Handy wieder aus der Tasche und klickte nochmal auf die Message.

Kels Schwanz und Hintern füllten das Display. Er holte sich einen runter und seine Finger glitten in seinem Hintern ein und aus. Luc hörte Kels raues Atmen und wusste, ohne hinzusehen, dass er kurz davor war. Gleich darauf verschwamm das Bild, begleitet von Kels lustvollem Stöhnen.

Luc konnte einfach nicht anders. Er rieb seinen dicker werdenden Schwanz und spielte dabei das Video ein paarmal ab – nachdem er sich vergewissert hatte, dass niemand in Sichtweite war. Eilig machte er seinen Reißverschluss auf, fischte seinen harten Schaft raus und umhüllte die Eichel mit dem dunkelblauen Taschentuch, das er normalerweise ordentlich gefaltet in der Brusttasche seines Sakkos trug. Sein Sperma leuchtete weiß auf dem dunklen Hintergrund, und Luc erschauerte, als die letzten Tropfen aus seinem Schwanz pulsierten. Als er fertig war, faltete er das Taschentuch sorgfältig zusammen und verstaute es im Handschuhfach, dann packte er sein Ding wieder in die Hose. Er wollte gerade sein Handy ausmachen, als ihm einfiel, dass er einen Boy zu quälen hatte.

Lächelnd tippte er mit flinken Fingern:
Ich hoffe, du hast es genossen. Das war das letzte Mal, dass du ohne Erlaubnis gekommen bist. Dieser Schwanz gehört ganz allein mir, wenn ich nach Hause komme. Und dein Arsch auch. Um den Effekt zu unterstreichen, hängte er ein Pfirsich-Emoji an, gefolgt von einem Hand-Emoji, beides mehrmals hintereinander, und zum Schluss ein weinendes Gesicht.

Luc kicherte boshaft. *Ich hoffe, du verstehst die Botschaft, Boy.*

Bis er Lucs Auto die Auffahrt heraufkommen hörte, war Kel ein Nervenbündel. Er hatte seine Idee anfangs ganz toll gefunden, um Luc ein Lächeln zu entlocken und ihn für später, wenn er nach Hause kam, so richtig auf Touren zu bringen. Und er war sich verdammt sicher, dass Luc die SMS sofort geschickt hatte, nachdem er das Video gesehen hatte, weil Kel in der Zwischenzeit darüber nachgrübeln sollte, was für eine Bestrafung ihn genau erwartete.

Diese Hand sagte schon ziemlich viel, und der Pfirsich noch mehr.

Die Haustür ging auf, und mir nichts, dir nichts schoss Kels Puls in die Höhe, und er hatte plötzlich ganz feuchte Hände. Er saß wie angewurzelt auf seinem Bett und lauschte auf Lucs leise Schritte auf der Treppe, ohne sich vom Fleck zu rühren.

„Kel? In mein Büro. Sofort.“

Mist. Er hört sich stinksauer an.

Kel holte tief Luft, stand auf und überquerte widerwillig den oberen Flur. Die Tür zum Büro war offen und Luc stand hinter seinem Schreibtisch, ohne Sakko, die Krawatte gelockert und mit geöffnetem Gürtel. Sein Gesichtsausdruck war unergründlich, als er Kel zu sich winkte.

Luc hielt sein Handy hoch. „Weißt du, was mir heute passiert ist? Ich habe vergessen, meine Anrufe und Nachrichten aufs Haustelefon umzuleiten. Da war ich also mitten in einer sehr wichtigen Besprechung mit einem neuen Kunden, und was muss da auf meinem Handy aufpoppen?"

Kels abgehacktes Keuchen und Stöhnen erfüllte den stillen Raum, begleitet von den Schmatzgeräuschen der Finger, mit denen er sich fickte.

„Kannst du dir vorstellen, was passiert wäre, wenn mein neuer Kunde das gehört hätte?"

„Bloß nicht." Sein Scherz kam ihm jetzt gar nicht mehr lustig vor, und Lucs Stimmung war absolut verständlich.

„Ich habe den Ton abgestellt, sobald ich gesehen habe, was du mir geschickt hast." Lucs Augen blitzten. „Und wo wir gerade beim Thema sind… es sieht so aus, als bräuchten wir eine neue Regel."

Oh-oh. Kel schluckte. „Ach, echt?"

Lucs Lächeln jagte ihm einen kalten Schauer der Furcht über den Rücken. „Oh ja. Denn von jetzt an…." Er deutete auf Kels Leistengegend. „Ab sofort gehört das mir. Du darfst nur noch mit meiner Erlaubnis damit spielen."

„Für wie lange?" Kel riss Mund und Augen auf. *Das kann er doch nicht machen. Oder?*

Luc zuckte die Achseln. „Bis ich etwas anderes sage.

Bis ich entscheide, dass du deine Lektion gelernt hast. Bis es genug ist."

Kel konnte sich nicht entscheiden, ob er es absolut schrecklich oder echt geil finden sollte, dass Luc auf diese Art das Kommando übernahm. Dann fiel ihm Lucs Textnachricht wieder ein. *Er ist noch nicht fertig.*

Luc kam hinter seinem Schreibtisch hervor und ging zu dem breiten Sessel am Fenster. Er setze sich und winkte. „Und hier holst du dir jetzt deine Abreibung ab."

Er will mich doch nicht etwa wirklich... Kel konnte seine Füße nicht dazu kriegen, sich zu bewegen.

Luc zog die Augenbrauen hoch. „Heute noch, Boy. Hierher, über meinen Schoß, Arsch in die Luft." Er klopfte sich auf den Schenkel.

Was Kel am meisten schockierte war die Tatsache, dass ein Teil von ihm es *wollte*. Er näherte sich Luc langsam und versuchte, ruhig zu bleiben, aber innerlich vibrierte er. Als er bei Luc war und neben dem Sessel stehen blieb, überlief ihn ein Schauer. Luc wartete schweigend, während er sich unbeholfen hinlegte und die Hände ausstreckte, bis sie den Fußboden berührten, um sich abzustützen.

Luc rieb seinen mit Shorts bekleideten Hintern, bevor der erste kräftige Schlag auf einer Pobacke landete. Der Schock ging wie ein Querschläger durch Kels Körper, und er keuchte auf, als ihm plötzlich die Tränen in den Augen brannten. Dann der nächste, nur dass dieser noch fester war, und Luc rieb ihm wieder den Hintern. Beim vierten oder fünften Hieb atmete Kel schon leichter – bis Luc ihm die Shorts aufmachte, sie unsanft herunterzog und seinen

Hintern entblößte.

„So ein schöner Arsch." Luc drückte erst die eine, dann die andere Backe und streichelte sie zärtlich. Dann verpasste er ihm einen gepfefferten Klatscher, und das Brennen ließ Kel zusammenzucken. Luc rieb die getroffene Stelle, dann haute er erneut zu, nur diesmal mit mehr Kraft, immer zwei-, dreimal hintereinander.

Jedes Mal, wenn Lucs Hand klatschend niedersauste, ging ein Ruck durch Kels Körper, aber er forderte Luc nicht zum Aufhören auf. Ungewollte Tränen brannten in seinen Augenwinkeln. Was ihn mit Scham erfüllte war sein hart werdender Schaft, der zwischen Lucs Schenkeln klemmte. Als Luc nach seinen Hoden fasste, sie zusammendrückte, stöhnte Kel laut auf. Dann fing er wieder an, ihm den Hintern zu versohlen, schlug mit einer Hand zehnmal oder öfter kräftig zu, während er mit der anderen Kels Schwanz bearbeitete.

„Verdammt, du hast einen Harten." Luc hielt inne und streichelte Kels Pobacken, als ob das Reiben die Prügel ungeschehen machen könnte. Kel schrie auf, als Luc an seinem Schwanz zerrte, während sein Arsch heiß war und brannte. Er wusste, dass er kurz vor dem Abspritzen war, aber er kämpfte darum, sich zu beherrschen, vor Anstrengung am ganzen Körper zitternd.

„Kel?" Lucs Stimme war unerwartet sanft. „Du darfst jetzt kommen."

Kel stöhnte, und gleich darauf ergoss er sich in Lucs Hand. Er zitterte unkontrollierbar, während Luc die erhitzte Haut sanft liebkoste. Luc ließ seine Hand unter Kels T-Shirt gleiten und streichelte seinen

Rücken, so zart, dass Kel am liebsten geweint hätte. Als sein Pulsschlag sich wieder normalisiert hatte, half Luc ihm auf die Füße und stand mit ihm auf.

„Lektion gelernt?" Lucs Lippen streiften seinen Hals, und Kel erschauerte. Er war emotional so aufgewühlt, dass er nur nicken konnte.

Es hat mir gefallen. Er hat mir den Hintern versohlt – und es hat mir gefallen. Er stellte Lucs Autorität, das zu tun, nicht in Frage. Es hatte sich einfach… richtig angefühlt. Dabei fiel ihm der Tag wieder ein, an dem er als kleiner Junge mit seinem Ball eine Scheibe in Lucs Gewächshaus kaputt geschossen hatte. Luc hatte das gelassen hingenommen – sein Vater jedoch nicht. Kel hatte eine saftige Tracht Prügel bezogen, eine, die ihm die Tränen in die Augen getrieben hatte und ihm noch tagelang im Gedächtnis geblieben war.

Doch schon Momente nach Lucs Bestrafung waren die Schmerzen und die Demütigung, die Kel erlitten hatte, bereits am Verblassen. Zurück blieb nur das warme Glühen, das einem Orgasmus immer folgte.

Mit Luc lerne ich ständig etwas Neues über mich. Die Erkenntnis erfüllte Kel mit einer Art Stolz, ein weiterer Hinweis darauf, wie weit er in der kurzen Zeit gekommen war. *Ich bin nicht mehr der Kel, der ich mal war.*

Der Gedanke gefiel ihm.

Luc küsste ihn. Seine Lippen waren warm und weich auf Kels Mund, seine Hände strichen sanft über Kels Rücken. „Du hast meine Frage nicht beantwortet."

Kel seufzte. „Lektion gelernt." Er griff nach seinen Shorts, um sie hochzuziehen, aber Luc hielt ihn davon ab.

„Wie wär's, wenn wir ins Bett gehen und ein bisschen schmusen?"

Kel konnte sich nichts Besseres vorstellen.

Die Tracht Prügel von gestern hatte keine echten Nachwirkungen hinterlassen, abgesehen von einem roten Kopf, wenn er an Lucs Hand auf seinem Hinterteil dachte. Luc war heute Morgen früh aus dem Haus gegangen, um zu einer Besprechung nach Charlotte zu fahren. Aber nach der Zeit zu schließen, die er gebraucht hatte, um seinen Hintern in Bewegung zu setzen, widerstrebte es ihm offensichtlich, Kel für den Tag allein zu lassen.

Kel wusste genau, wie es Luc ging. Ihre Nachtruhe war von Perioden des Wachseins gestört worden, und das hatte zu weiteren Aktivitäten geführt. Kels liebste Erinnerung war der Moment, an dem er aus einem leichten Schlaf erwacht war und festgestellt hatte, dass Luc bereits in ihm war, sein allmähliches Eindringen erleichtert durch die letzte Ladung, die er unter Einsatz eines Butt-Plugs dort hinterlassen hatte. Sie hatten kein Wort gesprochen. Luc hatte ihn nur sanft auf die Schulter und den Nacken geküsst, während er behutsam in Kels Körper ein und aus glitt, und das mit einer Ehrfurcht, die ihm das Gefühl gab, das Kostbarste auf Erden zu sein.

Er wollte nicht, dass es endete.

Das letzte, was Luc heute Morgen beim Hinausgehen gesagt hatte, war: „Benimm dich heute." Aber er hatte dabei ein Funkeln in den Augen gehabt.

Kel hatte gegrinst. „Ich versuch's."

Das Telefon klingelte und riss ihn aus seinen angenehmen Erinnerungen. Er lächelte, da er halb damit rechnete, Lucs Namen auf dem Display zu sehen. Er will sich für gestern revanchieren.

Troys Namen dort zu sehen machte ihn vor Schreck sprachlos.

Kel brauchte einen Moment, um zu reagieren. Er drückte auf ‚Annehmen'. „Hey." Er hatte nicht mehr mit Troy gesprochen, seit sich nach dem Abschluss an der MACU ihre Wege getrennt hatten. Zu Kels Schande war Troys E-Mail von März unbeantwortet geblieben.

„Hey. Hast du gerade Zeit für meinen Anruf?"

„Klar."

„Also, ich komme demnächst zufällig durch Elon – das heißt, falls du noch dort wohnst – und ich wollte fragen, ob wir uns auf einen Kaffee treffen könnten oder so?"

„Ja, ich bin immer noch hier." Für den Moment jedenfalls. „Wann kommst du nach Elon?"

Troy lachte leise. „Ähm, heute Nachmittag."

Kel lachte. „Aha, immer noch alles auf den letzten Drücker." Es war, als wären die Jahre, seit er Troy zum letzten Mal gesehen hatte, wie weggeblasen.

„Klar doch. Hast du dir schon überlegt, wo wir uns treffen wollen, oder soll ich etwas vorschlagen?"

„Darf ich das dir überlassen?"

Kel wusste genau, wo sie hingehen würden. „Stehst du immer noch auf Krispy Kreme? Die haben nämlich ein Café in Burlington."

Troy stöhnte auf. „Gott, bist du fies. Als ob ich da nein sagen könnte. Passt es dir um drei?"

„Drei Uhr geht klar. Bis dann." Kel legte auf, immer noch lächelnd. Es würde schön sein, Troy wiederzusehen und zu hören, wie es ihm ergangen war. Als Erstes würde Kel ihn fragen, was ihn nach North Carolina führte. Seines Wissens nach hatte Troy nach Tennessee gewollt.

Dann kam ihm etwas in den Sinn. Troy schien sich zwar nicht sehr verändert zu haben, aber für *ihn* galt das mit Sicherheit nicht. *Wie ehrlich kann ich zu ihm sein?* Kel hatte sich so lange vor seinen Mitstudenten versteckt, dass es ihm fast zur zweiten Natur geworden war. Aber das war Vergangenheit.

Hieß das, dass er sich selbst treu sein konnte? Kein Verstecken mehr?

Kel würde das spontan entscheiden.

Troys Augen leuchteten auf, als er die Donuts auf Kels Tablett sah. „Dunkle Schokolade mit dunklem Schokoguss. Du hast dran gedacht."

Kel lachte. „Deine süße Sünde. Wie könnte ich das vergessen?" Er stellte die Kaffees auf den Tisch und setzte sich Troy gegenüber. Troy hatte sich vom Aussehen her kaum verändert. Immer noch derselbe schwarze Wuschelkopf und diese durchdringenden blauen Augen. Kein Wunder, dass ich so hingerissen von ihm war. Troy war richtig, richtig hübsch.

„Das mit deinen Eltern tut mir leid", sagte Troy plötzlich, ohne Kel in die Augen zu sehen. „Es muss ein schwerer Schlag für dich gewesen sein."

„Es stimmt schon, was man sagt. Zeit heilt alle Wunden", gab Kel mit leiser Stimme zu. „Nur tut sie das eben langsam, das ist alles." Er wollte nicht über seine Eltern reden. „Wie auch immer. Sag mir lieber, was es bei dir Neues gibt. Zum Beispiel, was bringt dich ausgerechnet hier her?"

„Zwei Dinge, eigentlich. Das Wichtigste ist… ich habe jemanden kennengelernt." Troys cremefarbener Teint rötete sich.

„Das ist großartig!"

Troys Lächeln erhellte sein gutaussehendes Gesicht. „*Sie* ist großartig. Ihr Name ist Ruth, und sie wohnt in Raleigh."

„A-ha. Das erklärt alles. Du bist unterwegs zu ihr."

„Nicht direkt." Troy trank einen Schluck Kaffee. „Kel, sie ist… sie ist der tollste Mensch, den ich je getroffen habe. Sie ist so… einfühlsam. Sie hat mir geholfen, ein paar schwierige Entscheidungen über meine Zukunft zu treffen, indem sie einfach nur zugehört und mir gute Ratschläge gegeben hat. Und ich kann's kaum erwarten, den Rest meines Lebens mit ihr zu verbringen." Er seufzte. „Ich hasse es, von ihr getrennt zu sein, aber es ist nicht mehr für lange. Mich in sie zu verlieben war das Beste, was ich je getan habe. Sie macht mich zu einem besseren Ich, falls das nicht zu abgefahren klingt."

Kel musste lächeln. „Ich find's schön, wie dein Gesicht leuchtet, wenn du von ihr sprichst."

Troy lachte leise. „Hör auf, du machst mich ganz verlegen. Und wart's nur ab. Eines Tages lernst du auch mal jemanden kennen, der *dich* von innen her leuchten lässt."

Kel starrte ihn mit pochendem Herzen an. „Und was… und was, wenn das schon passiert ist?" Sein Pulsschlag beschleunigte sich.

Troy machte große Augen. „Ernsthaft? Oh, das ist fantastisch. Wie heißt sie?"

Das ließ Kels Herz hämmern. Er holte ein paarmal tief Luft. „Es ist keine sie. Es ist ein er." *Gott, ich fass' es nicht, dass ich das gesagt habe.*

Troy verstummte und starrte ihn mit offenem Mund an, als wäre ihm das Gesicht eingefroren, und Kel trat der Schweiß auf die Stirn. *Verdammt. Hätte ich mal besser die Klappe gehalten, ich Blödmann.* Aber bevor er ein weiteres Wort stammeln konnte, taute Troy auf und lächelte ihn zögernd an.

„Ich kann nicht sagen, dass ich überrascht bin."

Kel brauchte ein, zwei Sekunden, um zu registrieren, was Troy eben gesagt hatte. „Wie bitte?"

Troy seufzte. „Irgendwie hab' ich das immer geahnt. Eine Zeitlang hab' ich sogar gedacht... ich hab' gedacht, du fühlst dich zu mir hingezogen. Es war nur so ein Gefühl, nichts weiter, und ich hab' dich nie drauf angesprochen."

Kel hatte nicht die Absicht, irgendwas zuzugeben. „Oh wow", sagte er mit einem nervösen Kichern.

Troy betrachtete ihn mit warmem Blick. „Ich glaube, du hast dir einen schwierigen Weg ausgesucht, aber ich bin froh, dass du glücklich bist. Du bist doch glücklich, oder? Ist er... behandelt er dich gut?"

Kel lächelte. „So, wie du Ruth beschreibst? Ich glaube, sie und Luc sind aus demselben Holz geschnitzt. Er macht mich *eindeutig* zu einem besseren Ich."

Troy atmete auf. „Oh, das ist toll."

Kel sah ihn forschend an. „Ich muss sagen, mit so einer Reaktion von dir hatte ich ganz und gar nicht gerechnet." Was wahrscheinlich die Untertreibung des Jahres war.

Troys Lippen zuckten. „Lass mich raten. Du hast auf eine Moralpredigt mit Feuer und Schwefel gewartet?"

„So in etwa, ja."

Troy faltete die Hände vor sich auf der Tischplatte. „Nun, zum einen sind nicht alle Christen gleich. Und zum anderen, das hängt gewissermaßen mit dem zweiten Grund zusammen, warum ich nach Raleigh unterwegs bin. Weißt du, ich wollte eigentlich mit einem Prediger in Tennessee zusammenarbeiten, nur…"

„Daran kann ich mich erinnern. Hat sich das zerschlagen oder so?"

Troys Blick wurde düster. „Nein, es hat sich nicht zerschlagen. Ich bin hingegangen und habe ein paar Wochen dort verbracht, die Gemeinde kennengelernt, den Prediger, seine Familie…" Er verzog das Gesicht. „Einige von ihren Ansichten kamen mir nicht wirklich christlich vor. Vor allem, wenn es um ‚liebe deinen Nächsten' ging. Das war okay – solange besagter Nächster nicht schwul war, oder lesbisch, oder bi, oder transgender, oder" –

Kel hob die Hand. „Hab's kapiert."

Troy nickte niedergeschlagen. „Ich habe viel Zeit im Gebet darüber verbracht. Und dann hatte ich eines Tages das Gefühl, der Herr fordert mich auf, mich woanders umzuschauen. Also habe ich beschlossen, mir eine andere Gemeinde zu suchen." Seine Miene erhellte sich. „Und ich habe eine gefunden. St. John's Metropolitan Community Church in Raleigh. Da geht Ruth auch hin. Dort ist jeder willkommen." Er warf

Kel ein schüchternes Lächeln zu. „Wir würden uns freuen, dich bei uns zu haben."

Insgeheim war Kel sich nicht sicher, ob er dafür bereit war. „Ich werde darüber nachdenken", sagte er höflich. Glücklicherweise wechselte Troy das Thema und sie sprachen darüber, dass Kel sein Studium beenden wollte und welche Karrierechancen ihm offen standen, wenn er erstmal seinen Abschluss hatte. Als Kel auf sein Handy schaute, stellte er erstaunt fest, dass sie sich schon seit zwei Stunden unterhielten. Inzwischen waren sie bei der zweiten Runde Kaffee und hatten jeder zwei oder drei Donuts verdrückt.

„Ich geh' jetzt mal besser nach Hause." Luc würde bis dahin auch zuhause sein und sich fragen, wo Kel war.

„Natürlich. Danke, dass du dich mit mir getroffen hast. Ich hatte mich davor gefürchtet, um ehrlich zu sein."

„Warum?" Kel runzelte die Stirn.

„Weil du deine Eltern verloren hast und ich dachte, du bist vielleicht... deprimiert. Aber ich sehe schon, dieser Luc ist wirklich gut für dich."

„Das ist er", bestätigte Kel. „Und mich in ihn zu verlieben war das Beste, was ich je getan habe." Er konnte es nicht länger leugnen. Er hatte sich in Luc verliebt, mit Herz, Leib und Seele.

„Und empfindet er dasselbe für dich?"

Kels Brust wurde eng. „Das weiß ich nicht", antwortete er wahrheitsgemäß. „Er mag mich, das ist offensichtlich. Aber ob es Liebe ist?" Er hoffte es. Gott, das hoffte er von ganzem Herzen.

Troy umarmte ihn und drückte ihn fest an sich. „Ich

werde dafür beten, dass es Liebe ist", flüsterte er, dann ließ er ihn los „Und jetzt versprich mir, dass du mit mir in Kontakt bleibst und mich auf dem Laufenden hältst."

Kel nickte. „Versprochen. Solange du versprichst, mir eine Einladung zur Hochzeit zu schicken." Er grinste.

Troys Wangen standen in Flammen. „Du hörst dich an wie Ruths Eltern. Sie fragen ständig, wann wir mal einen Termin festlegen wollen." Seine Augen funkelten. „Hey... wir könnten doch eine Doppelhochzeit daraus machen."

Kel verdrehte die Augen. „Oha, Speedy. Nicht so hastig."

Troy kicherte. „Ich mein' ja nur." Er warf einen Blick auf ihren Tisch. „Haben wir wirklich zusammen sechs Donuts gegessen?"

Kel schnaufte. „Erinnere mich nicht daran. Luc wird wissen wollen, warum ich keinen Hunger habe."

Troy seufzte tief. „Vor Ruth kann ich nichts geheim halten. Es ist, als würde sie mich sofort durchschauen."

Kel kannte dieses Gefühl nur zu gut.

Kel startete die Geschirrspülmaschine und ging dann in den Wohnbereich. Es war ein sehr warmer Abend, und Luc saß nur in knappen Shorts auf der Couch. Er trug seine Lesebrille, was ihn – wie Kel zugeben musste –noch sexier wirken ließ.

Luc legte sein Buch mit der Schriftseite nach unten beiseite und blickte lächelnd auf, als Kel sich der

Couch näherte. „Hey. In der Küche alles aufgeräumt?"

Kel nickte. Er hatte gleich mit den Abendessens-Vorbereitungen angefangen, als er nach Hause gekommen war. Da war nicht viel Zeit für Gespräche geblieben. Nicht, dass er Lust zum Reden gehabt hätte. Seit dem Treffen mit Troy hatte er nichts weiter getan, als über Luc nachzudenken.

Was empfindet er wirklich *für mich? Ich meine, ich kann ja nicht einfach hingehen und ihn fragen, ob er mich liebt. Das klingt… falsch.* Aber seine eigenen Gefühle zu verbergen kam ihm genauso falsch vor.

„Was liest du da?"

Lucs Lächeln war immer noch genauso strahlend. „Erinnerst du dich noch an den Film, den wir gesehen haben? Den total kitschigen über diesen Hund?"

Kel kicherte. „Wie könnte ich den vergessen?"

„Na ja, der hat mich wieder an das Buch denken lassen. Es ist schon ziemlich lange her, seit ich es gelesen habe. Also… ich entdecke es gerade neu." Er legte den Kopf schief. „Möchtest du fernsehen?"

Ich weiß nicht genau, was ich will. Dann kam ihm ein Gedanke. „Weißt du was? Würdest du es mir vorlesen?"

Luc strahlte vor Freude. „Wirklich?"

Das gab den Ausschlag. „Wirklich. Für alles andere ist es viel zu heiß."

Luc deutete auf sein Hemd. „Dann zieh' das aus und setz dich zu mir."

Kel hatte eine viel bessere Idee. Er zog sein T-Shirt aus und legte sich hin, den Kopf in Lucs Schoß und die Füße auf der Armlehne des Sofas. „Wie wär's damit? Ist das in Ordnung?"

Lucs Lächeln machte deutlich, dass es sehr in Ordnung war.

Kel machte es sich bequem. Luc legte ihm einen Arm über die Taille und hielt das Buch mit seiner freien Hand. Er begann in ruhigem, gleichmäßigem Tempo zu lesen, und Kel verlor sich in den Worten, in Lucs Stimme, Lucs Wärme, Lucs Duft und im Gefühl von Lucs Körper unter ihm.

Ich könnte tagelang so daliegen.

Er schloss die Augen und konzentrierte sich auf den Klang von Lucs Stimme, bis sie in seine Knochen einsickerte und er in einen tiefen, erholsamen Schlaf fiel. Lucs Finger spielten sanft mit seinem Haar.

Kels letzter bewusster Gedanke vor dem Einschlafen galt Luc.

Bitte mach, dass er mich auch liebt.

Kapitel 24

Irgendwas war anders, und Luc hätte nur zu gern den Grund dafür gewusst.

Kel war stiller, mehr in sich gekehrt, und das war normalerweise ein Zeichen dafür, dass er den Kopf voll hatte. Aber die Signale waren verwirrend. Zum einen gab es sehr viel körperliche Nähe. Abende, an denen sie auf der Couch saßen, Kels Kopf in seinem Schoß oder noch öfter, Kels Kopf an seiner Brust, während Luc ihn in den Armen hielt.

Nicht, dass Luc sich beschweren wollte. Ein Abend mit seinem Boy im Arm war seiner Meinung nach verdammt perfekt. Aber er musste sich trotzdem fragen, was dieses Bedürfnis nach Nähe geweckt hatte.

Dann war da der Sex.

Es war, als wäre in Kel ein Schalter umgelegt worden, und soweit Luc das beurteilen konnte, ging das bis zu dem Abend zurück, an dem er ihm den Hintern versohlt hatte. Luc konnte nicht fassen, wie sehr er sich seither verändert hatte. Die plausibelste Erklärung, die ihm dafür einfiel, war die Tatsache, dass Kel endlich seine anfängliche Furcht überwunden hatte, der Wunsch nach hartem Sex würde ihn irgendwie sittlich verdorben machen. Wie gestern Abend, zum Beispiel. Der Junge, der ihn geritten hatte, hatte keine Bedenken gehabt, eine unsanfte Behandlung von ihm zu fordern. Das hatte damit geendet, dass Luc ihn gründlich durchgebumst und ihn dann mit seiner Wichse gefüllt hatte.

Nur eins hätte das Ganze noch besser machen können, aber Luc hatte nicht die Absicht, Kel diesbezüglich zu drängen. Es reichte, dass Luc inzwischen soweit war, sich eingestehen zu können, dass er Kel liebte. Bis dahin wollte er Kel unmissverständlich klar machen, dass er nirgendwo hingehen würde und dass während Kels Abwesenheit niemand anders sein Bett teilen würde.

Aber Kel zu sagen, dass er ihn liebte?

Ihr Altersunterschied war Luc scheißegal – meistens. Aber wenn der Drang besonders stark war, seine Gefühle zu offenbaren, *dann* dachte er daran. Ein Vierundzwanzigjähriger, der sein ganzes Leben noch vor sich hatte, würde nicht an einen siebenundvierzigjährigen Typen gebunden sein wollen. Es spielte keine Rolle, dass Kel mit ihrem gemeinsamen Leben rundum glücklich zu sein schien.

Sich ein Haus zu teilen war die eine Sache. Liebe und Leben miteinander zu teilen eine ganz andere. Und Luc hatte nicht die Absicht, mit irgendwelchen tiefempfundenen Erklärungen Staub aufzuwirbeln.

Die Sonne brannte ihm auf den Rücken, er hatte ein großes, kaltes Getränk griffbereit und sein nackter Boy lag in Reichweite neben ihm.

Perfekter Augusttag.

Als ein warmer Körper sich rittlings auf seinen Hintern setzte und glitschige Hände über warme Haut glitten, stieß Luc einen zufriedenen Seufzer aus. Okay – *jetzt* war der Tag perfekt.

Kel beugte sich vor. „Sollst ja schließlich keinen Sonnenbrand kriegen, nicht?" Er verrieb das Sonnenöl auf Lucs Schultern und machte auch gleich eine Spontan-Massage daraus.

Luc ließ den Kopf über die Kante der Liege hängen, schloss die Augen und verlor sich in Kels sinnlicher Berührung. „Du kannst das gut."

Kel lachte leise. „Vielleicht ist das meine Berufung. Ich sollte mein Studium vergessen und stattdessen Masseur werden. Ein eigenes Geschäft aufmachen. Könnte ziemlich erfolgreich werden."

„Untersteh' dich."

Kels Atem kitzelte sein Ohr und sein warmer Körper schmiegte sich an Lucs Rücken, als Kel sich träge zu wiegen begann. Das Glitschen und Gleiten ihrer Körper war verdammt sexy. Noch wichtiger, er fühlte den heißen, harten Schaft, der durch seine Poritze glitt und eine ganz andere Art von Hitze in ihm hochkriechen ließ.

„Willst du damit sagen, dass ich nicht Masseur werden kann?"

Luc seufzte. „Du kannst alles werden, was dich glücklich macht. Mehr will ich gar nicht für dich." Dann erschauerte er, als Kel weiche Lippen auf seinen Nacken presste. „T-tu das nicht."

„Oh, das hatte ich ganz vergessen." Kel gab ein boshaftes Kichern von sich. „Luc hat einen Hotspot", trällerte er und tat es gleich nochmal, nur dass er diesmal seinen Unterleib wellenförmig bewegte, sodass sein knüppelharter Ständer Lucs Rosette streifte.

„Nicht rumspielen", warnte Luc und versuchte, mit fester Stimme zu sprechen. Dabei wollte er jetzt nur noch Kels Schwanz in sich fühlen.

„Aber es macht Spaß", flüsterte Kel. Sein Atem strich durch Lucs Nackenhaare, was ihn erschauern ließ.

Luc beschloss, sich nicht ficken zu lassen. Zum Teufel damit. Er hatte eine weitere Lektion zu erteilen. „Mach das nochmal, und du kommst mir nicht ungefickt von dieser Liege." Die Worte kamen als leises Knurren heraus.

Kel kam kurz ins Stocken, doch dann erschauerte Luc, als Kel seinen Nacken küsste. Luc reagierte prompt, stemmte sich hoch und warf sich auf den Rücken. Er packte Kel am Hinterkopf bei den Haaren, hielt ihn fest und genoss Kels Luftschnappen.

„So, du willst spielen? Na schön. Spielen wir." Er grinste. „Setz dich auf mein Gesicht."

Kel blinzelte. „Du willst das… hier draußen machen? Sollen wir dafür nicht lieber reingehen?"

Luc zog die Augenbrauen hoch. „Warum so schüchtern? Ich hab' dir im Pool einen geblasen, schon vergessen?"

Kel machte große Augen. „Ein Blowjob im Pool ist ziemlich schnell vorbei. Denkst du etwa, ich kann lange still bleiben, wenn du…" Er senkte die Stimme, „…wenn du mich *fickst*? Das hören die Nachbarn ganz bestimmt."

Luc lachte leise. „Ja, du bist nicht gerade leise, wenn du gevögelt wirst, was? Na gut… dann arbeitest du besser daran, wenn du nicht willst, dass die Nachbarn angerannt kommen und wissen wollen, warum sich hier jemand die Lunge aus dem Hals schreit."

„Luc", jammerte Kel, „ich kann nicht still bleiben,

wenn du mich leckst."

„Keine Sorge, das mache ich nicht lange. Ich habe etwas anderes vor. Jetzt schaff deinen Arsch hier rauf, wo ich drankomme."

Kel schluckte krampfhaft, aber dann stand er auf und stellte sich über Lucs Kopf. Er ging in die Hocke, und da war dieses enge, kleine Loch und zog sich zusammen, wartete nur auf Lucs Zunge. Luc spreizte Kels Pobacken und tauchte voll ein, wenn er auch nicht so viele anerkennende Geräusche von sich gab wie sonst. Kel erschauerte über ihm. Ein Beben rann durch seinen Körper, aber nur ein leises Wimmern drang über seine Lippen.

Luc drückte mit der Zunge gegen den Muskel, belustigt, dass Kel sich vor und zurück wiegte und seine Pobacken selbst mit beiden Händen auseinanderzog. Das passte Luc gut in den Kram. Er packte Kel an der Taille, hielt ihn fest und fickte ihn hemmungslos mit der Zunge, bis Kel sich unaufhörlich bewegte. Dann ließ Luc ihn los und holte tief Luft.

„Jetzt stellst du dich da hin und holst dir einen runter."

Kel starrte ihn an. „Aber…"

Luc sah ihn unnachgiebig an. „Tu es. Und ich will eine anständige Fuhre sehen. Die wirst du brauchen."

Kel fasste nach seinem Schwanz und begann zu reiben, die Füße auseinander, den Blick auf Luc geheftet.

„Gut so", sagte Luc anerkennend. Er bewegte eine Hand langsam an seinem Schaft auf und ab und streichelte sich mit der anderen die Brust, hielt inne, um seine Nippel zu reizen. Kel keuchte leise auf und

Luc fixierte ihn mit festem Blick. „Hör nicht auf. Ich mache gerade meinen Schwanz schön hart, damit ich diesen engen, kleinen Arsch ficken kann. Das willst du doch, oder? Meinen Schwanz in deinem süßen kleinen Loch?"

Kels Stöhnen steigerte nur Lucs bereits ausferndes Verlangen. „Luc", flehte er, und seine Hand bewegte sich schneller.

Luc kniff sich nochmal in die Brustwarze, und er hätte schwören können, dass er das durch seinen ganzen Schaft spürte. „Ja. Ich steck' ihn dir rein bis zu den Eiern. Das gefällt dir, nicht wahr, wenn ich tief drin bin? Wenn ich dir mit meinem dicken Ding den Arsch aufreiße?"

„Luc!" Kels Hand war fast ein verschwommener Fleck.

Luc spuckte in seine Hand und bearbeitete seinen Schaft. Er stellte fest, dass Kel den Blick nicht losreißen konnte. „So hart für dich. Hatte noch nie jemanden, der mich so hart macht wie du."

Kel keuchte. Seine Brust hob und senkte sich, sein Mund war leicht geöffnet.

Luc heftete den Blick auf seinen schönen Boy. „Hab' noch keinem außer dir meine Ladung reingespritzt. Das ist die Wahrheit."

Kel verdrehte die Augen und japste: „Ich komme."

Luc war augenblicklich auf den Füßen, die Hand um Kels Schwanz. „Dann komm. Komm in meine Hand. Gib mir diese warme Wichse."

Kel stieß einen leisen Schrei aus und kam heftig. Er zitterte am ganzen Körper, als er sein warmes Sperma stoßweise in Lucs hohle Hand spritzte. Luc packte ihn am Genick, zog ihn an sich und küsste ihn, stieß ihm seine Zunge tief in den Mund. Kel stöhnte in den Kuss und sein Körper zuckte immer noch unter der Wucht seines Orgasmus. Luc küsste und streichelte ihn, bis Kels Schwanz ein bisschen erschlafft war und er wieder ruhiger atmete.

Luc ließ ihn los und deutete auf die Liege. „Ich will dich mit dem Gesicht nach unten, Arsch hoch, Kopf über die Kante." Er schmierte sich den Schwanz mit Kels Sperma ein und Kel machte große Augen. „Es wär' vielleicht eine gute Idee, wenn du auf deine Hand beißen oder dir ein Handtuch in den Mund stopfen würdest, falls du denkst, du bist sonst zu laut. Das wird nämlich ein harter, schneller Fick." Er war zu dicht davor für alles andere.

Kel befolgte die Anweisungen, die Knie so weit auseinander, wie es die Liege zuließ, den Hintern genau da, wo Luc ihn haben wollte. Luc sagte kein Wort, sondern steckte ihm gleich zwei glitschige Finger rein. Er wusste, dass Kel das vertragen konnte. Es war noch gar nicht lange her, seit sie zum letzten Mal gevögelt hatten.

Luc kniete sich auf die Liege, dankbar für die solide Holzkonstruktion und die dicken Sitzkissen. Nicht, dass er sie gezielt deswegen ausgesucht hätte, um darauf zu ficken, und ‚hält höchsten Belastungen bei sexuellen Aktivitäten stand' war definitiv nicht in der Produktbeschreibung aufgeführt. Er brachte seinen Schwanz in Position und hielt Kel an den Hüften fest, als er mit einem einzigen, langen Stoß in ihn eindrang. Kel keuchte auf, doch nur ein ganz leises Wimmern entschlüpfte ihm.

„So ist's brav", lobte Luc, dann zog er sich ganz zurück, nur um Kel gleich wieder mit einem tiefen

Stoß aufzuspießen, freihändig. Sein Schwanz war so hart, dass er wehtat. Er machte weiter, bis Kel laut und stoßweise atmete und sich ihm entgegen warf. Luc erlag seinem Verlangen nach einem harten Fick und rammte sich in Kels Körper. Auf den Aufprall folgten ein paar heftige, kurze Stöße, begleitet von Kels unterdrücktem Stöhnen. Als Luc ihm mit einer Hand den Mund zuhielt, wurde das Stöhnen lauter.

Es war aufregend und berauschend und trieb Luc an den Rand des Orgasmus. Aber bevor er an den Punkt ohne Wiederkehr kam, zog er sich aus Kels Körper zurück und warf ihn auf den Rücken. Er packte Kels Knöchel, legte sich seine Füße an die Schultern und beugte sich vor, bis Kel ganz zusammengekrümmt war, dann stieß er seinen Schwanz wieder bis zum Anschlag in ihn rein.

„Fuck!" Der Kraftausdruck, der Kel fast nie über die Lippen kam, wurde ihm durch die Wucht von Lucs Stoß entrissen. „Oh, lieber Gott, bist du tief drin."

Luc sagte nichts, sondern bewegte die Hüften und fickte Kel mit langen Stößen, klatschte jedes Mal gegen Kels Körper. Kels Finger gruben sich in die festen Muskeln seiner Oberschenkel; sein Mund und seine Augen waren weit offen. Luc hielt ihm wieder den Mund zu, und diese wunderschönen Augen waren ganz auf ihn konzentriert, als Lucs Hüften pumpten, als er sich in diesen hinreißenden Hintern rammte, als Kels Körper sich um seinen Schaft herum zusammenzog.

Kels Stöhnen wurde lauter, erstickt von Lucs Hand, und Luc wusste, dass er kurz davor war. „Fass dich an", keuchte er. Kel griff nach seinem Schwanz und rieb ein-, zwei Mal, und das reichte schon, um ihn zum zweiten Mal kommen zu lassen. Luc unterdrückte ein lustvolles Stöhnen. Es war ein köstliches Gefühl, so tief in Kels Körper zu stecken, der ihn jetzt noch enger umfing als vorhin, seinen Schaft ausquetschte. Er warf den Kopf zurück, als er tief in Kel abspritzte, und erschauerte bei jedem Pulsieren, das durch seinen Penis ging.

Luc kippte nach vorn, Kels Beine um seine Taille, und sie klammerten sich aneinander, beide schweißgebadet und verschmiert mit Kels Sperma. Keiner von beiden sagte etwas. Die Stille des

Gartens wurde nur von schrillem Vogelgezwitscher, dem Brummen eines Rasenmähers in der Nähe und von Kinderlachen auf der Straße gestört. Luc konnte den Blick nicht von Kels Gesicht losreißen. Er schien von innen her zu strahlen, und seine Augen leuchteten. Und in diesem Moment wollte Luc einmal mehr mit der Wahrheit herausplatzen und seine Seele entblößen.

Dann brach Kel den Bann, und der Moment war vorüber. „Und... glaubst du, sie haben was gehört?"

Luc streichelte Kels weichen Bart, der jetzt viel dichter war als vor all den Monaten. „Hörst du sie ihre Mistgabeln wetzen?"

Kel legte den Kopf schief, als würde er angestrengt lauschen. „Ähm... Nein."

Luc wischte sich die Stirn. „Puh. Dann sind wir wohl damit durchgekommen, glaube ich." Er setzte sich auf und nahm Kel dabei mit.

Kel kicherte und sah ihm in die Augen. „Nicht zu fassen, dass ich mich im Garten von dir ficken lassen habe."

Luc lachte leise. „Und du hast es genossen."

„Jede Sekunde davon. Aber Gott, wie viel Mühe es gekostet hat, leise zu sein."

„Das ist okay. Dafür wirst du gleich umso lauter sein."

Kel runzelte die Stirn. „Ach ja? Warum sollte ich?"

Luc grinste. „Weil ich jetzt das hier mache." Und mit einer raschen Bewegung hob er Kel hoch, trug ihn die paar Schritte bis zum Pool und schmiss ihn am tiefen Ende ins Wasser. Kels Kreischen und Geschrei erfüllte die Luft und Luc sprang ihm nach. Das kalte Wasser war wie ein Schock, als es über seinem erhitzten Körper zusammenschlug.

Kel kam hustend und spuckend am flachen Ende hoch und schüttelte sich das Wasser aus den Haaren. „Du… du…"

Luc schwamm zu ihm hinüber. Er schnalzte missbilligend mit der Zunge. „Vorsicht. Du hast heute schon ‚Fuck' gesagt. Mach es nicht noch schlimmer." Und bevor Kel noch ein weiteres Wort sagen konnte, nahm Luc ihn in die Arme und küsste ihn, legte alle Bekenntnisse seiner Liebe in den Kuss, zu denen er sich noch nicht überwinden konnte. Kel klammerte sich mit beiden Armen an seinem Hals fest, hob die Beine, um sie um Lucs Taille zu schlingen, und erwiderte den Kuss.

„Was im Namen des Allmächtigen geht hier vor?"

Kel erstarrte in Lucs Armen und drehte ruckartig den Kopf in Richtung dieser durchdringenden Stimme. „Oh Gott", sagte er schwach, die Augen weit aufgerissen. Er befreite sich aus Lucs Griff und stellte sich auf die Füße. Das Wasser reichte ihm bis zur Taille.

Luc brauchte nicht dreimal zu raten, was die Identität

ihres ungebetenen Gastes betraf. „Ich mach' das schon", sagte er leise und watete zum Beckenrand.

Zu seiner Überraschung holte Kel ihn ein, fasste ihn am Arm und hielt ihn entschlossen zurück. „Nein. Du bleibst hier. Das ist *meine* Sache." Luc öffnete den Mund, um zu protestieren, aber Kel legte ihm einen Finger auf die Lippen. „Ich mein's ernst. Warte hier auf mich. Ich bin gleich wieder da." Und damit watete er zu den Stufen am anderen Ende und stieg aus dem Pool.

Lucs Herz pochte, aber trotz seiner Panik betrachtete er Kel mit Stolz.

Du schöner, tapferer, wunderbarer Junge.

Kel nahm ein Handtuch von der Liege und wickelte es sich um die Hüften, um eine Ruhe bemüht, die er nicht empfand. Sein Großvater starrte ihn immer noch an, mit offenem Mund und vor Zorn funkelnden Augen.

Kel atmete tief durch. „Opa. Gehen wir ins Haus, okay?"

Sein Großvater machte mehrmals hintereinander den Mund auf und zu, und die Ähnlichkeit mit einem Fisch brachte Kel dem Lachen gefährlich nah. Glücklicherweise nickte er dann zustimmend und Kel ging über die Veranda zur Glastür und trat beiseite, um ihn vorgehen zu lassen. Er warf einen Blick zum Pool, wo Luc bei den Zypressen stand und zusah. Kel nickte ihm beruhigend zu und folgte dann seinem Großvater ins Haus. Sein Puls raste.

Er hatte nicht mal Zeit, die Tür zu schließen, da fing sein Großvater auch schon an, wobei seine Stimme immer höher wurde. „Also deshalb habe ich nichts von dir gehört." Seine Augen funkelten immer noch. „Jetzt wird mir alles klar. Wie lange läuft diese… Perversion schon?"

Kel traute im Moment seiner Stimme nicht. Außerdem würde sein Großvater ihn wahrscheinlich sowieso nicht zu Wort kommen lassen, also setzte er sich auf die Couch und wartete.

Großvater ging vor dem offenen Kamin auf und ab. „Ich bin hergekommen, weil ich mir Sorgen gemacht habe. Ich habe dich allein gelassen, weil ich dich nicht in deiner Trauer stören wollte. Aber als ich kein Wort von dir gehört habe, beschloss ich, nachzusehen, ob alles in Ordnung ist. Und was finde ich? Ein Haus ohne Lebenszeichen. Kein Essen. Offensichtlich unbewohnt. Was mich nur in Panik versetzt hat."

Es war Kel nicht in den Sinn gekommen, dass sein Großvater einen Schlüssel hatte.

„Und dann habe ich dich gehört. Dein Lachen. Ich war sehr erleichtert und habe mich auf die Suche nach dir gemacht. Und was habe ich gefunden? Dich… nackt… und wie du einen Mann küsst. Du… du Scheusal!"

Und plötzlich fand Kel seine Stimme wieder.

„Ich habe mich schon gefragt, wie lange es wohl dauert, bis dieses Wort ausgesprochen wird."

Sein Großvater versteifte sich, den Mund noch offen. Kel wartete nicht, bis er neuen Aufschwung bekam. „Ich erwarte kein Verständnis von dir. Ich kenne deine Ansichten. Schließlich bin ich mit ihnen aufgewachsen." Es erstaunte ihn, wie ruhig er klang. „Dann weißt du ja, wozu das führen wird." Sein

Großvater kniff die Augen zusammen und deutete mit einem knochigen Finger auf ihn. „Christus wird dich verstoßen."

Kel holte nochmal tief Luft. „Warum sollte er mich verstoßen? Er hat schließlich nie gegen Homosexualität gepredigt, oder?" Großvaters Gesicht wurde dunkelrot, aber er sagte nichts, und Kel nickte bedächtig. „Du vergisst, ich bin mit der Heiligen Schrift aufgewachsen und habe alles zu diesem Thema gehört. Jesus hat nie über Homosexualität gesprochen, also erzähl mir bitte nicht, was er davon gehalten hat, denn das weißt du nicht. Keiner von uns weiß das." Er seufzte. „Weißt du, wie lange ich gegen diese Gefühle angekämpft habe? Ich wollte nicht schwul sein."

„Dann bete jetzt mit mir." Großvater streckte ihm die Hand hin. „Gemeinsam können wir das überwinden."

Kel schloss für einen Moment die Augen und suchte nach Worten. Er hob den Kopf und sah seinem Großvater in die Augen. „Ich will es aber nicht überwinden. So bin ich." Er deutete auf sich. „So hat Gott mich gemacht. Und wenn du mir jetzt erzählen willst, dass es eine bewusste Entscheidung ist – spar dir deine Worte, denn darüber werden wir nie einer Meinung sein. Deshalb glaube ich, du solltest jetzt gehen."

„Du... du schickst mich weg?"

Kel seufzte erneut. „Du kannst gerne wiederkommen, falls du je deine Meinung änderst. Aber wenn du nur über mich urteilen willst, ist es meiner Meinung nach das Beste, wenn wir uns nicht wiedersehen."

Großvater starrte ihn fassungslos an. „Aber... wir sind eine Familie."

Kel deutete auf die Glastür. „Der Mann da draußen ist meine Familie. Mehr brauche ich nicht."

Sein Großvater schluckte. „Ich verstehe, und zwar besser, als du denkst. Du hast deinen Vater verloren, und dieser... Mann ist ein Ersatzvater für dich geworden. Aber jetzt verwechselst du deine Gefühle für ihn, und er hat das ausgenutzt." Großvaters Blick verdüsterte sich und er machte ein finsteres Gesicht.

Kel verkniff sich ein Lächeln. „Nur, dass er nicht derjenige war, der als Erster irgendwas ausgenutzt hat. Also, wie gesagt, es ist besser, wenn du gehst." Er stand auf. „Ich bring' dich raus." Wie seine Beine ihn tragen konnten, ohne zu zittern, würde ihm immer ein Rätsel bleiben.

„Kelvin, ich..."

Kel seufzte. „Ich heiße Kel. Niemand nennt mich Kelvin." Er streckte die Hand aus. „Leb wohl, Opa. Ich habe das ernst gemeint. Meine Tür steht dir immer offen, wenn du nicht kommst, um über mich zu richten."

Zu seiner Bestürzung ignorierte sein Großvater seine ausgestreckte Hand. „Kehre Gott nicht so den Rücken."

Kel ließ den Arm sinken. „Ich kehre nicht Gott den Rücken – nur deiner Version von ihm. Meine ist toleranter. Und wenn ich soweit bin, werde ich eine andere Gemeinde finden, eine, die zu mir passt. Ich weiß auch schon ziemlich genau, wo ich suchen muss."

Großvater stürmte an ihm vorbei und verließ das Haus durch die Vordertür, die er hinter sich zuknallte. Als Kel draußen ein Auto anspringen hörte, brach er zusammen und sank heftig zitternd auf die Couch.

Innerhalb von Sekunden war Luc bei ihm. Starke Arme umfingen ihn, hoben ihn hoch, und Kel rollte sich an Lucs breiter Brust zusammen, die Arme um Lucs Hals.

„Ich habe gehört, was du gesagt hast." Luc küsste ihn auf den Kopf. „Und du warst… einfach unglaublich." Kel erschauerte. „Er sollte wissen, dass ich an das glaube, was ich gesagt habe. Auch wenn ich mir bei einigen Dingen selbst nicht hundertprozentig sicher bin."

„Es hätte auch viel schlimmer sein können, weißt du."

Kel starrte ihn an. „Wie?"

Luc unterdrückte ein Lächeln. „Stell dir vor, er wäre hier aufgekreuzt, bevor ich dich in den Pool geschmissen habe. Also, *das* hätte die Nachbarn auf den Plan gerufen, wenn er uns gesehen hätte."

Kel konnte sich gut vorstellen, was das für ein Geschrei gegeben hätte.

„Kel." Lucs Stimme wurde sanfter. „Als du gesagt hast, dass du außer mir keine andere Familie brauchst …"

Kel unterbrach ihn mit einem Kuss. Darüber wollte er nicht reden, schon gar nicht, da sein Großvater unabsichtlich eine Kettenreaktion in Kels Hirn ausgelöst hatte. „Können wir einfach für eine Weile hier sitzen bleiben?"

Lucs Lippen waren warm und weich an seinen. „Wir können tun, was immer du willst", bestätigte er.

Kel schloss die Augen und konzentrierte sich auf die Geborgenheit in Lucs Armen, auf das Gefühl völliger Sicherheit und das Wissen, dass Luc ihn mochte. Was ihn gerade völlig durcheinander brachte waren seine Gefühle für Luc.

Kapitel 25

Kel lag hellwach in Lucs Bett. Luc schlief.
Gewöhnlich reichte sein leises, rhythmisches Atmen
völlig, um Kel in den Schlaf zu wiegen, aber nicht
heute Nacht.
Sein Verstand fand nicht zur Ruhe. Und daran war
nur sein Großvater schuld.
*Du hast deinen Vater verloren, und dieser ... Mann ist
ein Ersatzvater für dich geworden. Aber jetzt
verwechselst du deine Gefühle für ihn.*
Kel war verwirrt, oh ja. Luc war nicht sein Vater. Luc
war *ganz anders* als sein Vater. Aber er verkörperte
viele Eigenschaften eines guten Vaters, und noch so
viel mehr.
*Er tröstet mich. Er entschuldigt sich, wenn er Mist
baut. Er gibt mir ein Gefühl von Sicherheit. Er nimmt
mich in den Arm, wenn ich es brauche – und
manchmal auch, wenn mir nicht mal klar ist, dass ich
genau das brauche. Er schimpft mit mir, wenn* ich
*Mist baue. Er ist wie mein bester Freund. Wenn ich
weine, will ich das in seinen Armen tun.*
Nur, dass Kel nichts von alledem je von seinem Vater
erwartete hatte. Und das meiste davon hatte er
sowieso nur selten bekommen. Sein Vater und Trost
spenden? Zum Teufel, nein.
Die Erkenntnis, die ihm dann kam, raubte ihm den
Atem.
Luc ist *mein Daddy.*
Nur dass das nicht das Wort war, das er in diesem
Video gehört hatte, und in den zig anderen, die er

seither gesehen hatte. Dieses Wort wurde leicht dahingesagt, ohne echte Bedeutung. Ein Daddy war weit mehr als jemand, der sexuell dominant war, der genug verdiente, um bequem leben zu können, und der ihm den heißesten, schmutzigsten Sex zu bieten hatte, von dem Kel je geträumt hatte.

Ein Daddy ist jemand, der bereit ist, meine Bedürfnisse zu erfüllen, und zwar so, wie sie erfüllt werden müssen. Er ist mein Zufluchtsort, meine Anlaufstelle. Er ermutigt mich. Er tröstet mich, wie es sonst niemand kann. Und ich kann ihm mein Leben anvertrauen – und mein Herz.

Ganz genau so, wie es auch bei dem Mann sein sollte, den er liebte.

Kel wollte lachen und weinen zugleich. Eine Erleuchtung zu haben, während er neben Luc im Bett lag, war schon ein bisschen merkwürdig, aber er konnte nicht leugnen, dass es ihm so erschien. Und er konnte es kaum erwarten, Luc davon zu erzählen.

Nur…

Er muss wissen, dass es echt ist. Dass ich es nicht nur ihm zuliebe sage. Er muss sehen, wie wichtig es mir ist.

Dann kam ihm eine Idee, und Kel musste zugeben, sie war perfekt. An Schlaf war jetzt überhaupt nicht mehr zu denken, also stand er leise auf, schnappte sich sein Handy vom Nachttisch und schlich sich auf Zehenspitzen aus dem Zimmer und die Treppe runter. Jetzt brauchte er nur noch eine Tasse Kakao, und dann würde er ein wenig recherchieren.

Luc schenkte sich noch einen Kaffee ein und versuchte, nicht auf die Uhr zu schauen.

Totaler Reinfall. Es war erst zwei Minuten her, seit er zum letzten Mal nachgesehen hatte. Er sagte sich, dass es okay war, wenn Kel ausgehen wollte, ohne zu sagen, wohin er ging. Dass es okay war, wenn Kel nicht sagte, ob er zum Mittagessen zurück sein würde, oder erst nach dem Abendessen.

Er bestimmt selbst über sein Leben, schon vergessen? Das half aber auch nicht.

Nicht, dass Luc angefangen hatte, sich Sorgen zu machen, sobald Kel zur Tür raus war. Nein, damit hatte er schon viel früher angefangen – als er in den frühen Morgenstunden aufgewacht war und neben sich eine leere Stelle gefunden hatte, wo eigentlich sein Boy sein sollte. Er hatte schon aufstehen wollen, sich aber gerade noch bremsen können.

Du weißt, was los ist. Sein verdammter Großvater. Natürlich ist Kel aufgewühlt. Lass ihm einfach ein wenig Zeit.

Also hatte er sein Bestes getan, um wieder einzuschlafen, aber es hatte eine Weile gedauert. Und als er beim nächsten Aufwachen festgestellt hatte, dass Kel wieder neben ihm lag, hatte er nichts gesagt.

Ist ja nicht so, als würde er nicht ausgehen, oder? Er macht den Einkauf. Da machst du dir doch auch keine Sorgen um ihn, stimmt's?

Luc versuchte, sich überhaupt keine Sorgen zu machen. Noch ein Satz mit X. Er war in sein Büro gegangen und hatte zu arbeiten versucht, aber die Codes tanzen nur über den Bildschirm, und er konnte sich nicht konzentrieren. Dann hatte er sich aufs Putzen verlegt, und das hatte eine ganze Stunde in Anspruch genommen. Als Nächstes hatte Wäschewaschen auf dem Programm gestanden, und die letzte Ladung musste gleich aus dem Trockner geholt werden.

Luc musste lachen. *Schau mich nur an. Er bringt mich total durcheinander, und er weiß es nicht mal.* Er trank seinen Kaffee aus und ging den Trockner ausräumen. Mit Wäsche falten konnte er wenigstens noch ein bisschen mehr Zeit totschlagen. Er *hätte* Kel eine Textnachricht schreiben und ihn fragen können, wann er voraussichtlich nach Hause kommen würde. Aber Luc wollte nicht als Kontrollfreak rüberkommen, und er war sich sicher, dass Kel das so empfinden würde.

Er war gerade dabei, die ordentlich gefalteten Kleidungsstücke in den Schrank zu legen, als er Kels Auto in die Auffahrt einbiegen hörte. *Gott sei Dank.* Luc widerstand dem Drang, runterzugehen und ihn zu begrüßen. *Benimm dich normal.*

Das Problem war, Luc *fühlte* sich nicht normal. Genau genommen war er sich nicht mal mehr sicher, was ,normal' war. Kel war in sein Leben getreten und hatte seine Perspektive verändert.

„Hey!"

„Hier oben, beim Wäsche falten", rief Luc zur Antwort. Er drehte den Kopf, als Kel hereinkam.

„Hey du. Ich hatte mich schon gefragt, wo du bleibst." Deutlicher wollte er seine Besorgnis nicht zum Ausdruck bringen.

„Ich hatte... was zu erledigen", erklärte Kel achselzuckend.

Luc kicherte. „Na, das ist ja sehr aufschlussreich." Er räumte weiter seine Sachen in den Schrank. Als er sich umdrehte, um den nächsten Stapel vom Bett zu nehmen, fand er Kel beim Betrachten des Fotos von ihm und Greg in ihrer Studentenzeit. Nach dem Begräbnis hatte Luc es gerahmt und auf das Tischchen vor seinem Fenster gestellt.

„Ich sollte mehr Bilder aufhängen", gab er zu und warf einen Blick auf die dunkelroten Wände des Zimmers. „Schließlich gibt es noch mehr im Leben als nur Spiegel, stimmt's?"

Kel schmunzelte. „Aber du *magst* Spiegel. Deshalb sind ja überall welche. Ich warte nur darauf, dass ich eines Abends ins Bett gehe und feststelle, dass du einen an die Decke gehängt hast."

„Verdammt. Jetzt hast du mir meine Überraschung verdorben", scherzte Luc. Er seufzte. „Weißt du, was ich nicht habe? Ein Foto von dir. Das muss ich unbedingt ändern."

„Wir könnten ein paar Selfies machen. Am Pool, auf der Veranda… im Bett." Kel stockte. „Ja, das wäre richtig gut. Ein Foto von mir, mit meinem … Daddy."

Luc erstarrte, und sein Puls wurde schneller. „Du… du brauchst dieses Wort nicht zu sagen, nur um mir einen Gefallen zu tun." Er konnte sich nicht bewegen; seine Füße schienen am Teppich festgewachsen zu sein.

Kel kam auf ihn zu und blieb so dicht vor ihm stehen, dass Luc den Sonnenschein auf seiner Haut riechen konnte. „Dann gefällt es dir also?"

Und ob. Luc schluckte. „Ja, aber…"

Kel hob die Hand und legte ihm einen Finger auf die Lippen. „Versteh mich nicht falsch. Ich bin keiner von diesen Twinks, die du dir so gern anschaust." Er nahm seine Hand weg und neigte den Kopf zur Seite.

„Das bringt dich auf Touren, nicht wahr, wenn du ihnen zuschaust? Dir vorstellst, wie einer von ihnen dich Daddy nennt, während du ihn so richtig durchfickst?"

Lucs Herz schlug schneller. „Ja, aber… für die ist das nur ein Wort. Gehört zum Drehbuch. Es ist nicht echt." Sein Magen krampfte sich zusammen. *Aber das hier ist auch nicht echt – oder etwa doch?* Luc war sich nicht sicher, ob sein Herz das aushielt. Er holte tief Luft. „Also bitte, sag es nicht, wenn es nicht echt ist."

Kel atmete so tief wie er. „Ich glaube, echter geht's nicht." Er knöpfte langsam sein dunkelblaues Hemd auf, dann zog er es ganz aus und enthüllte –

Ach du Scheiße.

Ein Stück durchsichtiger Folie bedeckte Kels linken Brustmuskel, befestigt mit Pflasterstreifen, und darunter war ein frisches Tattoo. Die Haut war immer noch gerötet, aber es war klar genug, dass Luc die beiden Worte in fließender Schrift mühelos lesen konnte.

Daddys Boy.

„Wo… wo hast du das machen lassen?" Gott, es war wunderschön.

„Inferno Ink in Burlington." Kel lächelte. „Unter den Umständen fand ich den Namen irgendwie passend. Mein Großvater denkt sicher, ich fahre sowieso zur Hölle." Er schaute an sich herab. „Ich muss für eine Weile gut drauf aufpassen. Die Folie bleibt für ungefähr drei Stunden drauf, und sie hat gesagt, ich soll vierundzwanzig Stunden nicht duschen." Er rümpfte die Nase. „Igitt. Bei dieser Hitze."

„Von mir wirst du keine Klagen hören." Die Worte

kamen als Krächzen heraus, und er atmete unregelmäßig.

Kel betrachtete immer noch das Tattoo. „Ich hätte es mir irgendwo am Körper stechen lassen können." Er hob den Kopf und sah Luc in die Augen. „Aber am Ende gab es nur eine Stelle, wo ich es haben wollte." Seine Augen schimmerten. „Über meinem Herzen."

Luc fand endlich die Worte, die er sagen musste. „Mein Boy?"

Kels Lächeln war heiter. „Ja… Daddy. Dein Boy."

Gleich darauf eroberten Lucs Lippen seinen Mund und Kel stöhnte in den Kuss. Luc konnte nicht nah genug rankommen. Dann waren Kels Hände auf ihm, schoben sein T-Shirt hoch, machten seine Shorts auf und streiften sie runter, bevor Kel sich hinkniete und Lucs dicker werdenden Schwanz in den Mund nahm.

„Verdammt, ja." Luc packte Kel an den Haaren und zerrte seinen Kopf grob zurück. „Kann Daddy dich ein bisschen in den Mund ficken?"

Kels Augen wurden dunkler. „Ja, Daddy. Fick deinen Boy in den Mund."

Mehr brauchte Luc nicht zu hören. Er stieß die Hüften vor, drang tief ein und genoss es, wie Kel das wegsteckte. Er ließ seinen Schaft in Kels Mund ein und aus gleiten, immer schneller, bis Kel sich hustend zurückzog. Er sah Luc flehend an. „Fickst du mich in den Arsch?"

Luc zerrte Kel auf die Füße und streifte ihm die Shorts ab. Kels Schwanz schnellte hoch, hart und verlangend, und Luc rieb ihn kurz. Dann zog er die Nachttischschublade auf, schnappte sich das Gleitgel und bückte Kel übers Bett.

„Vorsicht!", schrie Kel auf. „Das Tattoo!" Er stützte

sich mit den Händen ab.

Luc wusste, was er tat. „Will bloß diesen Arsch bereit machen." Dann sah er den Butt-Plug. „Schlauer Boy." Er verteilte Gleitgel auf seinem

Ständer, ehe er Kel auf den Rücken warf. Luc entfernte den Plug und stöhnte beim Anblick dieser dunklen, klaffenden Öffnung. Er füllte Kel mit seinem Schwanz. „Halt' dich an mir fest. Arme um meinen Hals." Dann hob er Kel hoch und nahm ihn in die Arme, stützte seinen Hintern mit beiden Händen. „Jetzt halt' dich am Bettrahmen fest."

Kel gehorchte und Luc begann ihn im Stehen zu vögeln, in dem er die Hüften neigte, während Kel sich mit den Armen hochzog und wieder runter ließ, sich auf Lucs Schwanz aufspießte. „Oh Gott, ist das ein Gefühl." Er lachte zittrig. „Jetzt bin ich froh... dass ich trainiert habe."

„Fühlst du diesen harten Schwanz in deinem Arsch? Du bist dafür geschaffen, meinen Schwanz zu reiten."

Kel zitterte bei jedem Stoß. „Deinen, Daddy. Nur deinen."

Verdammt, das Wort brachte Luc dem Orgasmus gefährlich nah. Dann sagte er sich, dass es ja keinen Grund gab, ihn hinauszuzögern. Er steigerte das Tempo, stieß schneller zu. Seine Beine zitterten, als er sich dem Höhepunkt näherte. „Nimm meine Ladung, Boy. Nimm Daddys Ladung."

Kel ließ die Querstange los und schlang die Arme um Lucs Hals, lehnte sich zurück und rollte die Hüften im Gleichtakt mit Lucs Stößen. „Oh Gott, ja!", schrie er auf und warf den Kopf in den Nacken, als Lucs Schwanz in ihm pulsierte, ihn füllte. „Ich liebe dich!"

Luc hätte ihn fast fallen lassen. Sein Herz schlug höher, als er die Worte hörte. „Du schöner, schöner Boy. Ich liebe dich so sehr." Er drückte die Lippen auf die Schutzfolie und küsste sie zärtlich. „Halt' dich fest. Ich hab' dich." Er zog seinen Schwanz vorsichtig heraus. „Komm, Boy. Zeig's mir." Gleich darauf tropfte warmes Sperma auf seinen Penis, als Kel es herauspresste, und der Anblick gab Luc wie immer einen Kick.

Kel hielt die Arme um Lucs Hals geschlungen, als Luc ihn sanft aufs Bett legte, wobei er darauf achtete, keinen Druck auf das Tattoo auszuüben. Er beugte sich über Kels Unterleib, nahm ihn tief in den Mund und saugte kräftig. Kel wölbte sich von der Matratze hoch und spritzte warmes Sperma auf Lucs Zunge, erschauerte bei jedem Tropfen am ganzen Körper. Luc schluckte alles, bis Kel still unter ihm lag. Seine Bauchmuskeln zitterten leicht und sein Blick war auf Luc geheftet.

„So", sagte Kel, ein bisschen außer Atem, „fühlt es sich jetzt echt an?"

Luc lachte voll Freude. „Du hast ja keine Ahnung." Dann legte er sich zu Kel aufs Bett und nahm ihn in die Arme.

Kel lächelte ihn glücklich an. „Lieb' dich."

Lucs Herz setzte einen Schlag aus. „Ich liebe dich auch." Er seufzte. „Ich könnte ewig so liegen bleiben."

Mit seinem Boy in den Armen.

„Mein neues Tattoo gefällt dir richtig gut, was?"
Nicht, dass Kel fragen musste. Luc starrte es ständig
an, während sie im Bett lagen. In demselben Bett, das
sie nur verlassen hatten, um sich Saft, Käse und
Cracker zu holen, bevor sie wieder reingestiegen
waren. Luc hatte mit schweren Strafen gedroht, wenn
Kel auch nur einen Krümel ins Bett machte.

Aber seine Drohung fiel nicht ins Gewicht, vor allem,
als Kel ihn zum Lachen brachte und er Krümel
überall hin prustete.

Luc stützte sich auf den Ellbogen und betrachtete das
Tattoo. „Ich finde es toll. Wenigstens weiß ich jetzt,
warum du mir nicht gesagt hast, wo du hin wolltest."

„Ja, was das betrifft..." Kel ahmte seine
Körpersprache nach und legte sich mit dem Gesicht
zu ihm auf die Seite. „Du musst aufhören, dir Sorgen
um mich zu machen, okay? Und sag mir nicht, dass
du das nicht getan hast. Ich hab's dir nämlich
angesehen, sobald ich ins Zimmer gekommen bin."

Luc seufzte. „Schau, das macht ein Daddy nun mal,
in Ordnung? Ich... ich muss mich um dich
kümmern."

Als ob Kel das nicht schon längst wüsste. Der Mann
war Kümmerer, ein Versorger bis ins Mark. „Ich
weiß. Du willst nur das Beste für mich, selbst wenn
das bedeutet, mich loszulassen."

Luc setzte sich aufrecht hin und lehnte sich in die
Kissen. „Das zu sagen hat mir sehr wehgetan. Und
wenn du wieder an die Uni gehst, werde ich dich
furchtbar vermissen, aber es ist ja nicht für lange. Ich
werde einfach auf dich warten, bis du an den
Wochenenden nach Hause kommst. Und es ist ja
nicht so, als hätte ich nichts zu tun, oder?" Seine

Augen funkelten. „Zum einen muss ich für meinen abwesenden Nachbarn das Haus nebenan in Stand halten. Echt nervig, zwei Grundstücke zu pflegen."

Kel fragte sich, worauf er hinaus wollte. „Und was sollte dieser Nachbar deiner Meinung nach tun?"

Luc zuckte die Achseln. „Nun ja, ich an seiner Stelle würde mich für eine von zwei Möglichkeiten entscheiden. Entweder vermieten oder verkaufen."

Kel zog die Augenbrauen hoch. „Und wo genau soll dieser Nachbar dann wohnen?"

Luc lächelte. „Bei mir. Auf Dauer."

Kel blinzelte. „Bist du sicher?" Nicht, dass er nicht schon hundert Mal daran gedacht hätte.

Luc kniff die Augen zusammen. „Hast du mich schon jemals irgendwas sagen hören, wobei ich mir nicht sicher war?"

Kel lachte. „Okay, jetzt hast du mich erwischt. Und um ehrlich zu sein – ich könnte mir nicht mehr vorstellen, *nicht* mit dir zusammenzuleben. Obwohl wir unter den Nachbarn einen ziemlichen Shitstorm auslösen werden, das ist dir doch klar, oder?"

„Scheiß auf sie." Luc grinste. „Außerdem wirst du ja an der Uni sein. Ich bin derjenige, der hier die Stellung hält." Luc nahm Kels Hand in seine. „Aber ich bin noch nicht fertig. Wo auch immer du irgendwann mal arbeitest, in welchem Teil des Landes, ich komme mit. Ich verkaufe das Haus hier und kaufe eins für uns beide."

Kel erstarrte. „Aber… dein Geschäft… dein Haus… du hast so viel Zeit reingesteckt, um es perfekt zu machen."

„Ich kann von überall aus arbeiten. Das ist das Gute daran, wenn man sein eigener Chef ist. Gib mir nur einen Raum für meine PCs und ich bin zufrieden. Und du hast es selbst gesagt. Warum sollten wir hier bleiben, wo die Leute uns auf Schritt und Tritt beobachten und höchstwahrscheinlich bei jedem Atemzug hassen werden?" Er hielt inne. „Was das Haus betrifft… Das sind nur Ziegel und Mörtel. Ich kann überall ein Haus haben." Luc hob Kels Hand an die Lippen und küsste die Fingerknöchel. „Aber wo auch immer du bist? Da ist mein Zuhause."

„Nun ja, du kennst ja das Sprichwort. Zuhause ist, wo das Herz ist." Kel beugte sich vor und küsste Luc auf die Lippen, dann nahm er Lucs Hand und drückte sie behutsam über sein Tattoo.

Wahrheit.

Sein Atem stockte, als Luc nach seiner Hand griff und sie auf sein Herz legte. „Du bist bereits in meinem." Seine Lippen waren weich, als er Kel zärtlich küsste. Als sie sich voneinander lösten, beugte Luc sich vor, sodass sich ihre Stirnen berührten. „Ich liebe dich. Und ich werde nie genug davon kriegen, dir das zu sagen."

Kels Herz schlug höher. „Ich liebe dich auch." Dann erschreckte Luc ihn, indem er aus dem Bett sprang und nach seinen Klamotten griff.

„Willst du irgendwo hin?", fragte Kel belustigt.

„Ja. Bis wann hat das Tattoo-Studio offen? Ich muss da noch hin, bevor sie zumachen." Er schlängelte sich in seine Shorts.

„Warum?"

„Na ja, wenn ich mir mein erstes Tattoo stechen lasse, dann jetzt oder nie."

Kel riss Mund und Augen auf. „Du… ein Tattoo? Aber du hasst Tattoos."

Luc blinzelte. „Nur weil ich keins habe, heißt das noch lange nicht, dass ich sie hasse. Ich hatte nur noch nie einen Grund dazu, mir eins machen zu lassen. Bis jetzt."

„Und was willst du dir stechen lassen?"

Luc verdrehte die Augen. „Ach, komm schon. Da gibt's doch nur eins." Er grinste. „Daddy."

Kel lachte leise, als er hastig aus dem Bett krabbelte und nach seinen Shorts griff. „Dann komm' ich mit."

Luc runzelte die Stirn. „Warum? Ist doch nur ein Tattoo. Wenn du das verkraftest, dann kann ich das auch."

„Ja, aber ich will dabei sein und das Foto von dir machen, wenn du beim Anblick der Nadel in Ohnmacht fällst." Er kicherte.

Luc kniff erneut die Augen zusammen. „Für solche Bemerkungen kriegt man den Hintern versohlt."

Kel strahlte. „Genau darauf hatte ich gesetzt… Daddy."

Ende

Mehr von K.C. Wells

Persönliche Geheimnisse
Streng Persönlich
Persönliche Herausforderungen

Persönlich - Die Komplette Serie

Jasons Befreiung
Mein Weihnachtsgeist
Ein Weihnachtsversprechen
Das Gesetz der Wunder
Verliebt in Santa Claus
Santas Geheimnisse

Southern Boys
Truth & Betrayal
Pride & Protection
Desire & Denial

Unverhoffte Liebesgeschichten
Lehre Mich
Vertrau Mir
Sieh Mich
Liebe Mich
Unverhoffte Liebesgeschichten Vol 1

A Material World
Spitze
Satin
Seide
Jeans
A Material World Vol 1 (#1-#3)

Sonne und Schatten
Kels Hüter

Sexting mit dem Boss
Damon & Pete: Spiel mit dem Feur
Der Schöne im Zug
Bären im Wald
Sieh zu und lerne
Holy hell – Wenn Engel und Dämonen Lieben
Sein verwöhnter Prinz
Für dich da

Über die Autorin

KC Wells lebt auf einer Insel vor der Südküste Großbritanniens, umgeben von wunderschöner Natur. Sie schreibt über Männer, die Männer lieben, und kann sich ein Leben ohne Schriftstellerei gar nicht mehr vorstellen.

Das Tatoo auf ihrem Rücken, eine Regenbogen-Rose mit den Worten „Liebe ist Liebe" und „Liebe siegt" ist ihre Art, eine Flagge zu hissen. Sie hat vor, noch sehr lange über die Liebe zwischen Männern – ob zärtlich und süß oder heiß und verrucht – zu schreiben.

Und für alle, die mehr auf Geschichten der etwas schärferen Art stehen, schreibt KC Wells auch Erotika unter dem Namen Tantalus.